四幕戏

起

LOVE
RUNNER

唐七　作品

起·承·转·接　一场至爱的

湖南文艺出版社
HUNAN LITERATURE AND ART PUBLISHING HOUSE

博集天卷
CS-BOOKY

图书在版编目（CIP）数据

四幕戏·起 / 唐七著 . —长沙：湖南文艺出版社，2016.5
ISBN 978-7-5404-7557-4

Ⅰ . ①四… Ⅱ . ①唐… Ⅲ . ①长篇小说—中国—当代Ⅳ . ① I247.5

中国版本图书馆 CIP 数据核字（2016）第 073592 号

上架建议：长篇小说·言情

SI MU XI · QI
四幕戏·起

作　　者：	唐　七
出 版 人：	刘清华
责任编辑：	薛　健　刘诗哲
监　　制：	蔡明菲　潘　良
出 品 人：	郑冰容
特约监制：	游婧怡
策划编辑：	邢越超
文字编辑：	张思北
营销支持：	杜　莎　李　群　杨清方
封面插画：	LOST7
版式设计：	利　锐
封面设计：	仙　境
内文排版：	百朗文化
出版发行：	湖南文艺出版社
	（长沙市雨花区东二环一段 508 号　邮编：410014）
网　　址：	www.hnwy.net
印　　刷：	三河市鑫金马印装有限公司
经　　销：	新华书店
开　　本：	787mm × 1092mm　1/16
字　　数：	274 千字
印　　张：	18
版　　次：	2016 年 5 月第 1 版
印　　次：	2016 年 5 月第 1 次印刷
书　　号：	ISBN 978-7-5404-7557-4
定　　价：	35.00 元

质量监督电话：010-59096394
团购电话：010-59320018

你知道我爱着大海，仅次于你。

我会在大海的最深、最深处，给你我最深、最深的爱。

我爱你，聂亦。

第一幕戏

给深爱的你

01.

推开窗户，十一月的冷风迎面扑来，我打了个喷嚏。屋子里的药水味在一瞬间散开，蜡梅的幽香随风而来。

今天太阳偏冷，一院含苞待放的蜡梅在冷色的日光下熠熠生辉，像一片镶了金边的黄色烟云。蜡梅深处的非非河上架起一座小石桥，石桥两边立着幽静的石浮屠，聂亦走到石桥的正中央，后面跟着西装笔挺的褚秘书。

我深吸一口气，举起右手来，尽量拉长自己的声调，用一种刑满释放的欢快心情，冲着他的背影恶作剧地喊了一声"freedom（自由）"。就看见那个穿深色羊绒大衣的挺拔背影在我中气十足的"freedom"声中跌了一下，善解人意的褚秘书一把扶住他。他定了一定，转过身来，神色不变地接过褚秘书递过去的手机，隔着老远的距离看我。

不到三秒，房间的小音箱里就响起他的声音："聂非非，三件事，关窗，脱鞋，把被子给我盖到下巴。"

聂亦的声音偏低偏冷，他二十岁时曾在 Y 校留校任教一年，听说当年他教的女学生中有百分之七十宣称凭他的声音就能爱他一辈子。

我一看小石桥离我挺远，心中顿时充满底气，抬起下巴傲慢地和音箱说："不关，好久都没有吹过自然风了。"

聂亦平静地说："没有这个选项。"

我把下巴抬得更高和他讲条件："聂博士，做人随和点儿好吗？别对我这么苛刻，我就吹三十秒。"

他的声音没有任何起伏，道："林护士。"

我还没反应过来，前一刻被我支出去倒水的林护士突然蹿出来"啪"一声关了窗户，下一秒就要将我往床上扶，我本能地扒住窗框，对着小音箱喊："聂亦我们一人退一步，我看你出院子我就上床去躺着，我保证。"

他思考了大约三秒，换了只手拿手机。"林护士，把那件睡袍给她披上。"顿了一顿，修正道，"不，裹上。"

我裹着林护士拿过来的聂亦的羊绒睡袍，站在玻璃窗后和小石桥上的他对视。作为一名水下摄影师，必须要有一双好眼睛，我的双眼裸眼视力均达 1.5，这个距离要看清聂亦的脸不是什么难事。他的视力不及我好，这么打量我，却顶多只能看看我有没有将睡袍衣领裹严实。很有可能他就是在看这个。

非非河不宽，桥头立了棵云松，聂亦就站在云松下。整个庭院都是他亲手布置的，是崇尚以泉石竹林养心的唐代文人偏爱的园林风格。世界上就有这样的人，从事的工作是这个时代最潮最尖端的生物制药科技，个人生活情趣却复古得能倒退到封建文明时期。

看着他像棵玉树一样站在那儿，我就忍不住赞叹："这是谁家的小伙子啊，怎么就能长得这么俊呢！"

他还没挂断手机，照理说应该听到了我的夸奖，却只动了动嘴唇，什么也没说。他转身的时候碰到身旁的松枝，树枝在风里颤巍巍摇晃。他走进蜡梅深处，黄色的小花朵逐渐变得模糊，只有他的背影还在我眼中清晰。

天从没有这样蓝，人间洒满了阳光。

我想我得好好记住这个背影。

林护士问我："非非你怎么眼睛红了？"

聂亦已经坐进车里，我脱下睡袍跳上床，对林护士说："刚才眼睛睁得太大，这会儿真疼，林护士你看我要不要来个冰敷？"

眼睁睁看着床头的电子钟到了十一点半，估摸着聂亦已经上了飞机，我蹑手蹑脚下床倒了两杯茶，在其中一杯里放了两片速效安神片，打铃请来林护士，表示闲着也是闲着，大家不如一起喝个茶做个午餐前的谈心。

二十分钟后，林护士被放倒在床，我镇定地吃了午饭，跟张妈说下午我要休息别让人来打搅我。

干完这一切，我戴上林护士的帽子穿了她的大衣顺利溜出门。

S市飞洛杉矶二十年前就要十三个小时，2020 年的今天依然要飞十三个小时，在速度的提升上真是毫无建树。聂亦他们公司那架湾流 G700 虽然可以使用移动电话，但不可能随意变更航道，所以即使聂亦知道我逃了，至少二十六个小时内他是没法儿赶回来捉住我的。而林护士至少会睡五个小时，也就是说，光天化日之下，我还有四个小时的自由活动时间。

这是一场准备了整整两个月的逃亡。

一想到逃亡这两个字，真是令人莫名紧张。

我在本市最大的超市的水果区接到好友康素萝的电话。康素萝她妈学欧洲文学，酷爱乔治·桑，恨不能直接把她的名字起作康素爱萝，多亏上户口时派出所的同志不给登记她才没得逞，从此康素爱萝就变成了康素萝。

康素萝做贼似的压低声音："007，我是 008，请回话，请回话。"

我从一堆抢橙子的大妈大婶中挤出来，对着听筒吼："你大声点儿，今天橙子减价，一堆人围这儿呢，吵得不行。"

她说："橙子减价，这是新暗号？"

不等我回答她已经自顾自兴奋道："非非，物资都给你准备好了，你成功潜逃出来没？"

我说："出来了。"

她兴奋得说话直哆嗦："路上是不是很惊险很刺激很紧张？我们在哪儿接头？有没有人跟踪你？"

我说："别提了，出门正遇上打车高峰期，拦了半小时才拦上辆车，我在三 S 超市。"

她顿了一下，打断我："你逃亡还打车？"又说："啊对，打车好，出其不意，你真是太聪明了。在超市接头也好，所谓大隐隐于市，超市人多，他们绝想不到我们在那儿碰面，你等等我马上就来。"

我说："我在三 S 超市买水果，买完水果再打个车去你家吧，你别过来了，三环今天堵车。"

她愣了好半天："……你在超市买水果？你逃出来第一件事是打车跑去超市买水果？"

我说："哪儿能呢。"

她松了口气。

我说："还买了个化妆包、一卷双眼皮胶带和一个月分量的假睫毛。"

她提高音量："聂非非，你不是逃亡呢吗？"

我把手机夹在肩膀和耳朵之间，边挑火龙果边回答她："是啊，但逃亡路上也得吃水果吧，再忙不能忘记补充维生素。"

她说："你买瓶维生素片不就得了？"

我说："一看就知道你不是精致过生活的人，维生素片和新鲜水果能比吗？"想了想说："哦对了，还得再去买个太阳能榨汁机搁车上，路上还能榨点果汁喝。"

她咬牙切齿："聂非非，有你这么逃亡的吗？你逃得这么不专业，不被聂亦抓到才怪。"

我笑了，将手机换了个肩膀夹，挑了个个儿尤其大色泽尤其鲜艳的火龙果装到保鲜袋里，对着手机那边快要炸毛的康素萝说："放心，他抓不到我。"

聂亦抓不到我，他现在正在飞机上，而且该专业的地方，我自我感觉做得也还行。

一个半月前我让康素萝帮我准备了辆 Landrover（路虎）畅行者，这车的名字起得好，畅行无阻，买它就图个好彩头。四十天里我们陆续备齐了各种"跑路"必需品填满后备厢。半小时前我在的士堵车的间隙订了张三天后飞伦敦的机票。十分钟前我在超市旁边的银行取到足够的现金，还拿了几根金条。五分钟前我去买了部新手机，拿了张新卡。现在我买到了想要的新鲜水果，还顺便买了两包瓜子。接着就是去康素萝家拿车"跑路"。我在心里深深佩服自己不愧是个做事有条有理的人。

现在是下午两点，再过两个半小时，可能林护士就会醒过来，他们一定惊慌失措，说不定张妈还会昏过去。相对来说林护士可能要镇定些，我都能想象出她如何哆嗦着手指拨通聂亦的电话，然后聂亦在九千多米的高空接起手机，他说："喂。"偏低偏冷的声音。

我心里一空，对自己说，停，点到为止，聂非非，别再脑补下去。

褚秘书没有陪聂亦一起去美国，他应该会第一时间联络他。以褚秘书的万能，查出我订了三天后飞伦敦的事最多用两小时。这三天他们会在市里找我，三天后会到机场堵人。他们应该想不到今天晚上我就开车"跑路"了。三天之后，我已经在三千公里之外。

聂亦一定没想过我会走。他怎么会想。知道我走了他会怎样？三天后他会去哪里找我？冬天我喜欢南方，最讨厌北方，他可能以为我要去南方的非非岛或者雨时岛，他不会知道北方的长明岛才是我的目的地。

那不是我们的岛，却是我想去的地方。

康素萝在她家车库里豪迈地一把扯开车罩，指着面前的大家伙对我说："看，我给你选了个银灰色的，这个颜色最低调。这车特适合你，特耐撞。"

我说："你不要小看我的技术，我的技术还是可以的。"

她敷衍地说："驾照满分十二分，你去年足足扣了一百二十分，罚款罚了一万五，我相信你技术可以我就该改名叫康二。"

我说："康二，你别自暴自弃。"

她说："我懒得理你。"拉开驾驶门推我上去试试手感。

车窗摇下来，她在车外皱眉问我："非非，我到现在也没弄清楚你为什么要'跑路'，聂亦到底出了什么问题？你说你想走我就帮你，你不想告诉我你要去哪里我也不问。但这么突然……外面的传闻难道是真的？"

我掏出两片口香糖，问她："外面什么传闻？"

她眼神飘忽，嗫嚅道："无外乎一些桃色新闻。"

我昂着头跟她说："有这么一个美色当前，你觉得聂亦还能看上别人？"

她眼神更飘忽："我上次去他们公司，看到了那个褚欣，长得还真挺好看的，不是说她毕业就开始跟聂亦，跟了足有五年吗？"

我说："……你别说得跟聂亦包了她似的，她爹是聂亦的秘书，她也是聂亦的秘书，别总听一些有的没的的。"

她说："那你怎么今年一年都不办展览了，也不露面？外面传闻说你和聂亦怕是要掰了。"

我吓了一跳："传得这么离谱儿？"

她严厉地指出："你现在做的事不是更加离谱儿？你还不如当着他的面和他掰呢。"

我叹了口气，向后靠在驾驶座上，自言自语道："总有一些原因。"

她明显没听懂，但也不好打破砂锅问到底。

车子发动的那一刻，我和她摆了摆手："好姑娘，记得帮我保密。"看她的小模样也不像是个威武不屈的主，想了想，补充道："要是聂亦威胁威胁你，你就和盘托出你帮我逃走这事，相信我，他绝对能把你的皮给扒了，要保命你就抵死不认，懂了不？"

她哭丧着脸说："聂非非，你丫害我。"

我将右手伸出车窗朝她比了个 V 字。

十一月的冬夜，高速路上出奇地冷清，难得瞧见有同行车辆，S 市渐渐离我远去，抛在身后，就像一个养满萤火虫的巨大玻璃盒子。天上有银月吐出清辉，忘记扔掉的老手机突然铃声大作，屏幕上是聂亦低头的剪影。

那天他正在实验室，面无表情低头拿移液器的样子真是好看得没边际，我在实验室外偷拍下了那个瞬间。好几次他想抢了我的手机删掉，逼得我给手机设了个超难的密码，搞得后来自己都忘记，又去求他帮我破解。还以为他破了我的手机密码就会再接再厉删了那张照片，却没想到他没删。

铃声是八年前一首老歌，我跟着哼了一段："爱上一朵花就陪她去绽放，爱上一个人就伴着她成长，每个人都是会绽放凋零的花，请留下最美霎那。"

每个人都是会绽放凋零的花。

我顺手按开车窗，将不屈不挠响着的手机扔出了车窗外。

冷风吹得我头疼，眼睛也疼。

02.

写《巴黎圣母院》的雨果老师说，当命运递给我们一个酸的柠檬时，让我们设法把它制造成甜的柠檬汁。雨果老师告诉了我们，当一个人面临倒了八辈子血霉的艰难处境时，他应该有的正确态度。

但他就是没告诉我方法。

我设法了一百遍也没将"死"在高速公路上的畅行者重启成功，好半天才想起来可以打售后电话。周密地计算好了一切，却由于高估了自己的开车技术，导致"跑路"不到七小时就因车技问题被困在前不着村后不着店的高速路，这真是个令人无言以对的开始。

电话接通，我跟客服描述清楚就是喝水的时候把水泼手机上了，手忙脚乱找抽纸时不小心按到了哪个按钮，车载电脑就突然报错，车就停了，然后就死也启动不了了，问他们能不能远距离给我指条明路。

客服先生温和地说："小姐，我们会以最快速度派遣救援车和工程师过来救援，离您最近的救援在四百五十公里处，到达您爱车的位置不出意外需要四个小时左右。"

我踢了一脚我的爱车，问他："先生，我要等四个小时？"

客服先生充满人文关怀地说："小姐，您带 iPad 没有？您可以看两三部电影舒缓下情绪，我给您推荐两部，最近新出的《无人区里有只鹌鹑》和《来自星星的你我他》都很好看。"

我心算了下时间，心如死灰地说："先生谢谢你，你们还是先尽力赶过来再说吧。"

他说："好的小姐，您还有没有其他问题？"

我思考了两秒钟，尽量心平气和地对他说："先生你们车上的按键实在搞得太多了，你们今后的设计理念能不能向苹果公司多学习学习，比如只做一个 home 键，有没有这个可能？要是你们觉得有困难，把苹果公司收购了，把他们做技术的搞来给你们做设计，有没有这个可能？"

客服说："……小姐，您提了一个好问题，我跟总部反映反映。"

我逃得是不太专业，但逃亡路上还花六七个小时跑去 4S 店修车这显然就太过离谱儿了。我打开危险报警闪光灯和示宽灯，从后备厢里拎出个登山包，经过一番艰难取舍，往里边塞了贴身衣物和一袋苹果、一袋橙子、俩火龙果以及药匣子，使劲按了按，努了把力把化妆包也塞了进去，然后拎着个保温杯背着包靠在应急车道的护栏旁，看有没有路过的车愿意停下来载我一程。

手机地图显示最近的小城在二百五十公里外，看来还是搭顺风车先去城里住一晚，明早再看是不是能租辆越野车继续向北开。对了，保险起见，再租个司机。

寒风凉薄，一个小时里，三辆车从我身边视而不见地呼啸而过，世情真是比寒风还要凉薄。第四辆车停下来时我起码愣了五秒，很难不怀疑它之所以停下来是不是因为爆胎了。

汽车头灯的强光里，跳舞的雾尘无所遁形。高个儿男人打开驾驶门走下来，单一的强光下我没看清他的脸，只看到他走近的身形，那身形却突然顿住，良久，叫了我的名字："聂非非？"

我拿手挡了挡眼睛："……你谁？"

他走到我跟前，整个人出现在我的视线里。略长的头发，穿铅灰色皮衣和高帮靴，混血的缘故，脸部轮廓很深，眉眼极其英俊。

我看了他半天，在大脑里搜索出三个字："阮奕岑？"

他脸上的表情有些复杂，淡淡道："是我。"

我说："你还真是阮奕岑啊……"

他右手从皮衣口袋里拿出来，完全省略了叙旧这一步，敲了敲我的前车盖："出什么故障了？"

我配合地也省了叙旧这步，将刚才和客服的对话重复了一遍给他听，他打量一眼我的车，有条不紊地道："你打个电话给客服，让他们先把车拖回去修好，我先载你去 C 市住一晚，明天送你去他们店里拿车。"

记忆中的阮奕岑从没这么古道热肠过，我被他搞得不胜惶恐，说："你载我一程去 C 市就好，明天我租辆车，这车就先扔 4S 店里，我赶时间。"

他转头看我："赶时间？你要去哪里？"

我"跑路"还是不够专业，竟然脱口而出道："长明岛。"

他怔了怔："你去那里做什么？"发问的速度和强度就像审犯人。

我用尽平生智慧尽了最大努力在一秒内编出个借口："去旅游。"

他说："大冬天去长明岛旅游？"

我说："我就喜欢大冬天去长明岛旅游。"

他目光锐利，审视了我起码十秒，突然道："真巧，我也去长明岛旅游，正好顺路，不如一起吧。"

我愣了，问他："你真要去长明岛？"

他已经走到他自个儿的车后去打开后备厢，半身都隐在阴影中，低声道："对，公司在那边有个年会。"

他这个理由很站得住脚，我一想阮奕岑他们老家在 H 市，和 S 市的聂亦家相隔足有两千公里，且一个搞生物制药一个搞景观设计，真是八竿子都打不着，心中顿时淡定。

这可不就是命运给了我一个酸柠檬，我靠运气就把它搞成了一杯甜柠檬汁？

都还不用去租车行，上天就自动给我掉下辆奔驰 ML650，还配了个司机。上天待我何其仁慈，开挂的人生真是不需要解释。

阮奕岑问我："你车上有没有东西要搬过来？"

我说："有一点儿。"

他走过来打开我的后备厢，俩饱受车顶压迫的柚子立刻掉下来砸在他脚上，我赶紧跑过去捡起来。他目视面前堆到车顶的物资，问我："聂非非，这是一点儿？"

我赔笑说："你要觉得多了，就看着搬，呵呵，看着搬，我不讲究。"

坐上阮奕岑的车已近十点半，天上银月依旧，车窗外可见黑色的林木融在黑色的夜里，因是不同程度的黑，竟也称得上是种风景。

真是想不到会在这种情况下和阮奕岑再见一面。当年我和他可是差点儿不共戴天，那时候我气性大，半夜都想跑去砸他们家窗户，结果六年后江湖再见，彼此竟然都能表现得这么自然……我叹了口气窝进座椅里，不由得佩服自己的宽容，果然是药吃多了，心灵也得到了净化。

女朋友之间经常会聊一些恋爱话题，阮奕岑曾在我和康素萝泡汤闲谈中出现过一次，在有关初恋的话题里，而且是在话题的后半段。但其实很难定义该不该把阮奕岑放进我的初恋。

话题始于康素萝唠叨完她自己的初恋，回头特别自然地就开始夸奖我："非非，真的，我觉得你特酷。你说一个人吧，刚认识那会儿大家不熟悉可能会觉着酷，久了也就那样儿，你倒挺奇怪，你说我连你穿秋裤的样子都看过了，我怎么还是觉着你酷？"

我说："那是因为我就是酷。"

她说："但我就是特不明白，你这么酷一人，你还搞暗恋？你们酷哥酷妹界不都兴看准了直接就上吗？"

我说："看过《变形金》刚没有？威震天酷不酷？他那么酷不还暗恋擎天柱？"

她说："不对吧，威震天不是和大黄蜂一对吗？"

我说："你这个 CP（配对）观倒是挺新颖别致的。"

她想了想说："聂非非，你丫带着我歪楼了。刚我们说什么来着？"

我往池子壁上一靠，说："暗恋。"叹了口气说："聂亦是我男神，你别拿暗恋俩字亵渎他，我这辈子能再见一次活的他已经心满意足，就跟你们追明星一个样儿。"

她说："我不追明星……"

我喃喃说:"你们追明星吧,明星还开个演唱会,你还能买票去参观,要见一面其实也不难,聂博士那可真是活脱脱一朵实验室里拿军事级安保系统供起来的高岭之花,那实验室还建在珠穆朗玛峰上。"

康素萝怜悯道:"你别感伤了,其实我没说你暗恋聂亦,我是说你暗恋那个什么什么阮奕今,说是你以前那个大学的学长,我听你妈说的。"

我说:"小学语文及格没有?人叫阮奕岑,有点儿文化成不成?"一想:"不对,我什么时候暗恋阮奕岑了?"

她缩在一边:"你妈说的。"

我都想伸手过去照她脑门来一下,我说:"你妹啊,我这么酷,我能主动暗恋人吗?我妈说什么你就信什么,你不会动脑子自己想想啊。"

她简直要缩成一团:"那,那你妈说的,你都快跟人订婚了。"

我拿起池沿子上的红酒一饮而尽,说:"是有这么个事。"

是有这么个事。

我从十八岁开始相亲。

我爸妈的意思是,咱们做生意的,找女婿最好能找个互相帮衬的,社交圈认识的公子哥儿没几个好人,而且我一大学生还是该以学业为主,所以咱也不进社交圈,还是老实本分地靠相亲。如果相亲对象里有双方都比较满意的,那就先开始交往着,培养感情,要是实在相不上中意的,找个对我们家没什么帮衬的女婿他们也认了。但是不希望我一开始就有所抵触,非要找个圈子外的,其实就为和父母唱反调,却非要说什么是追求真爱。退一万步说,如果圈子里实在是只剩下人渣了,我再朝圈子外发展也不迟。

我觉得我爸妈说得不错,是这个道理,我又不是充话费送的,他们也不会害我,就老老实实配合相亲。

我爸妈给我挑的相亲对象,基本上都符合五讲四美三热爱,比如他们都会扶马路上跌倒的老太太,就算被讹了还是会继续扶。头两个我没相上纯粹是对方长相不符合我的审美,我妈从中摸到规律,第三个就挑上了阮奕岑。

其实在相亲之前我就认识阮奕岑,我们一个大学,他大三,念商科,我大一，念海洋生物学，我们同在学校的水下摄影俱乐部，一起随团出去拍过几次东西，属于彼此都知道有对方这么个人物存在的关系。

阮奕岑那时候在学校里以桀骜闻名，长得是那种秀气的英俊，却骑重型机车，在手臂上文身，听说还逃课，主专业是商科，辅修了个珠宝设计，商科念得一塌糊涂，在珠宝设计上展现的才华却令人瞠目结舌，有设计院之花的美名。

因为他太有个性，我感觉我也挺有个性的，可能是一山不容二虎，虽然同在一个社团里，一直也没熟起来，两人连对话都只有过一次。

那是第一个学年寒假，社团组织去三亚那边的水域拍东西，社长因为感冒嗓子废了，让我帮忙一个人一个人挨着通知。

我拨通他的电话，问他：“阮奕岑是吧？2月7号组织去三亚拍东西，你去不去？”电话那头他沉默了很久，我都以为拨错号了，他才说：“聂非非？”

我说：“是我。你去不去？”

他说：“你为什么问我？”

我愣了，想说社长让我问的我就问了呗，这还有什么为什么。我这么想的就这么说了。结果他“啪”一声挂了电话。后来他也没去，但那次三亚拍摄还挺愉快的。

这事过了大概有半年，我们就相上亲了。

我其实一直觉得阮奕岑不太喜欢我，有个性的人彼此看不惯这很正常，我也没觉得有什么，相亲完了就跟我妈说这事没戏，对方可能看不上我，因为我太有个性了。

结果第二天我妈跑来跟我说，对方觉得可以先相处下去，问我什么意见。

我傻了半天，说：“他长得是挺好，但我也没觉着喜欢他，当然我也没觉着讨厌他，某些方面我其实还挺欣赏他的。”

我妈说：“感情都是培养出来的，你先抱着能和他培养出感情的积极心态试着和他接触，要实在培养不出来再另说，又不是让你和他相处着就一定要结婚。我看这孩子除了经常逃课不太好，其他倒是蛮好的。”

我就和阮奕岑先相处着了。

做人女朋友就要有个女朋友的样子，自从相处开始，我每天都会主动和阮奕岑发短信汇报当天行程。汇报了一个星期，有天我去阶梯教室上贝类学的课，进教室一眼在倒数第二排看到他。

和我同进教室的是同在水下摄影俱乐部的一个同班同学，我还和同学说："那不是阮奕岑吗？看来他真是很爱水下摄影，还专门跑来选一门贝类学的课。"同学也大为佩服，她一个宿舍的朋友帮她占了位，她跟我摆了摆手先过去了。

我目视了下教室后三排，看到除了阮奕岑旁边那个座位其他全被女同学坐得水泄不通，我就走过去在他身边坐了。

下课后我边收拾书包边问他："阮奕岑你怎么也来听贝类学？你对这个特别感兴趣吗？"

他一脸诧异："不是你让我来陪你旁听的吗？"

前后左右的女同学齐刷刷将视线盯过来。

我看了他半天，说："阮奕岑，我们谈谈。"

一直走出教学大楼，看方圆五米没人跟着了，我问他："阮奕岑，我什么时候让你陪我旁听了？"

他停下步子，掏出他的 iPhone 7s 按开屏幕给我看："你不是给我发了短信吗？"

我看了一眼罗列有致的短信，说："我没让你来啊，我不就给你发了几个行程短信吗？"

他皱了皱眉："你发这样的短信不就是这个意思？"

看他一脸理所当然，也不好跟他强辩，我就让了一步，说："好吧，我就是这意思。"又顺嘴说了一句："也到饭点了，咱们去哪里吃饭？"

他一脸果然如此的表情，挑眉问我："这是……还想让我陪你吃饭？"

我无奈地看了他一眼，说："要么你还是当没听见吧。"

他说："我听见了。"走了几步说："跟上来，带你去吃湘菜。"

那之后，阮奕岑经常跑到我们专业来旁听。由于他旁听的课程一般都是赶着饭点下课，所以课上完了很自然地就两人一起吃个饭。出于礼尚往来，我也去过他们班几次，想陪他旁听，但不幸总是赶上他逃课。我爸搞文化传媒，经常能拿到一些歌剧、话剧、舞剧、音乐剧的好票，课没陪阮奕岑上成，我就约他去看剧。基本上约他他就能到，可见打骨子里热爱艺术。

学校里不知道什么时候开始有了我在追求阮奕岑的传闻，据说这消息已经传了有段时间，学校 BBS 上关注这事的帖子也置顶了两个多月。我一不上网，二不八卦，等到从水下摄影俱乐部社长口里听到这传闻时，阮家和我们家已经开始商议订婚了。

社长跟我说："以前阮奕岑实在太酷了，酷到性向成谜，以致学校里喜欢他的男男女女都不敢妄动。结果一看你追他，没追几天他就能陪你吃饭看电影，小伙伴们纷纷表示'他也太好追了吧'的同时，都在眼巴巴等着看你们什么时候能分手，好让她们也能试一试。"

我说："看来这真是一段不被祝福的恋情。"

恋情两个字刚落地，自己先愣了半天。那之前我从没用过跟"恋"啊"爱"啊之类的字眼来形容过我和阮奕岑的关系。

其实订婚这事是阮家先提出来，阮奕岑那时候准备出国，他爸妈的意思是最好我们能在他出国前订婚，回国后就结婚。

商量订婚那一阵，我妈问过我爱不爱阮奕岑。我那时候表面上看着又酷又淡定，其实心里直发毛，毛骨悚然地问我妈爱是什么，有没有一个参考标准，让我参考一下我到底爱不爱阮奕岑。

我妈嫁给我爸之前是个诗人，年轻时作的诗歌有新月派遗风，每当她说话时用比喻句我就有点儿听不懂。

我妈循循善诱地跟我说，人的心就像是个玻璃房子，里面撒了花种，爱就像是阳光，有一天它突然照进玻璃房子里，然后你的心里就会盛开一朵花。如果你感觉你心里正盛开着一朵花，那就是爱情。

我果然又没听懂，问她："有没有更加通俗的解释版本？适合中小学生那种低龄版的？这个版本不太好懂。"

我妈叹了口气说："看来你只是和阮奕岑相处得好，订婚这个事我再和你爸商量商量。"

结果没等我爸妈商量出个结果，我就和阮奕岑掰了。

我和我妈谈话的那个周末，记不得是星期六晚还是星期日晚，天上下着瓢泼大雨，整个S市像是被泡在水罐子里。我正埋头在窗前整理前一阵拍的照片，突然接到阮奕岑的电话，说就在我们家门口，让我出来一趟。

我挂了电话找出雨伞来撑着就往门口跑。

大门口没看到阮奕岑，我又往外走了一段。远远看到阮奕岑跨坐在他那辆宝蓝色的重型机车上，昏茫的路灯下，背后的盘山公路像一条黑底泛白光的蚯蚓，公路两旁开满了山茶花，过了雨水，莹润有光，灯下看着就像是簇拥的玉雕。

走近了才发现阮奕岑没穿雨衣，我小跑过去将雨伞往他头上移，雨水顺着他半长的头发滴下来，划过脸颊，滴进他湿透的黑衬衣的领子里，就像江河汇入大海，陡然无形。

我看他这连人带车像是刚从河里捞起来的样子，赶紧打电话给陈叔让他把大门打开，打算先把阮奕岑弄进屋里换身干衣裳再说。

他伸手拦住我，声音有些发哑，没头没脑地问我："非非，你为什么要和我在一起？"

我说："这有什么为什么，不是相完亲，你说我们可以先相处一阵子，我们就在一起了？"

他说："我说你就答应？"

我说："当然我妈也给了我一些建议，我妈说……"

他打断我的话："你妈说？"

我看他神色不太对，没接话。他面无表情地说："所以你妈让你跟我交往，你就跟我交往，你妈让你跟我订婚，你也会跟我订婚？就没有什么是你自己的想法？"

我当然有自己的想法，但还来不及说，他突然握紧拳头砸了一下机车手柄，满面怒火地问我："被父母这么操控自己的人生，你就不觉得生气？不觉得痛苦？"

我说："阮奕岑你怎么了？"

他极为冷淡地看了我一眼，没搭话，戴上头盔轰足油门，宝蓝色的杜卡迪像离弦的箭，沿着银黑色的水带子朝山下一路飞奔，扬起的水花溅了我一裤子。

之后整整一个星期，我没见着阮奕岑，也联系不上他。没几天，听说他和珠宝设计系的系花走得挺近。我感觉事态有点儿严重，无论如何得找他谈谈，专门拣了个空闲的下午去设计学院找他。

结果刚踏进设计学院大门就被一群女生堵住，说她们学院不欢迎我。

我心平气和地告诉她们，今天我无论如何得见到阮奕岑，他要是个男人，就别躲在一帮小丫头后面。

小丫头们急了，表示阮奕岑什么都不知道，纯粹是她们看不惯我伤害他。她们觉得，因为最近阮奕岑下课没去找我了，所以她们猜是我和阮奕岑闹了矛盾，而如果我俩闹矛盾，阮奕岑是绝对不可能有错的，那错的就只能是我了，所以说是我伤害了阮奕岑。我觉得她们真是逻辑分明。

我在门口被挡了起码有五分钟，正不耐烦，珠宝设计系的系花突然出现了。

系花提议说，大家挡在这里也不是个事，一方要进去，一方不让，谁也不妥协，这矛盾又不能通过打群架解决，那就照传统规矩挑个竞技活动吧，谁赢了听谁的。

双方都表示赞成，通过抽签定下了网球比赛。

而我这辈子最狼狈的半小时，就发生在那天下午三点，S大的室内网球场，和珠宝设计系系花一对一单打。

康素萝对这个环节大感兴趣，靠在池子壁上问我："你那时候就没觉着系花起坏心？也许是她们布了个局故意整你？"

我说："谁一天到晚活得跟宫斗似的能想到那儿去？顶多就是觉得天不佑我，竟然抽出个我最不擅长的网球比赛。"

康素萝说："那你是什么时候发现不太对头的？"

我抄手想了想说："系花把球直接往我脸上打的时候。"

康素萝没见过世面似的捂住了嘴，说："不会吧，我以为她们只是想在大庭广众下痛赢你一场，好出出你的丑……"

我教育她，说："康素萝，人心有多好，人心就有多坏。"

其实她们珠宝设计系系花也没多漂亮，我从来就没搞清楚过她的名字，转学后干脆连她这个人长什么样都忘了。只是记得那场比赛，开球时黄色的小球狠狠砸在我腿上，一百多公里的时速，小腿胫骨狠狠一麻，麻过之后就是钻心地疼。

系花惊讶地一只手捂住嘴，跟我道歉："不好意思，失误失误。"

竞技活动难免失误，我没多想。结果赛途中她打过来的第二只球又砸在我腹部，我疼得弯腰，系花双手合十再次跟我道歉："不好意思，失误失误。"

道歉还没过三分钟，第三只球已经带着旋风般的力度直接打在我右腮上，砸得我脑子直发昏，手指挨上去，半边脸都是木的。

系花抄手站在球网对面，忍着笑说："哎呀，今天怎么老失误啊，聂非非，对不起呀，我不是故意的。"观战的全是她们设计学院的女生，人群里一阵哄笑，但也有两三个不忍，议论传进我耳中："聂非非看着怪可怜的，系花她是不是玩儿得太过了？"

我才终于反应过来，这是被人耍了。

康素萝听到这里，满腔怜爱地捧住我的脸说："非非，你当时一定特别无助吧，被欺负得那么惨，报复吧，你网球又不行，没那技术把球也发到系花身上去，怎么办呢？你是不是都不相信人生了？换我我一定哭了，你没有哭吧？"

我赞同地说："是，真是懊恼死了，我网球技术不行，也不能以牙还牙，把球也发到她身上去。"

康素萝继续捧着我的脸，温柔地说："可不是吗？"

我说："所以我撂下拍子走过去直接上拳头把系花揍了一顿，把她揍哭了。"

康素萝说："……"默默地放下了我的脸。

我说："你觉得我不该揍她？"

康素萝说："我本来以为剧情应该是你被欺负了，楚楚可怜地站在那儿，然后阮奕岑突然出现英雄救美，你们俩的心结由此解开。"

我说："开玩笑，我们炫酷一族最烦楚楚可怜。被人耍不要紧，被人可怜问题就大了。"

康素萝想了一下，说："你这么讨厌楚楚可怜，那万一要是你的男神聂亦正好就喜欢那种楚楚可怜的女孩子呢？"

我说："不能因为我男神喜欢那种女生我也得喜欢那种女生吧？"

康素萝说："不是，我是说万一有一天你能和聂亦谈恋爱，他希望你能楚楚可怜一点儿，你怎么办？你要为了他放弃自我吗？你代入一下？"

我试着代入了一下我和聂亦谈恋爱，立刻说："放啊，别说楚楚可怜，他要让我对着海棠吐血我也能当场吐给他看，他让我吐三升我绝不吐两升。"

康素萝说："聂非非，你不是吧？"

我往杯子里倒酒，一口气喝了一半，说："为了男神，我就是这么豁得出去。"

总之，阮奕岑那天没出现。之后听说系花进了医院。

其实我揍人有轻重，她那么点儿伤，痛当然是痛，住院却远远不至于，可能是怕我揍了人不算还要继续追究，先使出哀兵之计。我也去医院躺了两天，因为被系花那三下打得有点儿轻微脑震荡。

出院后才知道学校里关于这件事传得有多离谱儿。说我因为阮奕岑和珠宝设计系花多说了几句话就打去设计学院找人家系花麻烦，和系花比赛打网球，却因为打不过人家竟然恼羞成怒，扔掉网球拍直接把人家系花给揍了。

回校第二天在部活动室碰到水下摄影俱乐部的社长，她大着胆子问我："你把设计学院系花揍了那事是真的？"

我说："揍了她是真的，因为和她争风吃醋才揍了她这原因我也是第一次听说。"

社长说："我也觉着奇怪，你打人一直都挺有格调的，为这么不着调的理由动拳头不是你风格。"

我说："还是组织理解我。"

组织立刻说："这系花够坏的啊，我看那谣言八成也是她散布的，你说你要不要给澄清澄清？"

我说："我揍了，我爽了。我又不去竞选学生会主席，非得让大众理解我，有什么好澄清的？"

组织思考了三秒钟，说："你说的也有道理。"

我说："主要是我现在没不爽，她要再惹我不爽，我还揍她。"

这事就算揭过，但几天之后，剧情突然出现了神一般的转折。听说珠宝设计系系花在医院里跟阮奕岑告白，阮奕岑接受了。

当晚阮奕岑他爸妈就赶到我们家道歉，说阮奕岑这阵子正叛逆，前一段还和家里大吵了一架，因为他们一直夸我好，可能他非要和家里犟，才做出这种事，他们一定把他劝回来，亲自押到我面前跟我赔礼谢罪。

这件事把我气得够呛。我觉得他再中二也不至于中二到这个地步。无论如何，我们是处在一段关系中，这段关系明文规定了不允许有第三人插足。如果他确实觉得跟我没法儿再相处下去，至少要通知我一声，表示我们的关系已经结束，我一定给予最大程度的支持和理解，这是起码的尊重。

我妈看我气得想去砸阮奕岑窗户的反应有点儿吃惊，问我："非非，你是不是对奕岑他……"

我说："我觉得他简直就是个神经病啊，有什么事大家不能当面好好说，非不接我电话不回我短信？我们不是已经开始谈订婚了？他这会儿又去找了个第三者？"

我妈说："我去和你爸聊聊。"又苦口婆心叮嘱我："无论你有多生气也不能砸桌子上那套茶具啊，那是你曾爷爷留下来的，旁边的玻璃杯你倒是可以随便砸。"

晚饭后我妈到我房间，和我东拉西扯闲聊了半天，中途说："前阵子我看到你喜欢的那个水下摄影师在 Y 校开了个专门的水下摄影课程，你看要不要转到 Y 校去？"

我一听，立刻将阮奕岑抛在脑后，问我妈："你怎么不早告诉我？"

我妈说："你知道要申 Y 校，GRE 得考到多少分吗？"

我说："不知道。"

我妈说："这样，从明天开始你好好背单词，我去学校给你办个病休。"

后来我和康素萝说，如果人生路上遇到什么觉得过不去的坎儿，就去背 GRE 单词吧，花二十天背完两万五千个单词，每天晚上做梦都在拼 antihistamine（抗组织胺药）这样的你除了 GRE 考试可能一辈子也用不上的单词，你的人生一定能进入一个全新境界。

反正等我背完两万五千个单词后，阮奕岑在我这儿就变成朵浮云了。

直到六年后，在这条开往 C 市的冬夜的高速路上再遇到他，这朵浮云穿越六年光阴，才终于具象起来。

03.

次日天阴有雨，雨倒不是特别大，落到车窗玻璃上却足够演出一道又一道长长的泪印子。泪水从人脸上流下去就像是那样。

我妈从前特别喜欢雨天，常常充满感情地跟我说，雨水其实是他们诗人的眼泪。后来有一个大雨天，我妈应邀去参加一个饭局，不幸被路上的积雨泡坏了她刚上脚的孔雀毛凉鞋，那之后，我妈再也没提过雨水是他们诗人的眼泪。但她似乎很舍不得这个比喻，有一回早上散步，我听见她跟我爸说："夏天的晨露其实是我们诗人的眼泪。"我爸说："你们诗人的世界我真是搞不明白，上回你不还说雨水是你们的眼泪吗？"我妈说："都是我们的眼泪行不行？我们天生眼泪多行不行？"我爸就没说话了。

想起这件事的一瞬间，我有点儿想念我爸妈，但下一秒，我立刻硬起了心肠。

阮奕岑的毛病是每天早上起床都要喝杯现磨咖啡，早饭后我径直往酒店咖啡座找他，果然看他坐在那里看报纸。

我在他对面坐下来，他抬头瞟了我一眼，问我："东西收拾好了？"

我点了点头。他将报纸翻过去一页，说："等我十分钟。"

我"嗯"了一声，顺手从桌子上拿起一本画报。

大清早的咖啡座也没什么人，除了我们，唯有右前方一对时尚女性坐在那里聊购物。

画报翻了两页，那对女朋友当中扎马尾的那个突然立起来一本杂志，将封面指给她的同伴说："哎？商业圈原来也有这种帅哥啊？"

她同伴看了一眼，道："啊，我认识，聂氏制药的少帅聂亦。"

我画报没捏稳，"啪"一声掉在了桌子上，阮奕岑越过报纸扫了我一眼，我假装没事地重新拿起画报。

扎马尾的道："就是那个聂氏制药？"

她同伴点头道："这照片没真人帅，大前年我还在《新闻晚播报》做的时候，他们公司的产品推介会上我见到过他一次，真人真是，气质好得不像话。对了，说起来这人挺传奇，去年又开始续拍的那部美剧《生活大爆炸》看过没有？他的经历完全就是一个谢尔顿，十四岁考入 N 校读生物学本科，十六岁考入 Y 校读细胞与分子生物学博士，十九岁就拿到了博士学位，留校一年后回国继承父业，牛掰得不行。"

扎马尾的将嘴张成 O 形道："我好像有点儿印象了，他是不是和电影明星杨染闹过绯闻？"

她同伴说："你记错了吧，聂少这方面没什么绯闻，简直就是朵高岭之花，别说和明星闹绯闻了，他正式的女朋友也只交过一任。"

扎马尾的立刻说："他竟然交过正式的女朋友？这样的人还交什么女朋友？做人做到这种程度就应该一辈子也不交女朋友，利用有丝分裂产生下一代才符合设定嘛。"又问道："他女朋友是个什么样的人？不会也是个学霸吧？"

她同伴说："听说是他 Y 校的学妹，但不是什么学霸，在 Y 校靠混毕业的。你知道的，那种富二代，学的是海洋生物，后来却因为专业知识不过关，跑去搞了摄影，是个典型的富二代学渣。"

扎马尾的不能置信道："那他到底怎么爱上他那女朋友的？听起来简直毫无可取之处啊。"

她同伴说："跟爱没关系吧，你知道他们那样的人，正式交的女朋友基本上都是父母定的，为家族利益，没的选择，也怪可怜的。"又道："听说当时他女朋友有两个候选人，一个是他爸帮他选的这个富二代学渣，一个是他妈那边的一个好朋友的女儿，叫简什么的，那个女孩我倒是见过，那时候还在读大学，在聂氏实习，长得真是特别清纯漂亮，那女孩没被选上可能就输在家世上吧。"

说完两人同时陷入了沉默，良久，扎马尾的说了一句："有钱有什么用，学习好有什么用，十九岁拿博士有什么用，还不是得让父母包办婚姻，包办婚姻真是害死人。"

我靠在椅子上喝柠檬水，想这谣言还有谱没有，我怎么就成了个一无是处的学渣，不过看不出来人民群众对富二代的婚姻普遍抱持着这么大的同情。但也说不准，去年被女明星老婆家暴的某个长得像《西游记》中金角大王的富二代，据我所知就没得到过人民群众的同情，看来这事主要还是看脸。

真是令人百感交集。

对座的阮奕岑已经开始收拾报纸，突然说："我们当年应该也算父母包办。"

我说："你给包办婚姻一条活路，我们那不管横着算还是竖着算都不算包办。"

他站起来率先走到过道上，目光望向窗外，说："其实，有时候父母的决定……也不一定是错误。"

我隔着半米看了他起码十秒，问他："你现在这么懂事你家里人都知道吗？"

他把手放进裤兜里，另一只手里拿着车钥匙，站在那儿问我："你呢？你孤身一人跟着我去长明岛你家里人都知道吗？"

我打了个冷战，说："阮奕岑，你没打电话告诉我爸妈吧？"

他皱眉说："我不知道你爸妈的联系方式。"然后审视地看着我道："为什么不能告诉伯父伯母？"

我想都没想就脱口而出："因为他们会告诉……"聂亦的名字即将出口，突然打住。

阮奕岑却逼近道："他们会告诉谁？"

我愣在那儿。

他的神色突然变得复杂，声音压得极低，说："他们会告诉……你男朋友？"

我恍惚了半秒，阮奕岑可不傻，到这一步绝不会相信我是去长明岛旅游。

我定了定神，说："阮奕岑，实不相瞒，我和男朋友闹了矛盾，正离家出走，我妈不知道，你帮我个忙，别打电话让她担心。"

他蹙眉看了我很久，说："你不见了，你男朋友就不会告诉你妈？"

我说："他不会，不到最后一步，他不会让老人家担心。"

他突然冷笑："聂非非，你自私也要有个限度，你也知道老人家会担心？"

我说："有些事你不明白。"

他抄着手："那你就负责给我说明白。"

我笑了笑说："这事跟你说不明白。"

他眉毛挑高，说："聂非非，你永远是这样，有了问题第一时间想到的只是走，六年了，没有一点儿长进。"

我说："阮奕岑，看来是到了我们该分道扬镳的时候。"

他拧着眉，就那么看着我。我毫无畏惧地和他对视。他使劲捏了捏手里的车钥匙，声音有些哑，问我："你和他闹了矛盾，你想让他去长明岛和你认错？那样你就会原谅他？你想要一场浪漫的讲和，所以离家出走？"

我知道他误会了，但还是说"是"。

他从外套里拿出一盒烟，挑了一支拿在手里，却看到旁边的禁烟标志，又将烟放回去。他说："他能猜到你去长明岛吗？"

我说："能。"

但我知道，聂亦不会猜到我去了长明岛。或者他能猜到，但，没有时间了。

阮奕岑沉默了许久，说："我送你去，这样安全些，我不会通知任何人。"

上车的时候，阮奕岑问我："其实当初你也希望我去美国找你？"

我正在扣安全带，回头问他："你说什么？"

他没再说话，紧紧抿着嘴唇。

汽车在微雨中上路，旅程尽头就是我的归途。

车上挂着一只琉璃的平安扣，就像是催眠师使用的那种小道具，在我眼前规律地晃来晃去。

我想起我和聂亦是怎么认识的。

当然不是如流言所说我们是在 Y 校结缘，我们也没法儿在 Y 校结缘，这里有一个致命的硬伤：我去 Y 校读书的时候聂少他已经回国一年多了。

我从十二岁开始立志当水下摄影师，因为这个才选了海洋生物学做主修专业。在 Y 校苦读三年，提前修完学分拿到学位后，我就高高兴兴地跑去追求梦想去了。

那是三年前。

平安扣摇摇晃晃，玻璃外是摆来摆去的雨刷，我想也许我应该睡一觉，小说里不是常有这种情节？某人身处绝境，睡了一觉突然发现穿越到所有坏事都还没发生的那一天，然后重新改写了自己的命运。虽然除非我穿越到科技领先地球人至少一百年的外太空，不然是没法儿改写我的命运了，但如果真有穿越，至少让我能穿到 2017 年 5 月 21 日那一天。我想将这所有的一切都重新再来一遍。

意识逐渐模糊，2017 年 5 月 21 日，那一天我是怎么过的来着？

对了，那天我刚结束了为期一个月的南沙海底拍摄，坐下午五点四十分的航班回了 S 城，我妈带了一套礼服裙来机场接我，见我第一句话就是："闺女，有个派对你得和我去应酬一下，我们有二十分钟的时间可以给你化妆梳头，衣服你就在车上换，赶时间。"

我背着个硕大的登山包，把头上的棒球帽帽檐一掀掀到脑后，说："不是吧，我光化眼妆就得花半个小时，还不算剪双眼皮贴的时间。"

我妈说："今天这个派对你不用化那么好看，过得去就成，你爸一熟人办的家庭派对。说是家庭派对，但我听说是他们家老太太不好了，希望走之前能看到唯一的孙子结婚，所以专门办来给他儿子相亲的。"

我说："这不跟童话里王子选妃似的？那我不该化得更好看才行啊？"

我妈皱眉说："齐大非偶，最主要是他儿子那性格太糟糕了，我真是不乐意带你去。但不去又不太好，咱们露个脸打个招呼就回，你也没漂亮到不化妆就能艳惊四座那地步，我觉得你不好好化妆，一大堆漂亮姑娘里不至于就出挑到让他儿子一见钟情。"

我说："那不化不就结了。"

我妈打了个哆嗦，说："你没看电影是怎么演的，大家都化妆，你非不化妆，不是一眼就注意到你？不是一眼就觉得你特别？枪打出头鸟啊，你知道不知道？"

我说："那你们不能说我出差还没回来啊？"

我妈叹了口气说："你爸是个猪队友，人问他是不是有个女儿，在做什么，他就特开心地跟人炫耀说你在南沙拍东西，今天下午会回来，还说你坐的是近年来从不延误航班的国航，五点半就能到 S 城。人就说真巧，那天家里正好要办个派对，带太太和你女儿一起来参加吧，大家热闹热闹。"

我说："我爸人呢？"

我妈轻描淡写地说："在家里跪键盘。"

司机将我们送到郊区某个大宅时已经七点半了，院子里亮起灯，远远听见有音乐声。我在淳朴的南沙与大自然和各类海洋生物做伴了整整一个月，回来看到这璀璨的人间灯火一时有点儿不能适应。

大厅是欧式设计，一屋子的红男绿女，大多是不认识的面孔。我妈带我去和派对主人打招呼，称对方聂太太，让我叫聂伯母。我心想原来这家也姓聂，S 城做生意的聂家还挺多。

我妈带我去见了几个她的朋友，完了放我自己去找东西吃，跟我约定好半个小时后咱们就告辞，借口都是现成的：我爸病了留他一个人在家不放心。

中途我去了趟洗手间，出来洗手时晃眼一瞟，从洞开的窗户里看到院子深处竟有一片蓝光。天上有星，星光下约莫能看到丛丛树影，而那片蓝光就坐落在树影中。

所有的水下摄影师都有探险精神，特别是海洋摄影。我一看表，离和我妈约定的时间还差十多分钟，想也没想就噌噌噌下楼往院子里跑了。

我其实很爱迷路。

但这天晚上竟然没有迷路。

院子里种了很多树，我找到一条小溪，顺着小溪旁的石子路探进迷宫一样的林园中。溪水淙淙，水边开满了蓝色的勿忘我。勿忘我顺着溪水绵延成一条弯弯曲曲的线，融进夜的深处。

而那片蓝光就坐落在溪流的尽头。

走到它跟前，我才发现这竟是座玻璃屋，但与我见过的所有玻璃屋都不一样。四围做墙的玻璃壁是一个大约二十厘米宽的夹层，里面灌满了水，形成一个完完整整的水世界，水草、珊瑚、雨花石中游移着色彩绚丽的热带鱼，那幽蓝的光线正是从玻璃壁中来。

我试着伸手去碰触它，玻璃和我的手掌严丝合缝地贴合在一起，有夜色的冰凉。我在那儿自言自语："这房子怎么造的，简直就像从安徒生童话的海底王宫里偷出来的一样。"我边沿着玻璃走边数里边的热带鱼种："剑尾鱼、蓝珍珠、红美人、七彩霓虹、黄金雀、白云山、咖啡鼠、玻璃鱼……"

突然听到有人说："这些鱼你都认识？"

我吓了一跳，抬头时却看到玻璃对面立了一个人影，黑色的长裤，白色的衬衫，袖口挽起来。玻璃屋中没有灯，一切都模糊得近乎神秘。隔着玻璃和水，传过来的声音竟然这么清晰，也不知道是什么科技。

我问他："你也是客人？"

玻璃壁后种了几株散尾葵，他站在散尾葵的阴影中，被垂下的巨大叶子挡了脸。玻璃中聚起又散开来的热带鱼将他的影子搅得有些散碎，他没回答我的话，只是伸手点了点玻璃中一处，问我："这是什么鱼？"声音偏低偏冷。

这里每一段空间里混养的鱼都搭配得挺专业，但这一位竟连里边养的什么鱼都不认识，我想这一定是客人了，回答说："红肚凤凰，看到它鳍上的花纹没有？就像凤凰一样。"

他的手又指向另外一处："这个呢？"

我说："哇塞，蓝茉莉。"

他停了一下，说："这个很特别？"

我说："你不觉得它长得好看？所有的观赏鱼我最喜欢这一种。"我和他攀谈，"这地儿真好，比里边有趣多了，你也是觉得无聊才出来的？"

他赞同道："里边是挺无聊的。"

我叹息说："这家儿子真可怜。"

他说："可怜？"

我说："这不是个相亲派对吗？"

他顿了顿，问我："相亲不好？"

我坦白地说："相亲没什么不好，但为了立刻结婚而进行的相亲也没什么好，所以我觉得他家儿子可怜。"

一小群白云山结伴从我眼前游过，上层的水域突然变得洁净平稳，我看到和我隔着玻璃说话的这个人的下巴。衬衣扣子被打开了，隐隐现出一点儿锁骨，这人有非常好看的锁骨。

他可能没注意到我不礼貌的视线，接着我刚才的话道："你也是来相亲的，也有可能被挑上，被挑上的话，岂不是和他一样可怜？"

我开玩笑说："那也不一定，我搞水下摄影，特烧钱，要他们家儿子真看上我了，我就有钱买潜水器去搞深海拍摄了。"

但他似乎并没听出来这是个玩笑，说："所以，你结婚是为了钱？"

我想了想，说："你看过一本小说没有，里边的女主角说她最想要的是爱，很多很多爱，如果没有爱，钱也是好的，如果没有钱，至少她还有健康。"

他说："《喜宝》。"

我说："对，我当然希望有爱，如果没有爱，那就给我钱，如果没有钱，有健康我也会觉得幸福。"

他没说话，这被树影围起来的空间突然寂静下来，唯有光蓝幽幽的，鱼群悠悠闲闲的，还有玻璃屋外的月见草……月见草开了花。

我正想说点儿什么打破寂静，手包里电话突然响起，我一看是我妈的电话，忙道："我有点儿事得先走了，改天聊。"

沿着小溪一路往回走的时候才想起来，连对方名字也没问，脸也没看清楚，改天就算见面了也不一定认得出来，聊什么。

但是那玻璃屋真像一个梦，那场谈话也像一个梦。

04.

第二天在美容院和康素萝碰头，她一脸阴沉，眉毛差一点儿就要拧到额头上去。康素萝长相甜美，就算做出阴沉样来也是一种甜美的阴沉。但我还是关怀了她一下，我说："康素萝你这一脸菜色难道是又有学生在你的课上看唐七的小说？"

康素萝哭丧着脸说："你还来调侃我，你知不知道林琳云说你坏话，我都气炸了，跟她吵了一架，结果居然没吵赢。"

我想了半天，我说："林琳云……谁啊？"

康素萝说："就我们隔壁邻居，家里卖电器的，听说以前高中和你一个班。"

我说："我忘了高中班是不是有这么号人了，可能这人太没存在感了，她说我什么来着，值得你气成这样？"

她嗫嚅着说："就假清高啊，自我啊，不合群啊，老觉着自己特美什么的。"

我说："妈的。"

她赶紧说："你别气，别气啊。"

我拿出个小镜子来特别认真地照了照，跟她说："但我真觉着我挺美的，你觉得呢？"

康素萝深深地看了我一眼，说："……美你妹啊。"

我妈那时候正打电话过来，我按了免提，我妈在电话那边第一句话就是："刚刚谁在说脏话？"

我立刻把康素萝卖了，我说："是康康。"

康素萝不甘示弱地说："伯母，非非正背着您抽烟呢。"

我一没留神从椅子上摔下来，连忙对我妈说："那就是个香烟形状的棒棒糖，别听康素萝乱讲，我又不是什么不良少女，为了扮酷还专门找支烟来抽，哈哈哈。"

我妈说："别跟我哈哈哈，有正事，你把电话先接起来。"

直到车子发动，我仍在回味我妈电话里的话。

我妈沉痛地跟我说："聂非非，你雀屏中选了，聂家的儿子想请你喝个茶。"

我第一反应是："该不会每个昨晚去相亲的都被聂家的儿子请去喝茶了吧？"

我妈说："不瞒你说，我第一反应跟你一样一样的，还让你爸去打听了一下。但据说就只有你被请去喝茶啊，你说你连妆都没好好化，你还穿了条丑得惊人的土黄色礼服裙，聂家儿子到底看上你什么了？"

我说："开玩笑，区区一条土黄色礼服裙怎么掩盖得住我炫酷的气质。"

我妈"啪"一声就挂断了电话。

但十秒之后她又打了过来。

照我妈的意思，就算我真有什么魅力让聂家儿子对我一见钟情，但聂家为什么急着娶媳妇儿大家心知肚明，她郑丹墀绝不是卖女求荣之辈，她的建议是出于社交礼貌，下午这个约我还是得赴，但她希望我在和聂家儿子喝茶的过程中，表达一下我们家没有攀龙附凤的想法，有礼貌地将对方的垂青婉拒掉。对这件事我和我妈的看法不同，我觉得婉不婉拒还是等看了对方的脸再做决定，万一长得好看其实也可以先交往一阵子。

喝茶的地方定在一瓯茶。一瓯茶是个茶文化园，听说这名字来自唐诗中的"酒醒春晚一瓯茶"。园子里有十来家茶社，建园之初，这些茶社已被本市各大公司订购做私人会所，主要用于招待各自的贵宾客户，因此不对外开放。聂家的茶社名字很有意思，叫香居塔。

我开车找了半天才找到正门，停好车在门口做了身份识别，一个穿藏青色连衣裙的高个儿美女要领我进园，我将墨镜摘下来跟她说："你给我指一下从这儿到香居塔怎么走就成，我自个儿进去。"

园子里种了许多园林树，我能认出来的是刺槐和凤凰木，正值花期，花簇从绿得鲜亮的叶子里冒出来，像一盏盏宫灯挂在树间。园林深处，露出一座极有古意的仿唐代木造式建筑，照刚才那高个儿美女的说法，这就是香居塔。

门口没半个人影，长长一排屋子只有居中的一间开着门，我脱了鞋从那道门走进去。入眼的首先是道五色帘，撩开帘子是个小巧的外间，又有一道帘子，隔开内里的茶室。透过帘子能看到茶案上搁着个银制风炉，咕嘟咕嘟煮着水，茶案后穿深色亚麻衬衫的男人席地而坐，正低头翻看着一本什么书。

我咳了一声，边说"打扰了"边撩起隔断茶室的五色帘，男人从书上抬起头来。

我手里还握着一大把琉璃珠帘，毫无征兆地就愣在了那里。

这是一个怎样的相遇。

那一瞬间，我忽然就理解了我妈从前说过的那个关于心是一个玻璃房子的比喻。

那张做我电脑桌面做了好几年的英俊面孔蓦然跳进眼中，就像是一束阳光突然照进我心中的玻璃房子。有一颗种子奋力挣脱土壤的束缚，揪得心脏一疼，种子在一刹那长出小芽、长出花茎、长出叶子，然后在最高最高的顶上，开出了一朵巨大的、雪白的、美丽无比的花。

心上蓦然盛开的这朵花让我整个人都木了，我喃喃说："我是不是走错地方了？"

男人合上书道："你没走错。"小小的空间一时静极，能听到风炉上煮水的茶釜里发出轻微的响声。男人抬手从一只折枝花形状的银制盐盒子里取出些盐花来，边往茶釜中加盐花边说："我是聂亦，聂小姐，我们昨晚见过。"

在最好的梦里我也不敢想这个。

我曾经和康素萝说，这辈子能再见一次活的聂亦已经心满意足，这是真话。

我最奢侈的梦想，是哪天聂亦能去某个大学再做一次讲座，然后我能搞到个第一排的座位安安静静坐那儿听他讲俩小时报告，连在他的报告上录像这个事我都不敢想。

但此时此刻，他竟然就坐在我的面前，还和我说话，还准确地叫出了我的姓氏。

我做了起码三十秒的心理建设，跟自己说，聂非非，不能因为相亲碰上男神你就扭捏你就紧张，放轻松点儿，就当商场抽奖抽中和男神共喝下午茶了，enjoy（享受）过程就好，结果其实不重要。你看，你都和男神说上话了，这辈子关于男神的人生梦想已经不知道翻了多少番地实现了，你要知足啊聂非非。

做完这套心理建设，我就淡定了。

我放下帘子走过去盘腿坐在茶案对面空置的软垫子上，特别镇定地接着聂亦刚才的话说："我们昨晚见过？可我在你们家客厅逗留的时间不超过十分钟，伯母说你在楼上休息，没等到你下楼我们就告辞了。"

茶釜里的水又开始沸腾，聂亦取了一勺出来，边往水中添茶末边道："如果没有爱，就给你钱，如果没有钱，有健康你也会觉得幸福。你说这是你对婚姻的看法。"说这话时他微微低着头，手上添茶的动作老道又漂亮。

我愣道："昨晚玻璃屋里那人原来是你？"

他将茶筒放到一边，答非所问道："聂小姐，冒昧问一句，你对你未来的丈夫有什么要求？"

我才想起来这是个相亲。

我从十八岁开始相亲过无数次，简直阅人无数，但从没有哪个相亲对象这样直接，最直白的也会花十多分钟先和我谈谈人文艺术暖一下场。

我一想反正这也是场不抱什么希望的相亲，就一股脑儿把自己的妄想全说了，我说："长得好看，聪明，有钱，爱我，性格好，还忠贞。"

他拿了两只浅腹碗来分茶，说："除了第四点，我想我都可以满足。"

我说："……什么？"

他将一只茶碗递给我，用谈生意的口吻问我："聂小姐，你有没有兴趣做聂家的儿媳？"

　　我几乎是木愣着从他手里接过茶碗，接过来之后赶紧放在茶案上，生怕让他看出我手在抖。我说："除了第四点，第四点什么来着？"

　　他平静地说："爱你。"

　　日光照进窗户，落在花梨木的茶案上，落在青瓷茶碗上，落在聂亦挽起的袖子上，宽阔的肩膀上，落进他的眼睛里。他的眼睛是漆黑的颜色，像是去年生日时我妈送我的黑宝石，有冷色的光，安静又漂亮。他坐在那个地方，和这古意盎然的茶室浑然一体，在我看来，他自身就是一件艺术品。

　　这件艺术品五秒之前跟我求婚来着。

　　我静了好一会儿才从一种浪漫的情绪里自拔出来。

　　我喝了口茶，跟他说："聂先生，你是不是有什么难言之隐，比如性取向之类的问题？或者你其实有一个深爱的女性，因为种种原因不能在一起，但你家里人又逼你结婚，你不得已要找一个代替品？"

　　聂亦看了我好半天，良久才道："我没有那些问题。"

　　我正松一口气，他突然道："多巴胺、去甲肾上腺素、内啡肽、苯基乙胺、脑下垂体后叶激素，我认为爱情由这些东西组成，没什么意义。"他握着茶碗摇了摇。"但婚姻是一种契约关系，彼此都有义务和责任，我没法儿给的是需要爱的婚姻，其他的所有义务和责任我都能尽到，而你想象中的婚姻也不是非爱不可，给你钱买潜水器你就会觉得幸福，我认为我们很合适。"

　　我有一瞬间被他关于爱情的论点震惊到，但转念一想科学家看这个世界是和我们普通人不太一样，要不怎么是科学家。对方可是聂亦，被军事级安保系统供在珠穆朗玛峰的高岭之花，邀我假结婚，我简直撞了大运。

　　我说："假结婚现在其实也很……"流行两个字还没出口，就被聂亦打断。他皱眉："假结婚？不，我们会有小孩儿，通过试管培育。我知道你需要一点儿时间来考虑。"

　　我试想了一下我竟然可能会和聂亦有小孩儿，心里的那朵花一瞬间盛开得更为巨大，就快要膨胀开来。聂亦不懂爱情，一定不知道我看他的目光是怎样的，我从前也不懂，但这真是一件无师自通的事，就像我妈所说的那样，只要你心中盛开了一朵花。

我问聂亦："你真的会给我买潜水器？"

他点头："真的。"

我说："好啊。"

他愣了："你说什么？"

我欣然说："好啊，我们结婚。我叫聂非非，你不用再叫我聂小姐。"

他搁下茶碗，探究地看了我两秒，道："为你好，你再考虑两天回答我也没关系。"

我生怕他变卦，赶紧说："不用再考虑了，你看我这淡定的表情像是一时冲动吗？潜水器就是我人生的究极奥义，你给我买潜水器，我跟你结婚，我觉着挺公平挺和谐的，赶紧跟你父母报告这个好消息吧，你奶奶不是还等着？我也得回家和我妈说一声。"

他说："你母亲好像不太喜欢我。"

我听出来他的潜台词。

我眯着眼睛看他，这个角度真好，如果这么来拍一张照片，一定比我电脑桌面上那张好看。我跟他说："所以聂亦，你不能和我妈说你是因为我喜欢钱才想和我结婚，你必须跟我妈说你对我一见钟情，她是个诗人。"

离开香居塔的那一刻，我回头隔着两层珠帘看仍坐在那儿等秘书的聂亦。他喝茶，还收集茶器，花梨木茶案上的茶具大多是古董拍卖品，我在拍卖行寄给我爸的拍品杂志上看到过。他原来对这个感兴趣。我牢牢记在心里。

聂亦真倒霉，怎么就找上我了，他一定不知道我对他的企图心。

我希望我的婚姻里能有很多很多爱，最好是两个人的爱，如果聂亦不能给，我就多爱他一点儿，反正我感情特丰富，我也不觉得爱情是激素。

那是 2017 年 5 月 22 日，我和聂亦就是这样开始的。

回到市区给康素萝电话，她还在美容院，我开车过去找她，和她讲述了这番奇遇。

康素萝裹着毛巾泡在药浴盆子里和我说："非非，这的确是一番奇遇，堪比爱丽丝梦游仙境，不过聂亦他既然在 S 市，家里又是开公司的，那和你们家有交集是很正常的事，你要见他一面应该也不是特别困难，他相亲相上你这也在逻辑可接受的范围内，怎么你以前说起他，活像他是住在冥王星上似的？"

我说可说呢，其实回头想想我们的确是一个世界的对吧？我以前怎么老觉着我们不是一个世界的呢？

康素萝捂着脑袋说："你别在我跟前晃了，我头晕，还有，离你见他这已经过了一个多小时了，你怎么还这么激动呢？"

我说："我、没、激、动。"

她说："你看你说话声音都在抖。"

我说："我、没、抖。"

康素萝懒得理我，叫来美容师，请她给我拿个 iPad 玩儿，好让我冷静一下。趁我开网页的空当她琢磨着说："非非，但这婚姻还是不正常啊，没有爱情做基础，这婚姻得多危险？你又不是真爱钱。"

我埋头浏览网页，说："你不能这么看这个问题，你想想，我要嫁的是男神啊，男神不爱我这不挺正常？但男神愿意给我钱花，男神还愿意拿他的基因出来跟我生个小宝贝。"我回味了半天，在那儿美得不行，跟康素萝感叹："你说我这是什么运气？"

康素萝不太想理我地打算转移个话题，她探头过来："你在看什么看得这么全神贯注……妈的你居然都在看婴幼儿衣服了？"

我说："你看，这个企鹅宝宝装是不是可爱得不行？"

我妈对我和聂亦下午喝的那顿茶根本提不起兴趣问，我从小到大都听话，她可能觉得我已经照她的建议婉拒了，没什么问的必要。她正坐在客厅里插花，我走过去跟她说："妈，聂家儿子的确对我表示了垂青，你真是料事如神。"

我妈眼皮也没抬，执着地说："你穿的可是一条土黄色连衣裙，就这样还能看上你，说明他的衣着品位很不怎么样，这就更不能要。"我回忆了下聂亦的衣着品位，觉得简直不能更好，顿时放心。

我声情并茂地跟我妈说："我昨晚是没见到他，我今天在香居塔看到他的时候，瞬间觉得遇见了生命中的达西、罗密欧、白瑞德、贾宝玉，我对聂亦是一见钟情啊妈！"

我妈手上的剪刀"啪"一声就掉在了茶几上。

我目光灼灼地看向我妈，说："聂亦他跟我求婚了，我没婉拒，我答应了他。"

我妈说："闺女，你就不能再考虑考虑？"

我决绝地说："不考虑了，我觉得不嫁给他我简直会死。"

我妈沉默了半天，说："这样，你让聂亦什么时候来见见我们。"

我说："好。"

我心想打铁趁热，是不是给聂亦发个短信，看明天约个饭局让他和我爸妈聊聊。走出客厅掏出手机，才想起今天根本就忘了问他要电话号码。在给我妈的设定里我和聂亦彼此一见钟情，虽然只见了一面但已爱得难舍难分，我再折转回去问她要聂亦的电话号码这显然不太合适。一瞬间我的冷汗就上来了，打电话给 114 显然查不到聂亦的手机，我琢磨着是不是明天亲自去一趟聂亦他们公司。

05.

　　建立法兰西第一帝国的拿破仑·波拿巴老师曾说："伟大的统帅应该每日自问数次,如果面前或左右出现敌人该怎么办?他若不知所措,就是不称职的。"这又是一句告诉了我们正确心态但没告诉我们正确方法的名人名言。

　　那天早上我正开车,康素萝给我电话,问了我一个类似问题,她说:"非非,要是现在一堆人扑上来想阻挠你和聂亦的婚事,你要怎么办?你会不会怀疑自我?你会不会不知所措?"

　　我问康素萝:"我爹妈和聂亦他爹妈在不在你说的这一堆人里头?"

　　康素萝说:"不,亲人不算在里面,但你记不记得我们小时候看的日本漫画《一吻定情》?女主角琴子和男主角直树结婚之后多少人羡慕嫉妒恨啊,你还记得在他们度蜜月期间试图勾引直树的麻子吗?就是那个嘴角有颗媒婆痣的麻子?"

　　我想了半天,说:"人叫麻里,不叫麻子。"

　　康素萝说:"我怎么记得就叫麻子?日本女的不百分之九十九都叫什么什么子吗?就跟俄国男的百分之九十九都叫什么什么斯基一样?不对啊,兔斯基它名字里也有斯基啊,它算是个俄国兔子吗?"

　　我说:"不是,兔斯基它是个中国兔子,康素萝你说重点。"

　　康素萝说:"哦,我就是想问一下,你要怎么对付出现在聂亦身边的麻子们,你要怎么跟她们斗智斗勇?"

　　我说:"康素萝,我空手道二段,前年忘了去考才没升上三段,我这儿没斗智斗勇,只有一拳打死。"说完利落地下车"啪"一声关了车门。

　　康素萝松了一口气说:"你有这个心态我就放心了,你已经到清湖了吗?

开车开得还挺快嘛。"

我说:"清湖?"

她说:"你不是去聂亦公司找他要手机号吗?我昨晚打听了下,聂氏的科研核心是清湖药物研究院,聂亦是现任院长,药研院在清湖开发区,聂亦肯定也是在开发区那边上班啊。"她顿了三秒。"等等,你该不会直接把车开去聂氏总部了吧?哈哈哈,你不会那么二百五吧,哈哈哈。"

我把墨镜拉下来一点儿,目视面前高耸入云的聂氏总部大楼,冷峻地说:"开玩笑,我能不知道聂亦是在清湖上班?我能查都不查一下就直接把车开去聂氏总部?我能那么二百五?"说完我就挂了电话,冷峻地拉开车门重新坐了进去,掉转车头带着想死的心情开进了早晨八点半的堵车长流之中。

我从市中心出发,在早上八点半的堵车高峰时段勇敢地顺流而行,到中午十一点,终于开到了清湖药物研究院。十一点一刻,我坐在聂亦办公室外的候客室喝茶,旁边还有个美女作陪。

两分钟前秘书室的一个小女孩领我进候客室时挺俏皮地问我:"聂小姐真是我们聂院的朋友呀?"

我说:"怎么,你们聂院没多少朋友在上班时间来看他?"

她边推候客室的门边悄悄说:"男性朋友本来就很少了,女性朋友基本上没有哇。我们聂院就是太酷,院里新进的小姑娘看见他都不敢大声说话。"

我说:"这就对了。"

门推开,这候客室堪称巨大,落地窗前有个鱼缸,鱼缸前站了个高挑的套装丽人,背对着我们,大约是听到开门声,轻声笑道:"Yee,这两条鱼怎么身上长了白点?"

推门的小秘书愣了一下说:"哎?苏部长预约的时间不是十一点半吗?这个时候聂院还在开会呢。"

小秘书口中的苏部长转过头来,我一看,比想象中年轻,也就二十六七。苏部长面有讶色,边打量我边道:"我以为会议提前结束了,这位是……?"

小秘书说:"聂院的朋友,褚室长让我先请聂小姐到这儿来等聂院。"

我一看也没我什么事了，跟面前的美女部长点了个头，就随意找了个沙发拿了本杂志坐着打发时间。结果拿起来的是本摄影杂志，最新一期的《深蓝·蔚蓝》，上面还登了几幅我在红海的亚喀巴湾拍的作品：色彩艳丽的蝴蝶鱼，奇形怪状的毕加索老虎鱼，以及老是喜欢巴着海葵珊瑚的小丑鱼。我正翻到太空摄影部分，想看看这期有没有登我欣赏的天文摄影师雅克·杜兰的作品，苏部长突然坐到我身边，道："以前没听 Yee 提过聂小姐。"

我从杂志上抬头，说："Yee 是聂亦的英文名？"

她端着茶，嘴角抿出一点儿微笑："怎么聂小姐不知道？聂小姐不是 Yee 的朋友吗？"这苏部长一头长发烫成大波浪，是那种古典神秘的深咖色，跟康素萝一个风格，但康素萝一张娃娃脸，苏部长衬这个发型倒是显得很温柔妩媚。

我说："我们认识没两天。"

她看了我一阵，突然说："恕我冒昧，没猜错的话，聂小姐其实是董事长为 Yee 选的女朋友对吧？"

我合上杂志，看着她："苏部长像是了解很多？"

她笑了笑："我知道董事长在为 Yee 选择女友，但 Yee 是个天才，一般的女孩子很难跟上他的步伐，勉强和他在一起会很辛苦，也难以和他有共同语言。董事长当然是好意，但这对 Yee 可能是种负担。"她喝了口茶道："聂小姐对生物制药有什么看法？这可说是 Yee 的人生重点。"

我说："一窍不通。"

她做了个很美式的遗憾表情，抿了口茶，又说："聂小姐在哪里高就？"

我说："谈不上高就，就随便做点儿事情。"

她放下茶杯："那聂小姐今后可要想办法让自己忙起来，可能 Yee 不会有太多时间陪你，人一旦空虚了很难不胡思乱想。"

这苏部长说话真是很有意思，我笑着看她没说话。她起身去添水，我则站起来去看落地窗前的热带鱼。

聂亦就在那时候走进了候客室，还带了位客人。

我站在候客室的深处朝门口看，那位客人四十左右，一身休闲派头，对刚添好茶的苏部长颔首："苏瑞小姐，好久不见。"苏部长满脸惊喜："秦总什么时候……我都不知道……"苏瑞迎上前去和那位秦总攀谈，而我的目光始终只停留在聂亦身上。

这人将立领衬衫穿得真帅。我妈喜欢一个法国的服装设计师，我看他去年的作品里有几件衬衫就不错，很适合聂亦。想想打扮聂亦不久就能变成我的工作，心里控制不住就开始激动。我这儿正在脑海里琢磨怎么给聂亦配家居服，不知道什么时候他就走到我旁边，在我身边问："伯母怎么说？"手里是一包鱼食，看样子是准备投喂鱼缸里的热带鱼。

我爸也养热带鱼，只要我在家，喂鱼就是我的活儿，我熟门熟路地接过鱼食帮聂亦量足分量，说："你知道我妈是个诗人，特不爱攀附权贵，但我跟她说不嫁你会死，她就屈服了。她想跟你吃个饭，你今晚有空没有？"

他拿过我量好的鱼食道："七点如何？伯母喜欢中餐还是西餐？"

我说："中餐西餐其实无所谓，不过人少谈事情还是西餐合适。"

他想了想说："那就去水园。"

我看该聊的事情也聊得差不多了，拿出手机道："我们还是互换个号码，这样联络也方便。你不知道，我今天过来找你足足开了四个小时车。"

聂亦看了我好半天，说："聂非非，昨晚我给你打过电话，你没接。"

我想了三秒，惊讶道："……那陌生来电原来是你打的？我还以为谁拨错号码了。"一边翻通话记录把他的号码存上一边问："你那时候找我什么事？"

他说："就是这桩事，我们互换个号码。"

我问他："没别的了？"

他说："没别的了。"

我从手机屏幕上抬头看他，不可思议地说："就算我没接电话你也可以给我发个短信啊聂博士，这样我就不用白跑一趟了，你知道在堵车高峰期往开发区开车我有多想死吗？"

聂亦将剩下的鱼食重新放到一旁的架子上，说："给你发短信？"

我说："对啊。"

他说："发了你还怎么记得住这个教训？"

我愣了好一会儿，说："不对啊聂亦，昨天你见我还文质彬彬的，今天怎么对我一点儿也不客气？"

他接了杯水喝，说："因为昨天还没确定我们会一起生活。"

他说完这句话的那一刹那我突然就愣住了，一起生活我当然想过，为此昨晚差点儿失眠，但没想到这四个字会从聂亦口中说出来。

聂亦靠在窗前，穿白底黑袖的立领衬衫，手里是只看着挺残旧的青瓷茶杯。玻璃窗外是开发区才有的风景，千里碧色。他看了我好几秒钟，皱眉说："如果你想反悔，现在还来得及。"

我笑了，说："总算明白为什么我妈说你性格糟了，我妈一直觉得养女儿跟养公主一个样儿，要有一天她女儿嫁了女婿就得把她女儿当公主一样捧着，明显这事你做不到。"

聂亦坦然点头说："对，我做不到。"

我叹息说："其实我也希望有人把我捧着供着，但我怎么就答应嫁你了？"

他说："因为我给你买潜水器。"

我说："这又不是什么抢答节目，不需要每个问题你都回答我。"

他说："但我回答对了。"

我说："是啊是啊，没有聂博士回答不了的问题。"我嘴里虽然这样说，但心底却在否定他的话。因为不能让任何人知道，所以我在心底说得非常小声，像是怕惊醒一只蝴蝶那样地小心翼翼。我说，聂亦，我想嫁你不是因为你给我买潜水器，是因为我爱你。

我们的对话刚到一个段落，聂亦那位客人已经结束了和苏瑞的攀谈走了过来。

聂亦在旁边的一张桌子上找什么东西，客人和我点了个头道："这位小姐以前没有见过。"

我正要说我是聂亦一个朋友，聂亦已经简洁地开口："是我未婚妻。"一直在旁边作陪的苏瑞突然抬头，那双魅惑的丹凤眼简直要往外喷火。这种眼神太熟悉，大学时我交过阮奕岑那样的男朋友，天天饱受此种眼神的洗礼，能从晨曦初露一直被洗到太阳落山。幸好那时候我不住校。

聂亦还在那儿找什么，跟我说："非非，这是海润的秦总，和岳父也有合作。"

秦姓客人面露惊讶，道："聂琨的千金？你们这对真是郎才女貌。"

我还沉浸在聂亦那声"非非"里边，心底波涛起伏，跟人打招呼时近乎机械，我说："秦 uncle（叔叔）好。"

聂亦从书桌上找出份什么报告，边看边道："让她一个人在外边玩会儿，我们进去谈。"看了眼站在一旁的苏瑞说："正好，你也进来。"

我说："那我留下来吃午饭。"

聂亦目光还锁在报告上，头也没抬问我："你是故意挨着饭点来的？"

我说："哪儿能呢，这不是命运安排嘛。"

但那天中午我还是没能和聂亦一起共进午餐。命运可能觉得之前它安排出错了，特别有效率地在十分钟之内就修正了这个安排。十二点一刻，助理打电话过来提醒我下午两点要去工作室选片，我完全把这事给忘了。敲门进去和聂亦做了报备，他顺口让苏瑞送我去停车场。

我觉得送我这一路上苏部长一定会再次找我攀谈，果然刚进电梯就听她道："聂小姐和 Yee 是属于商业联姻？"不等我回答，耸了耸肩道："想必 Yee 和聂小姐都很无奈。"

我说："我没觉得无奈。"

她笑了笑："那么 Yee 呢？"

电梯下了五层之后，她又道："Yee 其实不喜欢太高的女孩，聂小姐得有一米七了吧？"

我目光平视，正看到她头顶，说："一七二，今天穿了双五厘米的高跟，得有一七七。"

她瞥了眼我脚上的水晶高跟，道："说起高跟鞋，Yee 也不喜欢女孩子穿高跟，不喜欢太过耀眼的装饰品，聂小姐可能和 Yee 认识不久，以后衣饰的搭配上可要当心。"

我在电梯到一楼时说："苏部长，你可能不知道，我这人其实脾气不太好。"说完我就伸手按了第十七层，电梯回升时苏瑞问："聂小姐……是有东西忘拿了？"我手揣在裙裤的裤兜里，沉着地没说话，出电梯后径直走向聂亦的办公室。

我穿高跟一向如履平地，因为走得特别快，苏瑞简直是小跑跟上。

办公室里只有聂亦一人，正好谈私事。我走过去坐在他跟前，他从电脑屏幕上移开视线问我："怎么又回来了？"

我瞥了眼跟过来的苏瑞，抬手用介绍的姿势将她从幕后请上前台，我说："这位苏部长老觉着我配不上你，和你在一起不会有共同语言，咱俩的结合对彼此都是个不幸，我也觉得没共同语言对彼此都会不幸，所以折回来跟你探讨一下我们俩到底有没有共同语言。"

苏瑞用看神经病一样的眼神看我，赶紧说："Yee，我没有……"

我说："苏部长，这会儿不该你发言，麻烦你先闭嘴。"

聂亦合上笔记本，沉思片刻说："婚姻的确需要共同语言，你能泡茶，会下棋，会养热带鱼，已经足够。"

我说："你不要求我再去考个生物制药方面的博士？"

他看了我两秒，说："我觉得你考不上。"

我一想也是，但这回答不符合今天的主题，我说："那要我能考上呢？"

他倒是主动问我："你一个艺术家为什么要去考生物学博士？"

我再次将苏部长请出前台，说："这位苏部长刚才告诉我，生物制药是你的人生重点，我不懂生物制药显然不能做你的灵魂伴侣。"

聂亦看了苏瑞一眼。

苏部长简直两眼泛红，盯着我说："聂小姐，我只是在国外待久了，说话比较直。"

我掉转旋转椅说："哦，还有，聂亦，你觉得十六厘米和十一厘米，哪个身高差更好？"

他说："都还好，为什么问这个？"

我说："十六厘米是我不穿高跟鞋和你的身高差，十一厘米是我穿了高跟鞋和你的身高差，看你喜欢哪个，我好全力配合。"又把今天穿的水晶高跟鞋给他看，"你觉得这双鞋怎么样？"

他说："很衬你。"

我看向一旁快要哭出来的苏瑞，跟她说："苏部长，你可以走了。有什么得罪之处，多多见谅。我也在国外待久了，不仅说话直，脾气还特别坏。"

苏瑞临走的时候看我那眼神比看疯子强不了多少。聂亦旋着一支圆珠笔跟我说："你快把苏瑞弄哭了。"

我掏出一根香烟形状的棒棒糖，边拆糖纸边说："这算什么，大学时我真这么弄哭过女同学的。我这人就是特别不能受气。你也挺不错，一般人可能都当我突然发疯呢，你还能那么配合我，还能违心说这双高跟鞋很衬我。"

他重新打开电脑，说："它的确很衬你，不是配合。"

我说："你真不讨厌女生穿高跟？"

他说："看谁穿。"

我站起来，嘴里还含着根棒棒糖，两只手都撑在他办公桌上，自我感觉很有气势地含混地说："聂亦，你看，我脾气真的特别不好，你会不会想反悔？"

他抬起头来看我："这说明你很有自保能力，我为什么要反悔？"

他那时候微微仰着头，我们离得很近。办公室里有很多的阳光，我却像在一瞬间经历了白昼与黑夜，经历了春夏秋冬四个季节。就像行走在昏茫的水底，被安静和孤独包围，这时候突然出现了一个人，他在那样的孤独感中靠近我，他微微仰头看我，他的五官无可挑剔。我想我果然是诗人的女儿，要不是嘴里有根棒棒糖此时我就给他亲上去了。

幸好那根棒棒糖制止了我。

06.

我做了个梦，梦里回到了十年前。那时候我十二岁，刚上初一。

我们学校有条樱花大道，正值四月，那些古老的樱树都开满了花，开到了极盛时，簇拥的花团一边像没有明天一样地绽放，一边像末日已至一样地凋零。整条路都被落樱铺满。

我刚从图书馆还书出来，第一堂课已经开始两分钟。那是堂体育课，前几天我摔伤了手，老师特许我免上体育课，因为无事可做，就在樱花道上闲逛。

午后两点，整个校园最安静的时刻，在那种极致的静谧中，身后有个声音突然叫住了我："同学，报告厅怎么走？"

我转身，一个高个子男生站在离我几步远的地方，穿深咖色的薄毛衣、板鞋和浅色休闲裤，一只手揣在裤兜里，一只手里拿着两个小巧的黑白主色DNA双螺旋结构模型。

我一只手还打着石膏，拿纱布吊着，模样有点儿可笑，我问他："你是外校的？"

他点了点头。

在我入校前学校扩建了校区，整个南园都是新修，而报告厅就建在南园，从这里过去简直要跋山涉水，绕半个湖过一座桥再过一座人工山一片景观水渠到达实验楼，报告厅就位于等闲人不容易找到的实验楼的深处。

我说："那地方不容易找，我带你过去。"

那天有温暖的阳光，也有微风，我们头上是盛开的白樱，像一场姗姗来迟的雪。

　　我在两点二十五分将他领到报告厅，他随手将手上的模型拆开分了一个给我，我拿在手里好奇地看了三秒，想要还给他。我说："我只是领个路而已，你不用给我这个。"

　　他依然单手揣在裤兜里，跟我说："不过是个小摆件，在我最需要帮助的时候你给了我最合理的帮助，你值得这个。"说完不等我反应已经转身推开了报告厅的门，我想要追上去，却听到报告厅里突然响起一片如雷的掌声。

　　那掌声令我无比好奇，我悄悄跑到报告厅后门，推开一点儿往里看，整个报告厅黑压压坐满了人，但最后一排还留着几个空位。

　　那个高个子男生站在报告台上，旁边拿话筒正说着什么的是我们校长。我猫着腰闪进去找了个座位坐下，和我隔着两个座位的是几个高年级学姐，正在说悄悄话。

　　一个学姐悄悄问："他真的只有十五岁？比我们还小？已经在美国读大学了？"另一个学姐悄悄答："你才转学过来，可能不知道，聂亦是我们学校的传奇，学校五十年内收过的智商最高的学生，他是从我们学校考去 N 校的。要不怎么拿到 IGEI 大赛的奖后，校长能请他来给我们做报告？"

　　那时候我还不知道 IGEI 是什么，只是恍然大悟站在报告台上的这个男生原来叫聂亦，只有十五岁。而这个十五岁的男生置身于那样宽大的报告台上，却有着超越同龄人不知多少倍的沉静气度。

　　投影幕上 PPT 显现的似乎是他竞赛获奖项目的名称，我没看懂，他调整了一下话筒高度，不紧不慢将手上的模型拆开，边拼边道："这是我拿不同矿石做的一个小摆件，已经有 DNA 双螺旋结构模型的样子，不过还没做完，所以不严格，但玩儿今天这个游戏已经足够。"他将拆开的模型选了一部分材料拼成了一头老虎，又拆开选了一部分材料拼成一只鸟，接着又拼成一条鱼。其间过去了五分钟。最终他让那个模型维持着鱼的状态，将它放到了报告桌上，抬头面向台下的听众，开始进行他这次报告的开场："众所周知，绝大多数生物的基因都由 DNA 组成，而同样的碱基，含量比例和排列顺序不同，构成了不同的生物种属……"

　　聂亦有一双沉静的黑眼睛，讲话时的声音不徐不疾，不会刻意拔高也不会刻意降低，虽然内容对我来说完全是天书，我依然听得很入神，完全忘了下课铃上课铃这回事。

我不知道这世界上是不是有人听完全听不懂的东西也会被感动。那时候聂亦只有十五岁，却在他自己的王国里信马由缰、挥洒自如，十二岁的我坐在台下想，原来世界上还有这样的人。

康素萝曾经问我到底是怎么迷上聂亦的，我想我就是这样迷上聂亦的。她继续问我："那天你一定过得很开心很梦幻吧，一定没睡觉，整整一晚都沉浸在邂逅男神的幸福感中吧？"

老实说，迷上聂亦的那天，为了听他的报告我有生以来第一次逃课，结果被罚抄了五十遍《中学生守则及日常行为规范》。的确抄了整整一晚没睡觉。

那个梦是被助理的电话吵醒的，问我还记不记得今天的行程。我想了半天才想起来人在哪里，十天前进了这工作室我就没出去过，昨晚终于把南沙拍摄的所有后期工作全部处理完，大家叫了堆外卖吃光席地一裹就睡了。

我摸黑打开休息室的门，挠着头去大客室的冰箱找饮料，童桐在电话那边惊讶地说："非非姐，那么重要的行程你竟然不记得了？"

我挠着头说："开玩笑，今天还能有什么行程，该处理的工作不是都处理完了？"往冰箱方向跋涉的途中踢到一个东西，那东西"哎哟"呻吟了一声，我赶紧向旁边一闪，又踢到个东西，又是"哎哟"一声呻吟。

童桐说："这行程真的很重要，聂少昨天电话过来约你下班去医院看他奶奶，你们定好六点半在医院门口见。"

我心一咯噔，瞬间想起来真有这么回事。

我勉强镇定地说："你说的是这个啊？我没忘，对了，现在几点了？"

童桐说："五点半。"

我拿出来一瓶盐汽水，边开瓶盖边说："才五点半，还早。"

童桐说："非非姐，是下午五点半。"

我一口盐汽水喷出来，说："我×。"

童桐说："非非姐你赶紧转换回淑女模式，不要每次一跟后期们相处久了就开始飙脏话。"

我说："我 ×，我马上就转，你赶紧定套衣服让他们给我送过来。"

童桐试探道："别是你现在还没打扮好吧？你不是说你没忘吗？你昨天不还跟我一再保证不会忘吗？我还在你电脑旁边贴了个提醒小纸条，床头也贴了个提醒小纸条，冰箱上也贴了个提醒小纸条啊！"

我据实相告，说："我才睡醒。"

童桐崩溃地说："又要进入紧急战备状态吗？"

我说："可说呢，妈的。"

搞摄影的人或多或少会有点儿怪癖，我的怪癖是一进工作室就六亲不认，因此错过了聂亦和我爸妈的会晤，也错过了我爸妈和聂亦爸妈的会晤。但万幸我有个生活助理，勤勤恳恳地充任媒介角色，在这种特殊时刻实现我和现实世界的沟通。

十天之内，很多事情都得到了解决，比如双方家庭的意见都得到了统一，就等我出关之后去见聂亦的奶奶，接着订婚。

听说聂亦他奶奶听了这个消息大为振奋，已经同意进行手术。关于这件事实在是外界有所误会，聂老夫人的身体状况并不像传闻那样糟糕，只是需要做一个心脏支架手术。大概聂亦一直不交女友是老太太的一块心病，佛前发愿说聂亦一天不交女友她就一天不进手术室。左右是要结婚，恰巧遇上我婚姻观和他这么登对，于是聂亦就干脆地一步到位了。

这才是事情的真相。

童桐跟我汇报她私下打听来的消息，说聂亦他爸对这门婚事倒是满意，但聂亦他妈稍有微词，不过因为他们家是他爸做主，他妈的微词就被全家人忽略了。聂亦他妈，也就是聂太太，不大中意我做他们家儿媳的根本原因，在于她老人家心里已经有了个候选人，这候选人的名字叫作简分。说是聂太太一个挚友的女儿，因为父母在小时候车祸过世，唯一的亲人只剩下七十岁的姥姥，所以连她姥姥一并被仗义的聂太太接到聂家来住，和聂亦一起长大，是聂亦的青梅竹马。

童桐边给我拉后背拉链边替我着急："非非姐，聂亦有个这样的青梅竹马，你就不担心吗？你怎么就这么淡定呢？"

我说："有什么好担心的？有没有听过一句古诗：青梅竹马难成双，自古世仇成鸳鸯？你要说简家和聂家是世仇我就怕了。"

童桐说："这古诗……出自哪位古人的手笔啊？"

我说："郑丹墀女士。"回头给她补充："也就是我妈。"

下午七点半我到达 S 市医院住院部，不幸迟到了整整一个小时，显然聂亦不可能还在门口等我。

车开到半路时我就发现自己忘了带手机，完全终结了先找到聂亦再让他带我去病房的可能性，只好借住院部问询处的电话打给童桐，问到聂亦奶奶的病房，然后去病区入口办了探视证直接进去。

我在 1105 病房的门口驻足整理仪容，正要敲门进去，门却从里面打开，T恤牛仔的短发女孩看到我吃了一惊，纳闷道："您是……?"这姑娘短发微卷，像奥黛丽·赫本在电影《龙凤配》里从巴黎回到美国时的造型，非常漂亮精神。

我怀里抱着一大捧花，说："这是聂老夫人的病房吗？我是聂非非，是来探病的。"

短发女孩看着我足足怔了三秒，才轻声道："奶奶精神不太好，已经休息了。"

我说："那我把花拿进去就出来。"

短发女孩迟疑了一下，侧身将我让了进去，又踌躇了一会儿，自个儿拉上房门离开了。

事情真是出乎人的意料。

本来以为这会是个短暂的探视，但进病房十分钟后，我坐在聂亦奶奶的病床跟前，给她唱起了我自编自导的川剧样板戏《哈利·波特进霍格沃茨》。

我严肃地跟戏瘾犯了的老太太说："因为就我一个人，所以锣鼓铙钹和帮腔我都顶了，肯定跟真的没法儿比，但有那个意思就好，您说成不成？"

老太太遗憾地说："那么伏地魔变脸今天也演不了是不是？"

我说："川剧变脸得准备道具，下次我来专门给您排一段这个，今天先唱《哈利·波特进霍格沃茨》那段，那我开始唱了？"

老太太兴致盎然地说："你唱。"

我就开始唱了：

"况且况且况且况且况况且！

我，本是女贞路上一个平凡的小学生，脑壳上，有个洗不脱的闪电疤痕。

波特是我的姓，哈利是我的名，哈利波特呀嘛，是我的姓名。

（帮腔）哈利波特呀嘛是你的姓名！

那天是农历七月二十一，

我坐火车来到了霍格沃茨，

这个学校它非常有意思，

收的学生全都是巫师，

老师们个个长得很犀利，

有个教授叫斯内普啊，

他有一管鹰钩鼻。

学生食堂也非常地神奇，

不管是烤土豆还是煮洋芋，

统统都是免费的！

（帮腔）不收钱啊免费的！"

唱川剧，气很重要，我正拉长声调重复最后那句帮腔，门口响起三下敲门声。我手上还比着一个姿势，抬着手，歪着头，形意都到了。老太太在那儿拼命地鼓掌，聂亦一身休闲，抄着手靠在大开的门口，意味深长，率先开口："你在做什么？"

老太太抢着答："非非在给我唱样板戏。"

而我整个人都愣住了，心道："我 ×，不会吧。"

康素萝说我这人真是很放得开，跟字典里没"丢脸"两个字似的，代表事件是那年康素萝被他们学院院帅劈腿，我去帮康素萝出头，结果那天刚下过雪，我一没留神在院帅和他新女友面前摔了个四脚朝天，但我居然丝毫没觉得丢脸，立刻爬了起来，依然气场全开地走过去揍了院帅。从那之后康素萝就觉得我帅，如果我是男的我们俩都能立刻百年好合。

此时此刻我才领悟，有些样子发自心底不想被某个特定的人看到的那种羞耻感。

聂亦走过来，我赶紧把手脚都放下。

他坐到窗户前的一张沙发上，随手拿起扶手上的书，道："你们继续，我不打扰你们。"

老太太插话进来道："你怎么现在才来呀，非非都到好一会儿了。"

我正要说是我迟到了，聂亦可能是去找我了，却听聂亦道："我迟到了，奶奶。"

老太太嘟着嘴说："你以前从来不迟到，怎么现在也学会迟到了？你知道我最讨厌迟到了。"

聂亦说："但非非不是陪您陪得很好？不是还给您唱《哈利·波特进霍格沃茨》？"

我心里一咯噔，说："不会吧……你全听到了啊……"

他赞美说："唱得挺好的。"

我说："聂博士这不是你的真心话吧……"

老太太说："非非，别管他，来，再给奶奶唱个其他的，你不是说《傲慢与偏见》你也改过川剧版吗？"

我直想一巴掌拍在自己脑门上，有气无力地说："是啊，奶奶。"

老太太说："来来，唱一个。"

我说："真要唱啊？"

老太太笑眯眯地点头。

我一想，反正该丢的脸都丢得差不多了，又不是我不唱聂亦就会觉得我不神经了，做人何必这么自欺欺人。

我打起精神，说："奶奶，您还记得达西他姨妈听说达西喜欢伊丽莎白之后，驱马车到伊丽莎白家警告伊丽莎白那个段子吗？我给您唱这一段。"

我清了清嗓子：

"汤－钵钵菜－钵钵汤－钵钵菜－钵钵菜汤汤！

我，凯瑟琳·德包尔，人们都称我是德高望重的凯瑟琳夫人哪。

今天我屈尊来到朗伯恩，

是要和伊丽莎白·班纳特那小妮子细说分明，

我的侄子菲茨威廉·罗宾逊·亨利·达西先生，

不是她可以高攀的良人！"

窗前有个落地灯，聂亦坐在那儿翻书，像是完全没管我们，自己一个人在那儿认真看什么故事，我却注意到他半天也没翻一页书。回头的那一刹那他嘴角似乎浮起笑意，那是我第一次看到聂亦笑。我心里想，这是在嘲笑我吗？又想，管他呢，反正都这样了，至少把老太太逗开心点儿，年纪大了住在医院里被管得这么严实，也怪不容易。

我在那儿继续唱了起码半小时，一直到会客时间快结束。其间老太太负责鼓掌，聂亦负责给我递水，整个病房简直欢声笑语。幸好它位于走廊尽头，是间独立病房，且隔音效果良好，否则护士早来这里赶人了。

告别了老太太，走到住院部门口，我正要就迟到的事和聂亦解释道歉，他突然道："你看上去瘦了不少，脸色也没第一次见好。"

我说："我从工作室出来就这德行，对了……"

他打断我的话："走吧，带你去补补。"

我蒙了一下，说："什么？"

他说："有个地方的汤不错。"

我说："不是九点后最好别吃东西免得消化不良吗？"

他转头看我："那是对三餐正常的人来说。你助理说你下午五点半才起，二十小时内只喝了半瓶盐汽水？你不饿？"

我哭丧着脸说:"都快饿死了。"

我看过一个电视剧,里边讨论什么是喜欢,男配角说,古往今来只要给买东西吃那就是喜欢了。我觉得这句话非常有道理。但电视剧就是电视剧,我想,生活可能还是有些不一样吧。有时候我会放任自己多想一些,但还好我知道那是多想,而多想没有任何意义。

聂亦已经走出去两米远,我赶紧跟上。

07.

那之后我有一个星期的休假。

童桐给我订了六月十号飞印尼的机票，这次的东家是《深蓝·蔚蓝》，过去给他们拍一个南纬六度的特辑。

目的地是一座私人岛屿，叫 Viollet 岛。说岛主是杂志主编的朋友，一个英国房地产商人，因为妻子喜欢，所以买来这座岛屿开发成私人度假村，以妻子的名字命名，专门接待朋友。

摄影助理宁致远先过去进行前期准备，杂志方面也派了专栏编辑和助理过去协助。

宁致远从印尼大老远给我打电话，说器材和设备全部就绪，船由岛主赞助，原本担心 V 岛上没有本土居民，找不到对本地水域熟悉的潜伴，没想到 V 岛附近有个旅游大岛，当地的潜水教练很多。

那天是星期日，我对宁致远大周末还不忘工作表示了敬佩和赞美，他在那边问："这儿特别好，天蓝蓝海蓝蓝，还有白沙滩，要不你早点儿过来？童桐不是说你最近也没什么事吗？为什么非要十号才过来？"

我说："来不了，我这边约了九号晚上跟人订婚。"

刚挂掉宁致远的电话，又接到康素萝的电话，语气凝重地跟我说她要换个游戏名，让我帮她重新起一个。

我问她："你之前在游戏里都叫什么？"

她说："喵哆哩，但这个太过幼齿了，这次我想起个清新脱俗又古典的，而且特别，绝不能和人重名，当然在以上条件都满足的情况下，再带有一点点幼齿的萌感也不错。"

我思索片刻，说："那就叫清脱古吧。"

她说："听起来有点儿像个蒙古名字，有什么深刻的寓意吗？"

我说："清新、脱俗、古典，三个都占齐全了，而且够特别，别说找遍你们游戏，我保证找遍全亚洲的游戏也找不到有人和你重名。"

她思忖片刻，说："清脱古，这个名字念起来的确挺顺口，但是，幼齿的萌感在哪里呢？"

我考虑了一下，说："那就叫喵哆哩·清脱古。"

这一阵我的确挺闲，除了处理类似以上的事务外，还去医院看了两次聂亦的奶奶，如约给老太太表演了伏地魔变脸，还给唱了个四川话版的《谢谢你的爱》。

拜别老太太的第二天，我给聂亦发了个短信，告诉他八号以前我会待在隔壁 D 市陪姥姥姥爷，八号晚上回来，咱们订婚日当天再见。

三十秒后收到他回复："六号谢仑的婚礼你不去？"

S 城谢家的谢仑听我妈说也是个传奇人物，具体怎么个传奇法我没认真听，因为我感觉我也够传奇的，大家同为传奇人物，要保持身为传奇的孤独感，彼此不用了解那么深。

谢家长子成婚，据说婚礼规格极高，S 城获邀宾客寥寥，要么是名流要么是巨贾中的巨贾。我们家虽然跟名流和巨贾中的巨贾八个字都不太沾边，但也能得一张请帖，我爸猜测纯粹因为我们一家子都是文化人。

我跟聂亦说，我爸我妈会去，我这儿十号就得飞印尼，又是两三个月回不了国的节奏，这个时间还是陪陪老人家合算，我就不去了。

隔了五秒，他回了个"好"字。

原本以为这事到此已告一个段落，结果六号早上接到聂亦身边褚秘书的电话，跟我说："Yee 的酒量糟糕到简直没酒量，今天谢少的婚礼他是首席伴郎，势必要帮着挡几杯酒，喝醉的可能性在百分之六十以上。虽然我让小周随时看着，但要是 Yee 真喝醉了，您知道这样的场合，一个生活助理可能没法儿将他顺利带回来，所以我私自给您打这个电话，希望您……"

我刚咕嘟咕嘟喝完一杯苹果汁，心情无比平静地、循循善诱地跟褚秘书说："要是聂亦真喝醉了，就算在谢仑家住一晚其实也没什么嘛，我的政策是尽可能不干涉他，就算有了我这么个女朋友，也要让他感觉到生活是多么地自由。"

褚秘书沉默了两秒说："实不相瞒，谢少有个妹妹，一直对 Yee……"

我也沉默了两秒，我说："当然了自由也不是绝对自由，我马上回来。"

但那天高速路上连着出了好几起小车祸，堵车堵了足有四个多小时，进 S 城时已是华灯初上，我开车直奔美容院，童桐已经拿着晚礼服裙在那边待命。

做头发时康素萝打来电话。最近我和康素萝见面少，她基本每天给我一个电话，要是对男生也能有这样的劲头，别说交一个男朋友，同时交一打男朋友我看都不在话下。

康素萝劈头第一句话就是："非非，我看到你们家聂亦了，活的哎，穿礼服真是有型到爆，比新郎帅多了啊！不过你怎么没来？"康素萝她爹是本市的父母官，谢家忘了请谁也不会忘了请他们家。

第二句话是："好像挺多人都知道聂亦有女友了，他出现前好几个我不认识的女的在谈这事，都说想看看到底是何方神圣把这朵高岭之花摘到了手。"

第三句话是："我本来期待你俩能跟偶像剧似的手挽手来个华丽出场的，结果居然没看到你啊，你知道我有多失望吗？"

我说："不昨天跟你说过了吗，我在我姥姥家。"

她立刻教训我："要我我就立马从姥姥家滚回来，那可是你男神，你上点儿心成不成？聂亦身边可不缺女伴，你看你没来吧，立马就有人补上了你的位置。今儿跟在聂亦身边的那个女生我看就挺不错，梳一个赫本头，笑起来又甜又开朗，大家都以为那就是他女友呢，有几个对聂亦交女友这事挺不服气的千金，一看那女生长那么漂亮像是也服气了。"

听我没反应，她叹着气安慰我："算了，你也别太担心，我帮你看着点儿聂亦，咱俩什么关系，我在不就等同于你在吗？"

我说:"我已经滚回来了。"

她说:"啥?"

我说:"我已经滚回来了,从我姥姥家。"

她一愣,不知哪儿来的气势:"那你赶紧再滚一滚滚到这儿来啊,你还在那儿磨蹭个什么劲儿呢?"

我说:"喵哆哩·清脱古同志,我开了八个小时车,给我把菜刀我就能立刻去演《飞跃疯人院》,我不得拾掇拾掇再过来啊?!"

她的气焰立刻泯灭了很多,小声说:"哦,非非,那,那你快点儿过来,我等你哦。"

出美容院后康素萝再次和我连上线,一路上向我汇报现场进展,这期间聂亦果然不负众望地倒下了。离谢宅还有五分钟,康素萝突然吼了一声"我×",惊得我差点儿把车开得飘起来。她立马将声音调小喃喃:"非非,你赶紧的,我有点儿 hold 不住了,这帮人玩起来也太疯了。"

我将左耳耳机重新塞回耳朵里问她:"怎么了?"

她说:"谢仑他妹你认识不认识?"

我说不认识。

她说:"就是演《包头爱情故事》里女主角那个谢明天啊,不愧是进娱乐圈混的,作风真是大胆,完全无视了聂亦还带着个女伴,放话说既然他还没结婚,谁都有追求的权利,开了个拼酒的局,说谁拼赢了谁把聂亦带走。"

我说:"聂亦带的女伴呢?关键时刻没上去拦着?"

她说:"你说那短发甜妞?拦了啊,谢明天其实今晚一直对她有点儿挑衅,调了三杯深水炸弹给她,说要她干了这三杯走路还不晃就能立刻把聂亦带走。结果这姑娘完全是个战斗力负 5 的渣啊。才喝了一杯就倒了!"

我把车停好,跟她说:"你看着聂亦,别让随便什么阿猫阿狗都能近他的身把他带走,等我三分钟。"

她说:"那我拦不住怎么办啊?"

我说:"扮疯子会不会?装醉,扑上去抱聂亦的大腿,说他是你难以忘怀的前男友！"

她打了个哆嗦："我爹知道了会剥了我的皮。"

我说："你放心，到时候我给你一针一针缝回去。"

她在那边假哭："聂非非，你比我爹还狠哪！"

三分钟后，我踩着十一厘米的高跟鞋走进谢家的宴客厅，入眼一派盛世气象，舞台上正有当红歌星献唱一首旖旎的小情歌，舞台下名流们荟萃成一个繁华的名利场。亏得我眼睛好，一眼望见康素萝在二楼阳台处遥遥向我招手。

上二楼才弄明白为什么楼下大多是四五十岁的中年人。S城规矩，新郎新娘得早早闹，看来闹完新人后，这帮无处发泄精力的小姐公子哥儿全聚到二楼上来了。楼上有个宽阔无比的休息室，据康素萝说聂亦正在里边睡觉，旁边是个宽阔无比的隔间，供小姐公子哥儿们嬉闹。矜持的闺秀们估计都早早离场了，剩下的全是作风豪放的，谢明天开的酒局目测有数十人参加，个个面前摆一打啤酒，气氛炒得火热。

康素萝踮起脚和我咬耳朵，说正中那个穿绿裙子的就是谢明天，她旁边单人沙发上躺着的就是"阵亡"了的聂亦的女伴。我打眼一看，那女孩穿一条淡蓝绣花长裙，蹙眉躺在沙发上，就像个天使，我想起来第一次去看聂亦奶奶就是这女孩给我开的门。

怎么打进这个已然进行了一半的酒局，它是个问题。

我径直走向谢明天，单手撑在她跟前的桌子上，我说："谢小姐？"

估计气势太像来砸场子，整个隔间都沉寂下来，勉强能听见一些小声的交谈："那是谁？"

"看着……有点儿像聂非非？"

"聂非非？聂家那个搞海洋摄影的独生女？"

谢明天抬头看我："你哪位？"

我拉开她对面的椅子坐下来，说："听说这儿开了个挺有意思的酒局，赢了可以带走聂家大少，老实说我垂涎他挺久了，特地慕名赶过来的。"

她晃着手里的啤酒瓶子，眯着眼看我："我的酒局不是谁都能半路插进来。"

她面前已经摆了三支空啤酒瓶，遥遥领先众人，我说："谢小姐豪量，一看其他人就不是您对手，拼酒最重要的是找对对手。"说完自个儿开了三支啤酒，一瓶接一瓶料理盐汽水一样灌进喉咙，其间整个客室鸦雀无声，我把空瓶子攥在手里看了下标签，跟对面神色复杂的谢明天说："原麦芽汁浓度十二度。谢小姐，咱们喝这个得拼到什么时候才拼得出输赢？"说完我就起身去酒橱里拿了一瓶白的一瓶红的一瓶威士忌，挑了两个烈酒杯，折回来起开瓶盖把三种酒次第混倒进杯子，让了一杯给谢明天："谢小姐，咱们喝点儿像样的。"

康素萝在一旁眼睛瞪得溜圆，我有几分酒量她知根知底，虽然能喝，但其实没能喝到这个程度。

谢明天看毒药似的看着手上的酒杯，这东西跟毒药也确实没什么差别了。不跟我拼吧，这么多人看着，跟我拼吧，看我这么豪气干云的，万一输给我也是丢脸，我理解她内心的纠结。

谢明天纠结了半天，突然道："这位小姐真是对聂少一片真心，我其实最不喜欢为难有情人。"她把手上的酒推到我面前，又另调了一杯深水炸弹，也推到我面前，笑道："聂少就在里面房间，把这三杯干了，聂少就让给你。"

我说："我要倒下来，谢小姐倒是捡个现成便宜。"心里其实松了一口气。

谢明天曲起一根手指摇了摇，嘴角现出一个酒窝："不不不，我这可是在帮聂少检验你对他的真心。"

众目睽睽之下我拿起酒杯就开灌，灌的时候还在想，人有了牵挂真是要不得，要躺在里屋的是个其他什么人，我哪儿用费心思跟人拼酒，直接冲进去拎了人就走，谁拦着揍谁，闲杂人说聂非非如何如何我才懒得管，我妈说得好，咱们搞艺术的就是得这么孤傲。

但我不能让别人说聂亦，说他千挑万选就找了这么个不懂事的女朋友。我希望所有人提起聂亦时，从前如何艳羡，今天也一如从前。

想到这里已经开始灌第三杯，本来脑袋有点儿晕，但这个动人的想法似乎刹那又给了我力量，我觉得清醒得要命。才喝了一口，杯子突然被人夺过去，手掌擦过手指时的触感在酒精的作用下放大，显得触目惊心。

对面的谢明天满脸惊诧，围观群众泰半木讷，我揉着额角莫名其妙回头，然后抬头，也愣了一下。聂亦不知什么时候站在我身后，正在那儿灌刚从我手里拿过去的混合酒，微微仰着头，能看到喉结的吞咽。他今天穿一身银灰色伴郎礼服，配黑色暗花竖条纹衬衫，英俊惹眼，气质出众，安静地将喝完的烈酒杯放在一旁的橡木桌上，哪里看得出什么醉酒的行迹，只是额发微乱，像是的确睡过一阵子。

他跟谢明天说话，十足的客气，却扶着我的肩："听说我今晚被扣在这里了，谁能喝完这三杯，谁就能领我走？"

谢明天强颜欢笑，说："聂少，我们只是闹着玩儿。"

聂亦说："我看你们不像是闹着玩儿。"他说话清清淡淡，但就是有莫名的迫人气势，整个隔间鸦雀无声。

大概是酒精上头，此时我只觉得心情愉快，坐在那儿眯着眼看聂亦，说："帅哥，你别这么严肃，你看把谢小姐都吓成什么样子了。"又转头去跟谢明天说："谢小姐，我们说好我喝三杯带他走，就一定得是我喝三杯，少一杯都不行，您再给我调一杯。"

谢明天哭丧着脸说："我只是和你开玩笑。"

聂亦一只手搭在我肩上，俯身下来配合我坐椅子的高度，面无表情地问我："聂非非，你是来找我的还是来找酒喝的？"

我笑，自觉此时深情款款，我说："聂亦，我当然是来救你的。"说完撑着椅子扶手站起来，伸手挽住他的胳膊紧紧靠着他，不靠着他我不太站得稳。我几乎抱着他的胳膊继续说："但今晚的规则是谁来救王子都得闯关，咱们得有点儿娱乐精神。"

谢明天的目光在我和聂亦之间扫荡了好几个回合，说："聂少，我不知道这位小姐是你的……"似乎不太确定接下来该用哪个词。

聂亦说："是我未婚妻。"

我真是佩服聂亦还没订婚就可以这么面无愧色在各种场合介绍我是他未婚妻。但就算知道这个身份其实和爱没有半毛钱关系，而且他这么说多半只为打发扑过来的狂蜂浪蝶，我也觉得很甜蜜，因为喝了酒，酒精作用之下，更加感到甜蜜。

　　那天晚上Ｓ市星光璀璨，聂亦将我扶进车库塞进后座，然后坐在我身旁闭目养神。我闲不住，问他："不是听说你酒量糟到没酒量，我怎么没觉得你喝醉了？"

　　他仍闭着眼："本来就没喝太多，躺了一会儿就好了。"

　　我恍然："所以其实就算她们再怎么疯，也没法儿把你怎么样对不对？"

　　他没回答，却转而道："你有没有想过，假如我真是醉得毫无行为能力，而你三杯喝下去自己也倒了，我们要怎么办？"顿了两秒，他说："聂非非，你真是太乱来。"

　　我舒舒服服地躺在座椅上，整个人都有点儿轻飘飘，我说："不会的，聂亦，我试过的，在喝醉和醉倒之间有一个过渡，在那个过渡里我可以装得跟正常人没两样，那时候我会带你出去的。"

　　他没说话。

　　我转移话题问他："我们在这里做什么？"

　　他回答："等司机。"

　　我才发现司机不在，问他："司机去哪儿了？"

　　他回答："让他去安顿简兮了，十分钟后回来。"

　　我喃喃："简兮，简兮，啊，原来她就是简兮，我听说你妈妈非常喜欢简兮，我觉得她长得很漂亮啊，你为什么不选简兮做你的未婚妻？"

　　他转头看我，说："聂非非，你喝醉了。"

　　我侧身靠在后座上，将自己移得靠近他一些，望着他的眼睛，问他："你为什么不选简兮做你的未婚妻？"

　　大概是有别的客人前来取车，车灯透过窗玻璃照在聂亦脸上，他表情平静，像是在陈述一件与自己毫无关系的事情："她喜欢我，没法儿接受我能给的婚姻。就算说为了我什么样的状况都能适应，但喜欢本身就是种贪欲，迟早她会想要更多。"

今晚喝了酒，似乎情感变得更加丰富，而酒精真是种奇妙的东西，能让人变得那么大胆和不谨慎。我说："聂亦，我妈是个诗人你知道吧，骨子里带着诗人的浪漫主义，从来不会跟我说，非非，你未来要做个什么什么样的人，你的功课要拿多少多少分，所以我从幼稚园到小学六年级，念书一直念得一塌糊涂。我的同学，我的老师，没有人觉得我会变得优秀。"

聂亦说："你十七岁开始拿各种摄影奖，天生的优秀摄影师。"

我转头看他，严肃地跟他说："绝不是天生的优秀，我和你这样的天才是不一样的，聂亦。有个故事你要不要听？"我看着他的眼睛："我初一的时候遇到一个男生，那时候他才十五岁，已经在自己感兴趣的领域非常出色了，而那时候我什么都不会，连最简单的解析几何题我都做得颠颠倒倒，你绝对没法儿想象那对我的震撼。"

他想了想，说："确实没法儿想象。"

我仰头看着车顶，说："我直觉他会更喜欢聪明的女生，想着要是再见到他，我还这么没用该有多丢脸，我希望再见到他时我也能像他一样闪闪发光，只有足够耀眼，让自己也变成一个发光体，才能在滚滚人潮中吸引到他的注意。那之后我开始刻苦，当然，你虽然不能亲身体会，但一定也能够了解普通人想要成为一个发光体，刻苦之路有多么艰辛了。也许你每天晚上十点准时睡觉，功课照样拿满分，但作为平凡人，功课要拿满分，至少两门外语要修得出色，琴棋书画都要粗通，每天学习到半夜两点简直就是必须的。"

他问："然后呢？"

我说："啊，然后，这是个好问题，后来我发现，无论我变得如何优秀，他始终都在我达不到的那个优秀程度上，我就单纯地把他当作偶像看待。然后就没有然后了。"我转头看他："所以喜欢绝不只是一种贪欲。喜欢对我来说是很有意义的一件事，你看，它让我成长了这么多。"

他的眼睛里有我看不清的东西，我靠过去捧住他的脸，他微微皱了皱眉，说："聂非非……"我打断他的话，我说："嘘，聂亦，我要跟你说，如果有一天我也喜欢上你，那也绝不会是贪欲，我是想让我们都更好，你明白吗？"

他竟然没有推开我，他就那样看着我："如果我不喜欢你，聂非非，你不会痛苦？"

我说："你不喜欢我，你也不喜欢其他人，对不对？那你看着我我就会觉得开心，喜不喜欢我都没有关系。"我补充了一句："如果真有那么一天。"但我心里知道，从我们成年后在香居塔见面的那天开始，"如果"中的这一天已然开启，就像创造一个世纪。

那晚最后的记忆，是我就那样靠着聂亦睡着了。

08.

后半夜我被渴醒了，闭着眼睛摸灯控器。我习惯在枕边放睡前书，灯控器常压在书下。结果摸了半天什么也没摸到。迷茫中睁眼想去够床灯开关，一阵忽明忽暗的幽光却蓦地入眼，稀薄的光线覆在硕大的双人床上，丝绸被面泛着银光，我愣了有三十秒。

这不是我的房间，不是我的床，也不是我的被子。

光线从几步远的纱帘后面透进来，我赤脚下床，将睡衣袖子和睡裤裤管一并往上挽了好几圈，蹑手蹑脚走过去，悄悄挑开垂地的纱帘。纱帘那边却还有一挂水晶珠帘，手一碰就是哗啦一阵响。正站在小吧台旁倒水的男人闻声看过来，目光和我相对。

那是个放映室，大荧幕上正在放一部有关非洲的纪录片，荧幕对面是组沙发，上面搭着一条薄毛毯，搁了个耳机。和纱帘相对的是扇硕大的落地窗，窗外隐约能看到瀑布和树影。

聂亦睡衣外边套着一件睡袍，语气无比平静地和我说话："醒了？过来喝水。"

关于昨晚的所有记忆瞬间回笼，但只回笼到我在聂亦车上睡过去那一刹那。

我走过去接过杯子，两口水下去，喉咙终于有点儿湿意。我捧着杯子，在吧台前走过来，又走过去，走过来，又走过去。我说："这房间布置得不错，这是山里？"

聂亦一口一口喝水，答非所问道："你一直在睡觉，我约了人今天下棋，就带你过来了。已经和伯母去了电话，说你今晚住在这里。林妈帮你换的睡衣。"

我说："哦。"

他说："还想问我为什么在这里？"

我惊讶地抬头看他。

他继续喝水："林妈年纪大，不方便晚上照顾你，所以我过来住。"他已经坐回沙发，微微抬头看我："别紧张。"

我说："我没紧张。"

他说："真的？"

我说："真的。"

他说："你已经在吧台前走了有一阵子。"

我嘴硬道："锻炼身体嘛。"话刚落地，就被凳子腿绊了一下，我听到自己身体里发出某种声音，咔嚓。

我扶着吧台，站在那儿学金鸡独立。聂亦搁下水杯走过来："怎么了？"

我龇着牙吸气："脚、脚崴了。"

凌晨四点三十七分，我身居聂亦位于沐山的某所小房子里，坐在他的沙发上，他盘腿坐在沙发前的地毯上，拿毛巾裹了个冰袋给我冷敷脚踝，身后的荧幕变成黑白色，正在播放一组由星光摄像机拍摄的午夜犀牛。

这场景堪称魔幻。

我们保持这姿势已经有几分钟了。

聂亦突然道："你脸很红，是疼得厉害？我是不是用力过重？"

房间太安静，他说话声音也随之放低，本来就低的声音，刻意放低后简直要命。我的右脚被搁在他腿上，他的手放在我脚踝处，所有的知觉都集中去了那一处，整个人似乎都只有那一部分还活着。

黑的夜，白的星子。黑的树，白的瀑布。黑的房子，白的荧屏。黑的空气，白的呼吸。黑的……黑色的、无法抑制的巨大的渴望。此刻这被墙壁和玻璃包围起来的空气里一定有好多多巴胺、去甲肾上腺素、内啡肽、苯基乙胺、脑下垂体后叶激素在发酵。

我一只手贴着脸，尽量保持表情平静，我说："不疼，就是有点儿热，能不能把窗户打开？"

他看了我一阵，把我受伤的脚搁在一个软垫子上，冰袋放在旁边的小箱子上，用毛巾擦了擦手。

我问他："不用冰敷了？"

他没搭话，却突然探身靠近，手搭在我肩上，我还没反应过来，额头已经贴上我的额头。他闭着眼睛，我几乎屏住呼吸，好一会儿，他挪开额头，道："没发烧，应该可以吹风。"话罢伸手捞过遥控器将落地窗打开，顺便将房顶上的遮光板也打开。

玻璃屋顶外的星光瞬间涌入，山风也幽幽吹进来。

我目瞪口呆地瞪着他。

他继续帮我冰敷，低声道："脸红发热可能是生理性也可能是病理性，你穿这么少还会觉得热，不太正常。但也没发烧，大概只是对温度比较敏感。"

我说："你怎么第一时间想到是我发烧？"我和他开玩笑："说不定我是生理性脸红。"假装不经意地问他："哎，害羞脸红是生理性脸红吗？"

他看上去有点儿惊讶，目光怀疑地落在我脸上："害羞？非非，你是说你？"

我说："嗯。"

他说："不太可能。"

我问他："为什么不可能？"

他说："你没有害羞这根神经。"

我追问他："我为什么就不能有害羞这根神经了？又不是多高级的神经。"

他竟然笑了一下。

我说："你在笑什么？"

他说："想起一些事。"

我直觉不是什么好事，却忍不住问他："你想起什么了？"

他看了我一眼："《哈利·波特进霍格沃茨》。"

巨大的沉默淹没了我。我沉默良久，说："聂亦，你那时候是不是觉得我挺神经病的？我跟你说，我平时不那样，我那不是为了哄你奶奶吗？"

他起身去换冰袋："是挺好笑的。"开冰箱的时候他说："不过也挺可爱的。"

这称赞来得措不及防，却像颗定位导弹，瞬间无比精确地命中我，我愣了好一会儿。

他拿着换好的冰袋回来，重新坐到我跟前，指挥我："那杯水递我一下。"

我还在那儿发呆，他起身自己拿过水杯。我想起给他递水杯时他已经喝完半杯水，看我回过神来，问我："你在发什么呆？"

我说："聂亦，你刚才说我可爱。"

他探寻地看我，等我的下文。

我说："你说我超可爱。"

他说："超这个字是不是你自己加的？"

我说："不要拘泥于细节，我觉得很感动。"

他低头喝水。

我赞美他："你真是很有眼光。"

他呛了一下，抬头看了我三秒，说："也有可能是那天眼花了。"

我说："聂亦，咱们做人能更加自信一点儿不？"

他点头："没错，是眼花了。"

我说："聂博士，我昨天晚上才冒死救了你，患难见真情还是不是一句可以让人相信的名人名言了？"

他手指轻敲冰袋："非非，你的脚还在我手里。"

我说："啊……"

凌晨五点半，聂亦才处理完我脚上的伤势。听说他是因为喝了酒睡不太好，因而半夜三点半起来看电视，正熬到睡意来袭，打算喝完水就闷头再去睡时，没想到我醒了，没想到我还把脚给崴了。一通折腾下来，两人都毫无睡意，干脆坐在沙发上继续看纪录片。

山风清凉，漫天星辰静默，只映得树影婆娑，昨夜谢家的浮华就像是南柯一梦。

窗外有个巨大的露台，台上有棵树。我跟聂亦说："古时候那些隐世高人就爱在这个点弄个烛台坐在树下面下棋。"

他答："隔壁住了位围棋九段，你可以试试这时候吵他起来看看。"

我说："我的意思是，要不然咱俩下两局打发时间？"

他把屋顶的遮光板合上，道："脚伤了就老实待着，好好酝酿睡意。"

我说："我不想睡，你想睡了吗？"

他说："不想。"

他屈着腿，一只手搁在屈起的右膝上，按遥控器调小片子的音量，道："我挑了部最难看的，你看一会儿就想睡了。"

屏幕上正放非洲龙息洞探险，我看了一阵，说："这地儿我去年去过。"

他偏头看我："听说洞里的水是远古地下水，数百万年不曾流动。"

我说："对，是被封存的水域，那洞到底多大一直都没搞清楚。四年前的那部纪录片里，探险家们在洞里发现了盲眼金鲶鱼，但洞里是否还生活着其他生物，到现在不得而知。"

他问我："你潜进过那片水域？"

我点头，靠过去低声和他说："不过你别告诉我爸妈，他们不愿意我探险，那次去也不是为了我的工作，是淳于唯的活儿，有个电视台邀他合作，我跟他去长见识。哦对了，淳于唯，你不认识他，那是个潜水探险家，每年除了自己的探险项目，闲暇时做我的潜水教练，要去危险水域都是他和我搭档，做我的潜伴。"

他一手撑着腮，看我："你很喜欢水？龙息洞的水怎么样？"

我笑起来，问他："你觉得它该是什么样？被封存了百万年的水域，未知、神秘，简直能激发各种浪漫想象。下水前我甚至想过也许一百米以下会有个失落的神殿，那里不够大，不太可能埋葬一座亚特兰蒂斯那样的失落之城，但一座神殿却是可能的。"我自言自语："水底是不是散落着巨石做成的圆柱子？上面也许刻着献给太阳神的故事，也有可能是月亮神或其他什么自然神，或者有远古的鱼类穿梭在其中。如果真有那样的景象，我要用什么镜头，该怎样打光……"

他说："现在最好的潜水器材不过能做到水下五十米抗压。水下一百米拍摄，你得用上隔离舱。"

我说："这时候你那精于逻辑和计算的左脑就可以休息一下了，能让负责想象力的右脑走上舞台吗？"

他嘴角抿了一下，有点儿像是一个笑，他说："好吧，那水究竟怎么样？"

我抱膝坐那儿，将脑袋搁在膝盖上，也笑了一下，轻声跟他说："当然不能喝。"

他揶揄我："真是好重大的发现。"

我说："好啦，是黑色的。"我看着他。"水底是黑色的，和海洋的水底简直是两个世界，那种黑暗巨大又安静，照明灯的光微弱得就像要被它瞬间吞没似的，说真的，我怕极了。"

他说："你也会害怕？"

我点头："当然，我最怕黑了，尤其是那种突如其来的黑，要突然停电能把我吓得立刻跳起来。"话刚落地，房间里突然一片漆黑，我"啊"地尖叫一声扑过去像个螃蟹似的搂住聂亦。

他重新按开电视机，有点惊讶："原来是真的啊。"

我简直语带哭腔："聂博士，不带你这么玩儿的好吗？"

七点二十分，我被手机铃闹醒，林妈送早餐上来，的确是上了年纪的老人家。我和她搭话，问聂亦的去向，她答聂亦起早去跑步了，声音极轻。又道这里平时只有聂亦过来，所以没有准备女性用品。聂亦有一套买小了的运动服，我可以暂且穿穿。

洗完澡套上聂亦的运动服，虽然是买小的号码，依然大得不像话。我在镜子跟前站了半天，感觉这一身真是很难和时尚搭上边，在衣帽间找了十分钟，找了顶高尔夫球帽，往头上一套把帽檐拨到后脑勺，倒是有一点儿嘻哈风。

右脚的崴伤有点儿胀痛，我一瘸一拐地下楼梯去客厅，刚下到一半，看到林妈正在客厅里招待客人，博古架旁的座钟指向八点，我心道好早的客人，正要转身回避，却听人叫我聂小姐。

我隔着几米远，微微眯着眼看已经从沙发上站起来的客人。赫本头，粉色嵌银色的条纹短裙，这姑娘真是漂亮得没话说，我说："简小姐，早安。"

简兮旁边还站着个我不认识的陌生青年，穿暗紫色T恤配浅色长裤，长得不错，但不知为何看我的眼神却带点儿阴森。

简兮眼角微红，像是刚刚哭过，脸色有点儿白。青年沉声："兮兮，我去和聂亦……"却被简兮打断："不用，聂因，真的不用。"坊间传闻聂亦有个不学无术的堂弟，估摸就是此君。

简兮看着我，挤出一点儿笑容来，笑起来嘴角现出一个梨涡，更添伊人风采，她声音甜软："聂小姐，一大早就登门拜访真是过意不去，只是昨晚有些醉酒，今早醒来头疼，聂因带我来沐山散步，顺便过来看看聂亦。"说话礼貌周全，进退得宜。聂亦的妈妈那么喜欢她，总是有点儿道理。

我说："我也是来借住一晚而已，聂亦可能过会儿就回来，你们等等。"

聂因冷笑道："借住一晚？"眼睛里直冒火："你那身是我哥的？"

我没想通他为什么生气，我说："对。"

他说："你！"

我说："帽子也是你哥的，拖鞋也是。"

他怒道："你还没有进我们聂家的门！"

我想了想，问他："你是不是不认同我？"

他冷声："当然不认同！"

我说："好吧。"

他重复："好吧？你那是什么反应？好吧？"

我惊讶，问他："不然呢？"

他说："我不认同你，大伯母也不认同你！你是一个入侵者！"

我踌躇地看了他一眼，问他："我应该哭吗？"

简兮在一旁低声劝聂因："你别这样，路上我们不是说好了吗……"不知他们路上达成了什么协议，聂因却没再出声。简兮勉强对我笑了一下，像是难以启齿，终于还是开口："聂小姐，能不能单独和你聊几分钟？"

康素萝早就给我定性，说我这人欺硬怕软，聂因那种直来直去的怒火我知道怎么对付，但简兮这样的做派我完全没法儿拒绝，正要点头，外门突然被推开，聂亦一身运动服走进客厅，边拿毛巾擦汗边抬头向我说："非非，水。"

我一瘸一拐地去给他拿水，他愣了一下："忘了你脚崴了，我自己来。"

我一瘸一拐地退回去。

客厅里氛围古怪，聂亦却在那儿不紧不慢地喝水。良久，他将杯子搁下来，毛巾搭在脖子上，淡淡地和客厅里聂简二人道："你们和她不熟，没什么需要单独谈的。"

简兮柔声道："没有什么特别要谈的，只是聂小姐人看着就很好。"轻声道："阿姨那边我也劝过。"她努力笑了一下。"再说聂小姐嫁过来，以后也总是会熟起来的。"

这期间聂亦一直没说话，像是很认真在听她说什么。简兮话落的时候，他平缓道："以后你们也不用熟起来，就这样吧。"

这场谈话到此结束，像是隐含了很多信息，又像是什么信息都没有，我站那儿脑子里一直飘问号。

聂亦扫了我一眼，问我："吃过早饭了？"

我点头。

他说："那让司机直接送你去医院。"

直到我走，聂因和简兮还一直待在客厅里，而我突然想起来，曾经好像的确从童桐那儿听过那么一耳朵，说聂亦聂因简兮三个人从小一块儿玩到大。聂因刚才说，我是一个入侵者。

入侵者，这个词语有意思。

09.

　　我们家最有智慧的女人其实不是我妈，是我奶奶。但我三岁没到她就过世了。

　　聂非非这个名字就是我奶奶给我起的。

　　我奶奶是个传奇，我爷爷是她的第二任丈夫，比她小十岁。我出生时我奶奶已经六十多岁，她跟我爸说，她活到这把年纪，才悟出人生有很多非其不能、非其不可的事情，譬如《淮南子》里说"非澹泊无以明德，非宁静无以致远，非宽大无以兼覆，非慈厚无以怀众，非平正无以制断"。很多人觉得非其不可是种选择，其实非其不可不是一种选择，而是一种因果，且是一对一的因果。所以她给我起个名字叫非非，说世间所有的"非"都含在它唯一的"是"里，所有的"果"都含在它唯一的"因"里，所有的结束，其实唯一的那个开端都早已给出了预示。

　　不得不说我奶奶有大智慧，这番话据说连我们家最有文化的我妈至今都没完全参透，更别提我和我爸。我妈语重心长地跟我说："人这一辈子，有些话不到那个年纪你领悟不了，有些事，没到那个年纪你做不出那个味道，所以绝不是我智商不够不能理解你奶奶啊，只是我还没到你奶奶那个岁数，非非啊，你懂了吗？"

　　我沉默地看着她。

　　她瞪我："你不相信妈妈？"

　　我立刻说："我信，我信，我可以发誓，您让我对着谁发我就对着谁发，对耶稣基督发还是对玉皇大帝发？"

　　我妈批评我："庸俗！要是这个誓言足够真心，就该对着新月派诗人的始祖泰戈尔先生发。"

由此可以看出我妈的确是一个诗人，而且极有风骨。

聂家的司机将我带去医院，检查下来其实没多严重，开了点儿外敷内服的伤药，说过个几天就能复原。

宁致远在傍晚来电，忧心忡忡地关怀我："怎么就扭脚了呢？你说你得个口腔溃疡多好，起码不影响下水啊。"

我说："小宁同志，怎么对你非非姐说话的，不想干了是吧？"

宁致远哈哈道："你可不能开了我，唯少昨天过来了，听说你要订婚的消息，受了不小的打击，掉头就要回去，还是我劝下来的，你说我多重要吧，我简直就是我们团队的520黏合剂。"

他将电话拿开一点儿，提高声量道："唯少，非非的电话通了，你要和她说两句吗？"

据说因为我将要订婚而受了不小打击，扭头就要回意大利的淳于唯正不知和哪国少女说情话："你知不知道那句诗？我要依偎着那松开的鬘发，每一阵爱琴海的风都追逐着它，我要依偎着那长睫毛的眼睛，睫毛直吻着你脸颊上的桃红，我要……"少女咯咯地笑。

宁致远唉声叹气："我才在非非那里苦心帮你经营出一个落魄伤心人的形象……"宁致远抱怨到一半没音了，淳于唯的声音贴着听筒传过来，简直失魂落魄、如丧考妣："东风恶，欢情薄，一怀愁绪，几年离索！非非，听说你要订婚，我心都碎了！"

我说："不错啊唯少，上次见你你古文造诣还没这么高，这会儿你都能背古诗词了。"

他笑，连连叹气："唉，唉，只怪近来世道不好，你们女孩子越来越挑剔，搞得我们情圣也越来越不好做。"

康素萝八号晚上跑来和我开睡衣派对，还拎来两只卤猪蹄，嘱咐我伤了脚就要多吃猪蹄，要以形补形。

我拎着俩猪蹄看了半天，跟她说："你这订婚礼物倒是送得挺不拘一格的。"

她神神秘秘："这可不是一般的猪蹄，是很特别的猪蹄。"

我又拎着研究了半天，问她："难不成还是头外星猪的猪蹄？"

她批评我："你真肤浅，地球猪怎么了，地球猪就不能因为某些原因变得特别了？"她志得意满。"这是我亲自卤出来的猪蹄，"充满怜爱地看着我手上的猪蹄，"失败了多少次才成功卤出来这么两只啊，你就不感动吗？"

我说："感动。"分了一个给她："你也啃一只。"

她说："都是给你的。"动容道："非非，你什么时候都这么想着我，真让人感动。"

我说："不感动，你啃下去半小时还没进医院我再啃不迟。"

她看了我三秒，哭丧着脸问我："聂非非，这朋友咱们还能继续做下去吗？"

我笑着戳她肩膀："你不是短信我有正经事要和我说？"

她立刻就忘了刚刚才结下的梁子，自个儿跑去挑了个大公仔抱着坐在我床上。我一看这是要长谈的架势，就去开了瓶酒。

康素萝把脑袋压在公仔脖子上，语重心长地跟我说："其实是我最近在玩儿一个宫斗游戏，我就想起了你。非非，我真挺担心的，你不是说聂亦他妈妈不太喜欢你？我一琢磨，你这种情况要放宫斗戏里呢，那就是还没进宫就被太后老佛爷讨厌了哇，而且老佛爷她还有个一心想要撮合给皇上的内侄女，据我打听那内侄女还有个小王爷鼎力相助，怎么看你的前途都不光明哪！"

我边倒酒给她边说："你多虑了，太上皇不是还活着吗？"

她一拍脑门："对啊，我把太上皇给忘了。"想了想，道："可太上皇其实不是真挺你啊，太上皇真挺的是皇上，万一太后给你和皇上下绊子，让你和皇上生了嫌隙，你不就只能被打入冷宫了此残生了吗？不行，咱们还得从长计议，看怎么才能一步一步收服整个后宫，最后笑傲整个聂氏朝堂。你把那笔记本递我一下，让我来做个滴水不漏的计划书。"

我已经喝完一杯，又倒了一杯，跟她说："要被皇上嫌弃了，我就出宫嫁个西域小王子去，你看我像是会在冷宫里了却残生的人吗？"

她一拍脑门："对啊，我都忘了现在能离婚了。"

我说："你听过一句话没有，幸福是那指间沙，越用力越握不住它。计划书咱们就别做了，我就跟聂亦过日子，聂家什么事我都不掺和。"

她再次拍脑门："对啊，我都忘了你是一艺术家，你要宫斗去了，谁来帮你完成你的艺术人生呢？"

她捂着被她自个儿拍红的脑门："不过皇上是什么意思？太后老佛爷不喜欢你，内侄女也不喜欢你，还有个貌似喜欢内侄女的小王爷也不喜欢你，皇上他就没什么表示？就没想出个什么法子来消除矛盾？"

我想了一下，说："皇上让我别跟他们一块儿玩儿。"

她问："没了？"

我说："没了。"

康素萝愣了好半天，说："皇上他……挺有个性的。"

我信誓旦旦地跟康素萝保证，聂家的事我会视情况敬而远之。

但有时候，不是你主动掺和事，是事主动来掺和你。

和聂亦的订婚宴定在"秋水共长天"。"秋水共长天一色"是句诗，"秋水共长天"是家酒店。聂亦奶奶还生着病，说老太太不喜欢闹腾，因此只是两家要紧的亲戚吃个饭。我觉得他们真是太不了解老太太，依我看聂老太太那是相当喜欢闹腾，若是身体好着，亲孙子订婚她一定恨不得请个京剧班子来唱一个月堂会。

聂家守古礼，虽然不闹腾，该有的礼序也一一尽到了。我妈和两个舅妈陪我姥姥在家里准备甜茶和点心，好款待聂家上门送十二礼盒的客人。我十一点出门去美容院，我妈告诫我下午五点前务必在"秋水共长天"碰头。

但下午五点半，我却躺在红叶会馆一间套房的大床上。手机不见踪影，两只手都被反捆在铜制的床柱子上。红叶会馆和"秋水共长天"相隔半城。

这是我第二次见到聂因。

一点左右我接到聂亦秘书室打来的电话，说聂亦约我在红叶会馆提前见一面。我和聂亦见面的行程的确很多时候都是他的秘书和童桐沟通，偶尔褚秘书也会打到我手机上来。

一点半我起程去红叶会馆，三十分钟后，在指定餐桌旁出现的青年却是聂因。这位堂弟再不复初见时那副凶神恶煞模样，眉目敛得近乎温顺，说之前对我不太礼貌，专门约我出来道歉，又怕我不愿意，才假借聂亦的名义。他递给我一杯橙汁，我将橙汁喝完。

接着就是三个多小时后，我在这张欧式怀旧风的铜制大床上醒来。

我的确是愣了很长一段时间，这种事在戏剧里常见，但现实里碰到，不能不让人感觉荒诞。

丝绒窗帘合得严实，挡住所有自然光，房间里只开了壁灯和落地灯，聂因搬了把椅子坐在一处阴影里，椅背朝着我，双手搭在椅背上垫住下巴，坐姿稚气，年龄也显得比前天小很多，像个在校大学生。

他坐那儿一派轻松地跟我打招呼："聂小姐，你醒了啊？"

我沉默了好一会儿，说："聂因，你这是非法拘禁。"

他作势看腕表，煞有介事地叹息："已经五点半了，就算我现在放你回去，你也赶不上今晚的订婚宴了。再说……"他抬起右手，将一部手机竖起来给我看了一眼："你给我哥发了短信，说你反悔了，不想和他订婚了。"那部手机是我的，他笑："聂小姐，你怎么就不给自己手机设个密码呢？"他在那儿翻我的短信："你和我哥的互动真无趣，你们真的在谈恋爱？"

我说："我和你哥就这范儿。聂因，你给我解开绳子，今天这事就当你恶作剧。"

他偏头看我："听你这意思是还想着要和我哥订婚呢？"话落不知从哪儿拿出一个信封来，走到我身边，"哗"一声将信封里的东西倒在我面前，又将床头灯调亮了点儿，好整以暇地跟我说："你看看这个。"

我低头看，是几张照片。照片里我闭着眼睛微微仰起脖子，光裸的手臂和肩膀露在被子外，搂着一个男人，那男人背对着镜头，看不到脸，衬衫脱到一半耷拉在臂弯处。

照片，这真是个老土的武器，也真是个永不过时的有效武器。

我抬头看聂因，问他："趁我睡着时你对我做了什么？"

他抬高右手做出一个安抚的动作，笑嘻嘻道："不过是仰慕你的风采，忍不住和你拍了几张合影，聂小姐，你这么严肃吓到我了。"他慢吞吞收拾照片："你保证和我哥的事到此为止，我保证咱俩的合影从此不会再见天日。"

我说："你这已经超过恶作剧的范畴了。"

他笑："这本来就不是恶作剧。"

我说："对，你这是威胁。"我问他："要是我不答应呢？你准备把这些照片交给谁？"

他做出思考的模样："老太太那里不能给，她老人家年纪大了，怕受不了这个刺激。我哥、大伯父、大伯母总要人手一份吧，要不要再给你爸妈也寄一份呢？啊对了，你也算个公众人物，搞海洋摄影的贝叶老师，你的拥趸们也应该很喜欢你的这些花边新闻吧？"

我说："聂因，这是犯法。"

他摇头。"就算散布你的隐私照侵犯了你的隐私权，但，"他逼近我，"谁能证明我们没有交往？流言最可怕，我倒是输得起，不知道聂小姐你输不输得起？"他一只手抚摩我的脸，笑得别有深意。"这光线真好，这个角度看你的脸还挺温柔。其实我真觉得你不错，那天我们第一次见面，你那么对我说话，我长这么大还没人敢那么和我说话呢。要不然咱们干脆把交往这事坐实好了，你和我好了，我哥也不好意思和我抢人，咱俩好，我哥和兮兮好，这不是两全其美吗？"

他的头埋在我肩膀上，短发蹭着我的脖颈，嘴唇滑过我的耳廓，我感觉心脏有点儿麻痹得发木。我说："聂因，知道强暴是怎么量刑的吗？情节严重处十年以上有期徒刑、无期徒刑，或者死刑。"

他离开我的肩膀，歪着头看我，突然笑了一声："怎么？要是我做了……你还真打算去告我？去法庭指证我？当着法官和陪审团的面，向所有人描述……我是怎么欺负你的？"他凑到我耳边："想想以后S城会怎么提起你，摄影界的人会怎么提起你？伯父伯母还要不要见人了？你还要不要见人了？"

我尽量放松自己，跟他说："老实说我的自我定位是个艺术家，艺术家不大都富有争议？别人怎么说我我还真是不太在意。"停了一下，我又说："凡·高因为爱上他的表姐而陷入不幸，司汤达因为爱上自己的嫂子而陷入不幸，我因爱上一个被众多女人爱慕的天才而陷入不幸，其实这设定还蛮让人陶醉的。"我呼出一口气，自甘沉沦地说："我已经做好准备接受这个新身份了——一个因陷入爱情而遭遇不幸的艺术家，从此我的作品在鲜亮中可以带一点儿若有若无的灰色，以此来表达我扑朔迷离的心境和对命运的不确定。"我抬眼看他，还记得让嘴角勾一下。"你呢？"我问他，"聂因，你是不是也做好准备后半生都在监狱里蹲着了？"

这番话我说得字正腔圆，一个音节都不带抖的，但反捆在背后的手指却绞得死紧。其实还是有点儿紧张。

我们俩眼睛对着眼睛，他搭在我肩膀上的手用力，疼得人想龇牙，但我忍住了没动。这种时候，谁先动，谁先输。他看我半天，我觉得他差不多就该骂出"你简直就是个神经病"的时候，啪嗒一声，外间的门突然开了。

我其实没想到来人会是聂亦，我以为是聂因的同伴，毕竟门不是被砸开的，听那动静，是正正经经划了门卡打开的。古今中外英雄救美就没这样的路数。隐约能听到谁放低声音："聂少，您看还有没有……"到尾声听不太清，我暗自琢磨聂家还有哪个男丁和聂因是一条船上的，脚步声已经穿过客厅。

然后聂亦就出现在了和客厅相连的卧室门口。

其时聂因坐在床边，我仍然被反绑在床头，所幸此时两人保持着安全距离。

我看到聂因喉结微动，像是在做艰难吞咽。但聂亦今天穿灰色亚麻开衫配黑色休闲裤，没换礼服，站在那儿一副文静模样，看上去前所未有地随和，我没感觉到有什么杀气。

聂因自动自发给我解开了绑手的绳子，嗫嚅着叫聂亦："哥……"

双手初获自由，其实有点儿麻痹，好一会儿才缓过来，两只手腕被勒出一圈一圈青印子，我左手揉右手、右手揉左手地揉了半天。

聂亦踱步到落地窗前拉开了拢得严实的窗帘。六点钟，夕阳尚有红光，暖洋洋的光线争相涌入。聂亦的目光落在我手腕上。顿了有三秒，俯身拨通了一个电话，让对方拿冰袋上来。

我疑心有没有过一分钟，服务生已经贴心地送上来全套冷敷用具。

聂因走到窗前，又喊了聂亦一声："哥……"

聂亦问我："会自己敷？"

我说："会。"

他点头："照我那天晚上的法子，要敷足时间。"

我说："好。"

他让服务生将冷敷工具放进客厅，转头跟我说："你先去客厅看会儿电视，我处理点儿事情。"

结果我刚转移到客厅把电视打开，就听到卧室里传来拆房子的响动，撞击声、东西倒下的声音，还有杯子的粉碎声。好一会儿，聂因艰难地咳嗽："哥，你打我……到底谁是你的家人？你竟然为了一个外人打我！"

聂亦的声音很平静："我记得前天和你说过，让你离非非远点儿。"

聂因激动道："我和兮兮才是你的家人，是你最亲的人！聂非非她什么都不是！"

聂亦道："这世上有两种家人，一种是没法儿选的，一种是可以自己选的。"

聂因冷笑："你的意思是，我和兮兮是你不想要却没法儿选的家人？聂非非才是你选给自己的理想的家人？"

聂亦道："简兮不是我的家人，你算半个。"

我耳闻过，聂因的父亲是外室所生，和聂亦的父亲同父异母。

聂因沉默了两秒，突然爆发似的怒吼："你胡说，你才和聂非非认识多久，怎么可能就把她看作家人了？你不过是随便找了一个人，想要兮兮放弃你，你觉得兮兮给你的爱是负担，让你觉得累，你不过就是，就是……"

聂亦似乎不耐烦，打断道："非非不是我随便找的，再说一次，你和简兮以后离她远点儿。"

正待此时，忽然门铃大作，一阵急似一阵，我赤脚去开门，简兮一阵风似的冲进来，我被她撞了一下，她却像是吓了一跳，双手合十匆忙地向我做了个道歉的手势，下一秒整个人已经冲进了卧室。

然后卧室里就传来了哭声。

细听是简兮在向聂因道歉，又向聂亦道歉，大意是说为了她聂因才做出出格的事情来，伤害了很多人，她觉得内心不安，她也不知道事情为什么会发展成这样。

我握着冰得发木的手腕，突然觉得这情况有点儿搞笑，明明今天被非法拘禁的是我，差点儿被人霸王硬上弓的也是我，已然被人破坏了一辈子只有一次的订婚典礼的人还是我，我都没哭，这些人到底在哭个什么劲儿。

简兮一遍又一遍自责："都是我的错，聂亦你原谅聂因，我和聂因去跟叔叔阿姨请罪，也去跟聂小姐的家人请罪，你和聂小姐的订婚我一定竭尽所能地弥补，我……"

聂因忍无可忍，道："兮兮，你为什么认错？错的人不是你，是我哥，我太了解他，他其实不爱任何人，既然谁都不爱，那就应该谁都可以娶，他却非不娶你，执意要去娶一个陌生人，让大家都痛苦，订不了婚，哈，正好！"

简兮颤声道："聂因！"

聂因没再说话。

聂亦道："都出去，没什么需要你们弥补，剩下的事我自己会处理。"

简兮道："聂亦，我能为你做的事已经不多，这次的事我……"

聂因突兀地笑了一声，简兮一时顿住了。

聂因缓缓道："哥，你是真的谁也不爱对不对？我刚刚那么说你，你并没有反驳。你其实并不爱聂非非是不是？我也奇怪，说爱情是化学反应的你，怎么会突然爱上一个人而且非她不娶。你不想要兮兮，不过是因为兮兮太爱你，你想要的其实是彼此井水不犯河水的婚姻，你要聂非非，是因为她也不爱你。"我愣了好一会儿，心想这小子也太聪明了。

他突然叹了口气："那你就更应该娶兮兮啊，哥，你不知道……"

简兮突然提高声量道："聂因，你住口！"

聂因却并没住口，继续道："哥，你不知道吧，兮兮她生了病。上个月医生给了确诊，是阿尔茨海默病，三十岁以下的病例稀少，但不幸兮兮就是其中一例，家族遗传。"

电视里放的影片是《美国队长》，被我快进得已临近结束。在大海中沉睡了七十年的美队迷茫地看着七十年后这崭新的新世界，伤感地说："我错过了一个约会。"

阿尔茨海默病，这病我听过，初期是记忆力丧失、失语、失去思考能力和判断能力，随着时间的进展，进而连独立生活的能力都会丧失。是一点儿一点儿耗尽人活力和生命的可怕疾病。

冰袋掉到地上我都没发现。隔壁房间一片寂静，客厅里的电视也因为影片播映完毕而自动转入了无声的主页面。

却是简兮最先打破僵局，像是努力要呈现出活力满满的样子，却呈现得有点儿勉强，她说："我有配合医生努力接受治疗，也、也不是什么大病。"连我这个外行也知道，这是大病，是很严重的疾病。

聂因报复一般向聂亦道："兮兮的记忆力会一点儿一点儿丧失，哥，不出两年她就会忘了你，她连自己是谁都会忘记。她一辈子都不会再记得曾经爱过你，更谈不上能再次爱上你，要是你打定了主意这辈子不想和爱情扯上关系，兮兮才是最适合你的伴侣。"

简兮压抑着哭腔道："我有在配合医生治疗，医生说过记忆力丧失可以慢慢控制，聂因你……"

聂因打断她："别搞笑了，阿尔茨海默病的失忆根本是不可逆的，总有一天你会全部都忘记，还充当什么滥好人。你从小就喜欢聂亦，处处为他想，他可有一件事主动为你着想过？"

这期间，聂亦一直未发一言。

不知碰到哪个按钮，电视里开始另播一部怀旧电影，非常小声的念白："我亲爱的孩子们，我已迁居纽约多年，不能如愿常见你们……"

我去卫生间洗了个脸，水哗啦啦冲进面盆，温水洒在我的脸上。我看向镜子里，是一张年轻的脸。我试着笑了一下，是一张年轻的微笑的脸。

我点了个香薰蜡烛，两手撑在洗面台上，深深地吸了口气。

这戏剧化的，叫人除了发愣简直没法儿有其他反应的神转折。

我的脑子空白了好一阵。

直到提神醒脑的薄荷香若有若无地弥漫于整个卫生间。

我关上水龙头，用毛巾擦了擦手。

聂因给聂亦出了一个选择题，我和简兮被摆在天平两端等待选择。一个是阿尔茨海默病的青梅竹马，一个是统共认识不超过一个月、只见过五次面的"未婚妻"。两个人聂亦都不爱。

我从卫生间里走出来，穿过客厅推开卧室门，聂亦和聂因齐抬眼看我，简兮正低声道："聂亦，你不用同情我，我绝不愿意让你为难……"

我抄着手靠在门框上，跟现场三位道："我退出。"

简兮眼角微红，目光愣愣落在我身上。

聂因那张脸的确被揍得不像样，嘴角还留着血迹，偏着头疑惑问我："你退出？退出什么？"

聂亦站在落地窗前，背后是渐渐消失在地平线上的血色残阳，极暖的光将他的轮廓映得越发出色。他看了我许久，微微蹙起了眉。这是我爱的人，终其一生的 dreamboat（理想爱人）。命运让我和他在一起十七天，我悄悄地握过他的手，靠过他的肩膀，假装不经意地拥抱过他，这一切都很美，也很够。

简兮说她不想让聂亦为难，这是个好女孩，爱聂亦那么多年，即使身患重病也没有想过以病相胁，的确是一心只为聂亦着想。

聂因说我是个入侵者，站在他的立场，的确可以那样形容我。

就像聂因所说，若是聂亦无法爱人，简兮才是最适合他的那个对象。远远合适过我。阿尔茨海默病会让简兮慢慢忘记有关聂亦的一切，也绝无可能再一次爱上他。而这段婚姻里，聂亦需要尽的义务只是照顾简兮。他愿意照顾人的时候，能把人照顾得很好。而她给他的婚姻，将绝对符合他期望中的样子，只是一段单纯的关系，权利和义务都泾渭分明，绝不会滋生他不认可的爱情。

这的确会是聂亦想要的。

未曾身临绝境，真是不知道爱究竟是什么样的东西。它可以让你那么温暖，也可以让你那么锋利，可以让你那么宽容，也可以让你那么自私。

我奶奶说所有的果都含在它唯一的因里，所有的结束，唯一的那个开端都早已给出了预示。这一刻我依稀有些明白我奶奶这句话的意思。我想给聂亦很多很多爱，就算他不想要，那些爱情没法儿装进他的心，至少能够满满地装进我们的婚姻。那是我曾经孤注一掷的想法。可见我爱聂亦其实没有什么底线，而因为从来没有预想过有一天能够那么接近地去爱他，搞得这场爱情似乎也没有贪欲。

这是我们的因，我希望他好，只要他好我就觉得开心。这唯一的因早已预示了分离的果。

所有剧烈的成长，都源于磨难和痛苦；所有突然的顿悟，都是伤口滚出的血珠。

我妈教育我，人生不是什么一生只有一场戏的大舞台，它是一个一个小舞台，鳞次栉比，罗列紧密。一生为人，得登场无数次，退场无数次，或者是在自己的故事里，或者是在别人的故事里。不管是谁的故事，只要轮到你登场，就得登得精彩，要是轮到你退场，也得退得漂亮。

和聂亦的这段故事，也不知道算是谁的故事，但，该是我退场的时候了。

我在沉默中走近聂亦，就像在空无一人的海底走近一丛孤独美丽的珊瑚。聂因和简兮都不存在。这道别仪式只有我们两个。

我站在他面前，我们离得很近。这是我第一次主动离他那么近。他低头看我。聂亦并不是刻意少话的人，今天他却说得很少。我们互相对视了好一会儿。然后我突然搂住他的脖子，踮起脚来吻了他的嘴角。

我闭着眼睛，睫毛紧张得颤动，但我的嘴唇贴着他的嘴角，却镇定得像个老手。我脚上还带伤，踮脚踮得不稳当。他突然伸手扶住我的腰。

这是一场道别，应该有一个离别之吻。

关于他的最后一个愿望也实现了。

　　我紧紧搂住他的脖子，假装轻松地在他耳边调笑："聂博士，你看你有这么多事，为什么还来招惹我呢？"我又亲了亲他的耳朵，将这临时起意的附加愿望也实现了。我轻声跟他说："聂亦，各自珍重，各自幸福。"

　　我有很多勇气，但不包括那时候去看聂亦的表情。

　　我说完这道别语，松开聂亦，转身大步离开了那间卧室。走出套间时我还记得帮他们拉上了门。

　　有一首歌是这么唱的："让我感谢你，赠我空欢喜。"我从前疑惑，为什么要感谢赠你空欢喜的人，给了你希望却又让你失望，难道不是罪大恶极？这一刻我才终于明白。

　　聂亦，我要感谢你，赠我空欢喜。这些日子，每一分每一秒，我都过得非常开心，就算是在工作室里将你忘记的那些日子，那些美丽的小情绪还是会时刻充实我的心底，让我过得跟以前，以前的以前，以前的以前的以前，全都不一样。

10.

第二天童桐陪我飞雅加达，我妈送我去机场，我们在咖啡厅里待了一阵子。

前半小时我坐那儿翻杂志，我妈沉默地喝咖啡，她一直不太看好我和聂亦，这时候居然没有说风凉话，我果然还是她亲生的。

时间快到了，我妈酝酿了半天，开口跟我说："非非，你小时候喜欢看阿加莎·克里斯蒂的侦探小说。"她停了一下，说："阿加莎本身也很有意思，她一生有两次婚姻，第一次婚姻因为所托非人而以失败告终，但她是个善于总结的人，正因为有了第一次失败的经验，第二次婚姻她经营得非常好。"她总结："你看，世上从没有绝对的坏事，只在于人的看法，聪明人能从所有不好的事情中汲取好的元素，并且为己所用，从而一生受益。"她问我："你懂我说的是什么？"

我说："嗯，只要您不用比喻句，您说的话大多我还是能听懂的。"

我妈点了点头，想起什么似的从包里拎出个东西，我一看，是本砖头厚的德语词典。

我妈特别淡定地把那本字典递给我："要实在想不开呢，就再学一门语言转移一下注意力。我听人说这辈子学德语的上辈子都是折翼的天使，既然难度系数这么大，治疗个情伤什么的应该是不在话下。"

我礼貌地跟她推辞，我说："妈，您真是太客气了，这就不用了……"

我妈说："那不成，你远在印尼，要东想西想我也看不见，我得多担心，你每天背一百个单词我就安心了，好好背啊，我会记得每天晚上给你打电话抽查进度。"

我含泪收下了我妈给我的赠别礼物。

童桐在登机口和我会合，看我手里砖头厚的词典，大为惊叹："飞机上不能带管制刀具，所以非非姐你就专门带了本词典防身吗？好家伙，这么厚，砸人可了不得。"

我无奈地看了她一眼，她顺手把词典接过去掂了掂，哇啦叫："我×，这么重。"

我把墨镜拨拉下来，觉得前途真是一片灰暗，颓废地跟她说："这是知识，知识，就是这么沉重。"

今天六月十号，农历五月十六，据皇历记载，宜嫁娶、纳彩、订盟，没说宜出行，但天朗气清，万里无云，一看就是出行的好日子。

我在飞机上碰到几天前还和我一块儿斗酒的谢明天，就坐在我后排，戴一副超大墨镜遮住半张脸，主动跟我打招呼："聂非非？"

我看了好半天才认出她来，跟她点头："谢小姐。"

她把墨镜拨到头顶，抬手做出一个制止的姿势道："就叫我谢明天，咱们俩虽然认识得不太愉快，但我真挺服你的，大气。聂非非，咱们能在这趟飞机上前后座也算是有缘分。"

她笑："我这人吧有时候是挺损，没遇到就不说了，但既然遇到了，我还得给你道个歉。"

我也笑，我说："咱们这还真有点儿不打不相识，一笑泯恩仇的意思。"又问她："你去印尼是公干？"

她说："正拍一部电影，叫《当驻马店和六盘水在巴厘岛相遇》，先去雅加达取点儿材，再飞去巴厘岛实地拍摄。"

我愣了好一会儿，说："当驻马店和六盘水什么？"

她说："哦，就是讲来自河南驻马店的一个文艺女青年去巴厘岛旅游的时候，遇上了一个来自贵州六盘水的文艺男青年，两个人一见钟情，然后陷入了爱河的故事。"

我说："这题材倒是挺新颖，你演那文艺女青年？"

她说："不，我演出生在吉尔吉斯斯坦的一个华人，在巴厘岛打工当女服务员。其实这电影最早名字叫《当驻马店、六盘水和吉尔吉斯斯坦在巴厘岛相遇》，但申报广电备案的时候广电总局说名字太长建议精简一下，出于爱国考虑，驻马店和六盘水不能删吧，就删了吉尔吉斯斯坦。但六盘水文艺男青年的真爱不是驻马店文艺女青年，而是吉尔吉斯斯坦女服务员，但最后吉尔吉斯斯坦得了重病，六盘水就还是和驻马店在一起了，所以这电影是双女主，我演其中一个女主。"

我说："……哦。"除了觉得地名抢镜，实在不知道该怎么恭维这部电影，想了半天，说："看来你们是冲着得奖去的。"

她有点儿惊讶，说："导演就是冲着得奖去的。"

我们接着又谈论了一些有关这电影可能会得什么奖的问题，飞机快起飞时才结束谈话。

到雅加达正好下午四点，淳于唯来接我们。远远看到他和一个欧洲姑娘调情，我和童桐已经走到他身边，正听他和姑娘说："我们中国人其实非常诗意，用很多美好的诗句来赞叹美人，比如我要赞美你，我就会说'肤若美瓷唇若樱，明眸皓齿百媚生'。"那句诗他用中文有模有样地念出来，引得姑娘睁大明眸追问他意思。他正好抬头，一眼看到我，极有风度地和姑娘作别："我妹妹到了，你有我的电话，打给我。"

我抄着手看他，我说："唯少，上次你跟一北京姑娘搭讪可不是这么说的，那时候你说你是个浪漫热情的意大利人。"淳于唯的确是个意大利人，中意混血，高鼻深目，按他的话说，长这副模样不当情圣实在有负上苍，为了不负上苍，他就去当了情圣。

他哈哈笑："面对活泼奔放的西方美人，我就是温柔神秘的东方男人，面对文静含蓄的东方美人，我就是浪漫热情的意大利男人，做人要懂得变通。"

我和童桐立刻服了。

他问我："听说你订婚吹了，怎么就吹了？"

我看向童桐，童桐连忙摇头。

我叹气，说："大人明察，男神有个青梅竹马，长得太美，卑职以一分之差惜败，战绩已经算得上辉煌。"

他看了我半天，蹭过来道："我们中国人有一首诗专门用来鼓励你这种情况……"

我后退一步，道："别，我古诗词造诣可比你深厚。"

他立刻改口："我们意大利人有一首诗专门来鼓励你这种情况……"想了想道："哎，你等我上网查查啊……"

到 V 岛大约两个小时机程。水上飞机飞过蔚蓝的海洋，岛屿点缀其间，就像宝蓝色缎子上镶嵌的绿色翡翠。印尼号称千岛之国，实际上却拥有一万多个岛屿散落在太平洋和印度洋间，其中一多半没人居住。

V 岛是座带状火山岛，沿海滩搭盖了二十来座别墅，岛主米勒·葛兰是位开朗温厚的中年绅士，带着我们参观岛屿，讲开发这座岛屿时的种种趣事。譬如别墅皆由打捞的浮木建成，未采伐岛上的一草一木。房屋设计由业内那位迷恋圆点元素的 C 姓设计师完成，最初一稿所有墙体皆是深色系带浅色圆点的设计，被他严词否决。葛兰笑道："康纳利简直大发雷霆，抱怨我不尊重他的设计，我无奈答他：'老伙计，你也不尊重我的密集恐惧症。'"

我们笑成一片。

蔚蓝的天、碧绿的海水、洁净的白沙、五色的游鱼，六月很快过去，七月也很快过去。

不到两个月的时间，淳于唯换了五任女朋友，分别来自欧洲、亚洲、北美洲、南美洲及大洋洲，再交一任非洲女友就可以实现七大洲大团结。

童桐坐那儿掰指头，说："就算再交一任非洲女友，也只有六大洲呀。"

宁致远头也不抬："那不是南极洲没人住那儿吗？你难道要让唯少和企鹅去谈恋爱？"

童桐说："我怎么记得好像有因纽特人呀？"

宁致远给了她额头一下："你二啊，因纽特人是北极的，你这文化水平是怎么混进我们这个高智商团队的？"

我举手："不好意思啊，是我把她放进来的。"

淳于唯拿了根吸管喝橙汁，抬眼瞅我们，慢半拍道："哎，你们怎么老挤对我？我这儿刚失恋，正伤心呢。"

我说："你把人甩了你还伤心？你伤心毛啊？"

他叹气："不是童桐跟我说工作可能会提前完成，下星期我们就走吗？那我就去分手了，怎么知道刚分手回来你们就跟我说还得再待半月？"他看向童桐。"小童童，你其实是故意耍我的吧？"

童桐惊吓地坐过来抱住我的胳膊，我说："淳于唯，你别欺负小动物。"

他委屈："明明是小动物欺负我。"

他又喝了一阵橙汁，突然拿脚踢我的椅子："非非，说说你的前男友，说真的这么多年我一直怀疑你的性取向，我和宁致远都挺好奇，到底是什么样的男人能让你神魂颠倒到愿意跟他订婚。你看我这么伤心，快拿你的情史来安慰安慰我。"

宁致远一口咖啡喷出来："我什么时候跟你说我好奇这事了？"

淳于唯不知从哪儿摸出个怀表，打开来，犀利地看向宁致远："你敢对圣母像发誓你真的不好奇这事吗？"

天主教教徒宁致远同志苦着脸看向他的圣母。

我说："长得好看，聪明，有钱，性格好，还忠贞。"

淳于唯一头雾水地看我："什么？"

我说："你不是好奇我前男友是个什么样的人吗？"对他重复一遍："他长得好看，聪明，有钱，性格好，还忠贞，简直完美得不像话。"

淳于唯目露怀疑，半天，道："哎，可惜他有个青梅竹马是不是？青梅竹马真是这世上最难攻克的一种情敌。"戚戚然道："我平生最失败的一段感情，也和青梅竹马四个字脱不了干系……"淳于唯兴致盎然地开始和我们分享他平生最为失败的那段感情，宁致远和童桐竖起耳朵听得一脸兴奋。

我低头喝着咖啡，却有点儿神游天外。

这是印尼的早晨。

我第一次这么完整地想起聂亦。

刚开始其实是有意不去想他，那个过程有点儿痛苦，但我的适应能力强，多半月后就习惯。淳于唯是察言观色的好手，他们情圣界都有这个本事，辗转到现在才来问我聂亦的事，在他看来我应该已经走出情伤。他一直信奉，伤心的事只要说出来就会真正成为过去。其实我哪儿有什么情伤，顶多是单相思失败，但这个不能告诉他们，主要是面子上挂不住。

当天晚上我接到康素萝的越洋电话，吞吞吐吐问我和聂亦为什么会告吹。看来他们都觉得两个月于我已经足够，可以重提这件事了。

我巨细无靡地向她交代了我和聂亦分手的过程，康素萝沉默半晌，说："非非，我听过一句话，说女人的爱是占有，男人的爱才是放手。"

我叹气，说："聂亦要是爱我，我不会主动退出，我没有那么大公无私。不过你也知道聂亦跟我结婚是为什么。说白了我和简兮都是一个性质，其实什么都不是，站在这样的立场上，我没法儿和一个病人抢得那么不好看，挺没品的。"我笑："你说我得堕落成什么样儿才能干出这种事？"

康素萝说："这倒是。"又说："以前我老担心你会因为太喜欢他失去自我。"

我说："我倒是想失去呢，没办法，这自我实在太强大了啊。"

她在那边敷衍我："啊啊，是够强大的。"

我们在当地雇了位导游，主要是下水拍摄时请他协助船长监视水下情况。那个周末导游正好有空，带我们去隔壁一个未开发的荒岛探险。

在荒岛上当了三天野人，回来前接到葛兰夫人的电话，说岛上新来了客人，有一位女客人方便不方便安排在我和童桐住的那栋房子。

当然是方便的。

回 V 岛后大家相约拾掇完毕后去月亮屋喝一杯。月亮屋是座水上餐厅，全天二十四小时供餐，每当岛上有客人过来，就有米其林星级厨师从巴黎飞来坐镇。每次工作期我基本上都会瘦，只有这次保持了体重。

一路上遇到好些散步的陌生面孔，直到推门进入月亮屋，才知道早上葛兰太太所说的岛上来了一些客人，"一些"到底有多少。

我们平时喜欢的座位早已被人占据，幸好有两位客人适时离开，给我们腾出一张桌子。

淳于唯恋恋不舍地看向露台上我们的常用桌，颓废道："我最喜欢那个座位，下午五点十五分时落日的余晖刚好能照在我的脸上，会衬得我的右脸熠熠生辉。"

我给了他后脑勺一下："就你娇气，要么坐，要么走。"

他果然头也不回就走了。我和宁致远面面相觑："他什么时候变得这么有血性了？"

就看淳于唯头也不回地去和隔壁桌漂亮的单身女客人搭讪去了。

宁致远捂着脸一副牙疼的表情，童桐垂头叹息，我咬着棒棒糖问他们："你们还没习惯他啊？"顺手点了个烤鳕鱼。

饭吃到一半，淳于唯神神秘秘地回来，道："终于搞明白为什么岛上会突然多出来这么多客人了。"

他招招手，我们立刻凑过去。他压低声音："葛兰太太是生物学家，V岛有传统，每年八月会开放招待她在生物学界的朋友。名为开放招待，但实际上来岛的客人无不是他们夫妇精挑细选，全是各国生物学界的怪才，来这里交流经验，展示他们的研究成果。"

童桐茫然地环视一圈，面含敬畏地悄悄说："你是说，我们周围坐的全是科学家？"

宁致远沉吟道："葛兰太太居然有这样的号召力？这样规格的盛会不是该由更高规格的机构来承办才对吗？我看这不像是什么官方机构承办的沙龙啊。"

淳于唯笑："各个圈子有各个圈子的玩法，你们摄影界也不是每个人都奔着普利策奖去，有些生物学家做研究也并不是为诺贝尔。但你知道各国生物学界的研究一旦涉及'人'，都有非常严格的审查制度，很多研究是不被允许的，可很多怪人就是觉得，那些不被允许的研究才是生物学研究的最高命题，值得他们为之奉献终生。据说这个沙龙就是为这个目的而办，不知有多少人想挤进来，比得奖更甚。"

宁致远和童桐大为惊叹。淳于唯问我："非非，你在看什么？"

我收回目光，道："没什么。"

我看到了简兮。

那的确是简兮。我见过很多美女，简兮是我见到过的最漂亮的亚洲美女，所以不太可能认错。她坐在餐厅靠里的一个角落，侧向我的位置，对面是个白人，他们正喝下午茶。男人侧面英俊，看上去像四十岁，但白种人显老，难以猜测真实年龄。并不是一般朋友的交谈，两人看上去很亲密，中途男人握住简兮的手，不知说了句什么，简兮低头微笑，男人趁机吻了她的手指。那是调情。

这是印尼，是 V 岛，简兮为什么会出现在这里？而当日眼眶绯红着说爱了聂亦十多年的女孩子，此时怎么会和另一个男人在这里调情？这两个月究竟发生了什么？聂亦呢？聂亦又怎么样了？

我吃完最后一口鱼肉，拿餐巾擦了擦嘴角，餐厅里正放一首歌，歌词翻译成中文，唱的是"*当我青春不再，容颜已老，你是否还会爱我*"。我走过去站在简兮的桌子旁边，我说："简小姐，好久不见。"

简兮愣愣地看我："……聂小姐，你怎么会在这里？"

我说："今晚你有没有空，我们找个时间谈谈。"

她怔了好一会儿，喃喃点头。我看了看表，说："晚上八点半吧，还在这儿。"又对她的白人男伴点了点头，说："打扰了，你们慢用。"

回到餐桌旁时，淳于唯他们正等我一起离开，他问我："那女孩你认识？长得真美。"

我说："你别招惹她。"

他摊手："我不对有伴的女人出手。"

我笑，跟他说："淳于唯，就算她没伴，你也不准对她出手。"

淳于唯愣住。"非非你这样笑吓到我了。"来挽我的手。"不行你得搀着我走，你把我吓得腿都没知觉了。"

我看向宁致远："你带水果刀没有？戳下他大腿，看是不是没知觉了。"

淳于唯立刻跳出去离我三丈远。

我们推门出去，童桐突然拉了下我的袖子，顺着她的目光看过去，与吧台相邻的角落里，看杂志的男人正好抬头，新来的客人里除简兮外的唯一一张亚洲面孔。终于知道简兮为什么会在这里。这是个生物学精英的盛会，简兮是跟着聂亦一起来的。

我和聂亦隔着好几张桌子对视，他脸上没有什么表情，看着我的目光很沉静。那歌还在唱"*金钱，成就，如过眼烟云*"。他没有将目光收回去的意思，也没有走过来的意思。我扯出一个笑来，朝他点了点头。他微微皱起了眉，但也微微点头。这是异地相逢的朋友最基础的礼节，最陌生的礼节。我那时候是愣住了，只是本能地给出这个礼节。

淳于唯狐疑地看我："那人你认识？"边推门边自顾自道："你竟然认识那种怪人。"

我们走出月亮屋，我说："你怎么知道他是怪人？"

他笑："能来这儿参加这个沙龙的，全是怪人中的怪人。"

11.

我睡了一觉。

窗外是夜，是海。

童桐递给我果汁，说："非非姐，我觉得你睡了一觉起来脸色还是很可怕，你会把简小姐吓哭的，哭哭啼啼谈不好事情，我建议你路上可以哼点儿开心的歌，平息一下怒火。"

我采纳了她的建议，洗脸时就开始哼："我知道你的爱只有一点点，五十四张不是全都分给我，一会儿你是地主，一会儿我是地主，你斗我斗中间还有第三者……斗斗斗哇啊斗地主，斗斗斗哇啊斗地主……"

童桐帮我挑裙子，我哼："斗斗斗哇啊斗地主……"

童桐帮我拉裙子拉锁，我还哼："斗斗斗哇啊斗地主……"

童桐给我化妆，我闭着嘴拿气音哼："斗斗斗哇啊斗地主……"

童桐以她平生最为迅捷的速度给我化好一个淡妆："嗯，非常完美！非非姐，去战斗吧，你现在就可以出门了！"然后她就把我给扔了出去。

我提前到了四十分钟，找了个最偏僻的位置等简兮。八点一刻，她素面而来，落座在我对面，脸色有些苍白。我和简兮见面不过几次，她少有化妆。杨贵妃的姐姐虢国夫人也不爱化妆，因为觉得脂粉会挡住她的本色之美。简兮也是这样的美人，名字也好听，诗经里是有那么一句，"简兮简兮，方将万舞"。

她握着水杯的手在轻微地抖。她怕我。我不知道她为什么怕我。这的确挺惹人怜爱，但我还是不准备就此跟她亲切对话。

我说:"简小姐,我们没什么交情,就不寒暄了。约你出来就是想问问,你一边和聂亦在一起,一边和其他男人约会,这是几个意思?"这开门见山开得是有点儿刻薄。

她立刻道:"我没有。"眼眶泛红,轻声道:"聂小姐,你没有权利指责我。"

我说:"的确,简小姐你的感情生活轮不到我关心。"我喝了口水:"但我那时候退出是想让聂亦他好。"

她沉默了好一会儿,道:"这两个月,我并不算是和聂亦在一起。我知道聂小姐你怎么看我,可聂小姐你不是我,又怎么会明白我的感受。"

我做了个请的手势,表示愿闻其详。

她愣愣地看着手里的橙汁,许久才道:"我……我从小就喜欢聂亦。其实有很多人都喜欢过他,但聂亦性格冷淡,她们都没有坚持到最后。我常常想,也许这世上就数我最喜欢他,他一直没有回应也罢,但总有一天会被我感动。这么多年,我几乎就是靠着这个希望生活的。可聂小姐你的出现,真的让我始料未及。"她勉强地笑。"要接受这个现实很难,我一直在尝试着接受,却没想到紧接着会查出生病的事。那时候我的确打算忘了聂亦,没想过要破坏你们,聂因那样做我很抱歉,可我没想到聂小姐你会退出。"她顿了顿,"你的离开是给了我希望,我承认这样想很自私,但那时候,我的确是高兴的。"

我说:"既然高兴,那就好好对聂亦。"

她摇了摇头:"他帮我联系医院,找有名的专家和医生,可我们并没有在一起。就算知道我生病,知道这病没法儿治好,他也不愿意施舍我一点儿爱,依然是我拼命地爱着他,他却没有任何回应。"

我沉默了半晌,问她:"你认为的'在一起'应该是什么样呢?在他身边难道还不足够?"

她笑:"不够的,聂小姐你会这样说,是因为你还没有真正爱上过一个人。如果真正爱上一个人,你就会希望他的一切都属于你,他的眼里只有你。"

我想了想,说:"你觉得爱他太苦,太没有希望,所以不准备再继续下去了?"

她咬唇道："我不知道，我很矛盾，我……"

我一气喝了半杯水，放下杯子看向她，平静道："你我都知道聂亦是个不会爱人的人，就算这样也想和他在一起，那就不能要太多。"我笑了笑。"说爱了聂亦多年想和他在一起的人是你，因为他没回应你的感情而开始和其他男人约会的人也是你。简小姐，你让我觉得我当初的退出是场彻头彻尾的闹剧。"

她怔了一下，涨红了脸："聂小姐你并不爱聂亦，退出当然比较容易，但你不会明白我那时候的放弃有多艰难。聂亦他至少向你求过婚，这是我做梦都想要的，你不知道我有多羡慕你。"眼泪在她的眼眶里打转。"因为你不爱，所以看似可以旁观者清，可你不应该用这样的优越感来责难我，你根本不明白我的痛苦。我看透了这段感情，想要寻找新的幸福，这有什么不可以呢？"

我一想这话也没错，但这人可真纠结。我说："我原本以为你们会挺幸福，爱不爱的有什么重要，各自满足各自的目的就好了。原来你的目的不是在他身边就够了。这样，我再跟你确认一遍，你是真的放弃聂亦了对吧？那聂亦我就重新接手了。"

她惊诧地看着我，好半天，说："聂小姐，聂亦他并不爱你，你不要像我一样飞蛾扑火，没有爱的婚姻是不道德的。"

我说："他不用爱我，给我钱花就够了，我对婚姻的要求其实没那么苛刻。"

她说："聂小姐你不缺钱。"

我叹气："缺，缺大发了。"能潜入万米深海的潜水器，目前都是九位数起价，娱乐报纸说明星收集绝版跑车是玩大的，我觉得我这才是玩大的。

我看了看表，说："就这样吧，时间不早了。"起身时我想了想，跟她说："简小姐，其实爱这个事我也略懂，可能没你来得深刻，但我觉得吧，如果我喜欢一个人，他健健康康、快快乐乐的就行了。"

她安静地看着我，突然问我："聂小姐你说得容易，要是你喜欢的人和其他人在一起远比和你在一起快乐呢？"

我说："那就痛快放手，他有他的十丈软红，我有我的海阔天空。"

很难说清楚内心是什么感受，原本以为和聂亦不会再有交集，却想不到会迎来这样的奇遇。回想所有有关聂亦的相遇，都算得上奇遇。

我说我要接手聂亦，其实压根儿没想清楚怎么去接手。

我走的时候跟他说："聂博士，你看你有这么多事，为什么还来招惹我呢？"那时候是想让他以为我不想卷进他的家庭纠纷，离别总需要理由。现在想想，他可能会因为我没有选择和他一起面对而感觉心凉，一想到这里，我的心也凉起来。

在外面闲逛了一阵，快到别墅时，恍惚看到放吊床的棕榈树旁有个人影。隔得有些远，天色又暗，我不太确定那是谁。

有人从后面拍我肩膀，我吓了一跳，回头就和一瓶冰啤酒来了个贴面吻，淳于唯一只手揣裤兜里跟我笑："清心寡欲的日子真不是人过的，我睡不着，你陪我走走。"他凑过来另一只手拨弄我头发。"这是什么？一闪一闪的还挺漂亮。"

我说："童桐自己做的亮片发带。你睡不着不会去骚扰宁致远啊？"

他惊惶："宁宁每晚雷打不动九点半睡觉，你不知道，他最近居然丧心病狂地在枕头旁放了一把藏刀，吵醒他简直是自取其死。"

我了然："看来前一阵你没少吵他。"

再去看那棵棕榈树，人影已经离开。

回房时童桐面色凝重地跟我说："聂少来过，我和他说你不在，他留下这个就走了，让我转交给你。"

我打开童桐递给我的盒子，却发现里面躺着一只手镯，玻璃种翡翠玉镯子，晶莹剔透，水头很好。

我茫然了半天，不知道这是什么意思，想打聂亦的手机，才想起上个月手机丢了，换手机后我就没了他的号码。

白天各有事忙，直到第二天晚上的欢迎酒会才再次见到聂亦。

那是个露天酒会，地灯柔和，给人工布置的白沙和卵石镀上一层奶膜般的软光。热带树间牵着小灯，像是在树上点亮了星星。月亮屋的调酒师竟然过来搞了个小吧台，香槟塔和鸡尾酒杯摆得极具艺术层次。虽然只是个休闲酒会，大家都穿得漂亮又时髦，多是三两人聚在一起交谈。钢琴师别具一格，正演奏一首俏皮的印度舞曲。

我进场就看到聂亦，他穿深蓝色套头衬衫和卡其色长裤，随意简单，却出众得让人一眼就会注意到。他站在一棵椰子树下和一位老先生交谈，因为身量太高，不得不半俯着上身。聂亦说英文时习惯带一些简单的身势语，那些小动作很迷人。我看了起码一分钟才收回目光。

童桐扫视一圈，在我身边失望道："这不是科学家们的酒会吗？和普通的酒会也没什么不一样嘛。"她左顾右盼："科学家们也这么懂时尚，还这么懂交际，这真的科学吗？"

宁致远抿着酒说："要知道这世上有谢尔顿那样的科学家，也有钢铁侠托尼·斯塔克那样的科学家。"

我说："我是谢耳朵的粉丝。"

他面不改色地跟我装可爱："我不是在黑小谢哒，我也是小谢的粉丝哒，他不懂交际什么的简直不能更萌哒，真是萌萌哒。""哒"得我一身鸡皮疙瘩，我正要回他，听到身边传来一阵交谈，事涉聂亦。

我默不作声地喝酒，打眼一瞟，是两个中年男人，棕发的那位不认识，另一人是昨天见过的简兮的男伴。

棕发男人道："你身边那个东方小甜心听说是聂亦带来的？真是够新鲜，他从十九岁开始参加这个沙龙，六年来从没带过女伴，第一次将自己的女友带来，却被你抢走了。这是在报当年的一箭之仇？"

简兮的男伴笑："什么仇？我可真是被简迷住了，她是个地道的东方美人，是不是？"

棕发男人道："别不承认，伙计，当年温迪为了他可是甩了你，这里有一半的人都记得。不管你承不承认，那傲慢小子的确魅力无边，这里有多半的女士都曾向他献过殷勤。"

简兮的男伴耸肩："但最后她们都另嫁他人。"他看向聂亦所在的那棵椰子树："他又在和肯特那老怪物谈什么？说起肯特，这辈子我也没有见过比他更讨厌的人，当你和他说话时，他给你的感觉就像以你的智商不配和他交谈。"

棕发男人拍他的肩膀："别再管老肯特了。无论如何你得到了聂亦的女伴，足以让那小子在今天的晚会上颜面扫地。我甚至有点儿为他担心，这会不会对他打击过大，以致后天那个报告不能正常做下去？不管怎样，每年他的报告总还是值得一听的。"

简兮的男伴笑了笑，和棕发男人碰杯："你说得对。"

东方小甜心简兮远远走过来，两个男人结束了谈话迎上去。简兮的男伴挽着她的手向聂亦的方向走去。童桐在我身边感叹："想不到科学家的世界也是如此的腥风血雨。"

情圣淳于唯不失时机地教育她："让我用我兼具东西方智慧的聪明头脑来启迪一下你，小童童，无论在哪个国家哪个领域，只要有男人，有女人，就会有战争。"

我将手里的鸡尾酒一饮而尽，顺势放在路过的服务生的托盘里。我问童桐："今晚我看起来怎么样？"

她愣了一下，说："很正常。"

淳于唯恨铁不成钢地继续教育她："当女士这么问你的时候，只有一个标准答案，那就是'非常完美'。"他转头看我，面目诚恳："非非，今晚你非常完美。"

我沉着地点了点头，说："好。"说完我就去吧台要了杯无酒精特调饮料，沿着简兮他们刚才的路线向聂亦走去。

简兮的男伴正和聂亦说话，简兮的表情有些尴尬，聂亦脸上现出不耐烦，而全场一半的目光都望向了他们。

我身边有人小声说："Benny不应该夺人之爱后还到Yee面前炫耀，Yee够可怜的。"

我端着饮料走向整个酒会的焦点，因为内心愤怒，所以脸色一定不好看。

足够近的距离，我听到简兮的男伴说："当然，Yee，你的品位从来无可挑剔，但也不能成天埋头在科学的汪洋大海里，否则你的小甜心们……"

聂亦看到了我，他怔了怔。看到他眼睛的那一瞬，心中就像下了一场通透而凉爽的雨，那些平地而生的怒火刹那就被浇没了。我真心地笑出来，走过去亲密地换了他手中的酒杯。我挽着他的手抬头看他："亲爱的，不是告诉过你不能喝酒精饮料吗？"

聂亦看了我得有两秒，说："只是低度数的香槟。"

我笑，回他："香槟也不行。"这小小一隅，看似每个人都保持着适当的社交距离，但不难猜测有多少人正竖着耳朵。

大约认出刚才他和朋友闲聊时，旁边不远处站着的女人就是我，简兮那位男伴脸涨得通红。

葛兰太太长袖善舞，觉察出这里无形的尴尬，过来打招呼，和我说："真不知道酒是什么好东西，葛兰先生也是，没了它简直不行。"

我看了一眼聂亦，笑着附和她："男人从来都只负责喝醉，不负责喝醉之后的事情，但最后还是我们受罪。"

葛兰太太大笑着说对，又打量聂亦，挑眉道："从前你都是抵着自己的报告日才来，总算让我知道这次你为什么提前过来了。"她笑开。"原来并不是我过去的精心筹备打动了你，却是来探女朋友的？年轻人就是经不得长久分别。"

聂亦竟然也笑了一下，我都快傻了，他说："非非在这里多亏你们照顾。"

大家一阵寒暄，再回头时，简兮的男伴已经不知去了哪里。焦点重新转移出去，我松了一口气。

聂亦喝着我递给他的无酒精特饮，问我："你怎么过来了？"

我喝着他的香槟，说："你知道他们说什么？说 Yee 被人横刀夺爱抢了女伴好可怜。"

他说："那些无聊话不必在意。"

我认真地看他，说："不，聂亦，那些好奇的人，他们可以羡慕你，也可以嫉妒你，但他们不能同情你，也不能笑话你。"

聂亦也抬头看我，他说："为什么？"

我心里想，当然是我的人他们连个指头都不要想动，但不得不说："我们俩曾经被看作一对，他们那样说你，也就等于是在说我。"

好一会儿，他说："非非，我们出去走走。"

12.

海有很多种颜色。近岸区的碧绿，远海区的蔚蓝，要是海洋中有红藻群栖，还会呈现出火烧似的朱红。但所有的海洋在夜晚都是黑色的。

酒会已经离开我们老远，沿海岸线丛生的热带树将它隔断在我们身后，隐隐只透出一点儿光和缥缈的钢琴声。钢琴师终于放弃了印度舞曲，开始弹奏一些欢快的欧洲小民谣。

我和聂亦并肩而行，我将鞋子提在手上，脚下的白沙又细又软。走了一阵我就笑起来："究竟是什么样的缘分，怎么会在这里碰到。"

这寂静的海滩只有我们两个人，怎样说话都像是私语，晚风将他的声音带到我耳边："早知道你在这里。"

我奇道："你知道？"

他看了我一眼："《深蓝·蔚蓝》上一期刊登了你在这里的两幅作品。"

聂亦有看杂志的习惯，且兴趣广泛，上到天文中至地理下到海洋无一不包揽。

想起昨晚那只镯子，我恍然："所以那只镯子是你从国内特地带来给我的？"了解到这一点却更加茫然，我问他："怎么突然想起来要送我只镯子？"

他答："那是奶奶给你的，十七号你生日，她给你的生日礼物。"

我惊讶："奶奶不是刚动了手术没多久还在休养中吗？"

他点头："伯母有和你说起奶奶的状况？"

我叹气说："不是我妈主动跟我说的，我妈现在整个对你们家的意见都很大。咱们分开得挺匆忙，那时候我没想起来你急着找个未婚妻是为了让奶奶安心进手术室，后来想起这一茬，挺担心万一奶奶不喜欢简兮不肯进手术室怎办，就从我妈那儿旁敲侧击了下。"

他沉默了三秒，说："伯母那边怎么挽回，确实是个问题。"

我说："嗐，尽量不碰面就好了，反正以后你和我妈也不太会有什么交集。"

他不置可否，转移话题道："想知道奶奶的情况为什么不直接打电话给我？你有我的号码。"

我实在不好意思告诉他我把他的号码给搞丢了，胡乱编借口道："这怎么行，照八点档的剧情，你就该误会我是对你余情未了，借口找你通话说是探问奶奶，其实只为了听听你的声音。"编到后来竟然觉得这借口挺靠谱儿，忍不住笑道："可不能让这样的误会发生。"

他看我一眼："余情未了？如果非要误会余情未了，我大概只可能误会你对潜水器余情未了。"

我半真半假。"咦？对自己这么没信心？"想想说："还真是，好大一笔钱。"

他停下脚步，看了我一会儿，眼中竟然有丝戏谑，他伸手："手机给我。"

我说："嗯？"疑惑地把手机递给他。

他划开屏保，边往手机里存号码边道："以后记得经常备份通信录，这样就算手机丢了也不会遗失重要号码，要是不会，让你助理帮你备份。"

我愣了。

他把手机还给我："刚才那个余情未了的借口是现编的？"称赞我："编得不错。"

我说："……聂亦你知道我手机丢了还让我给你打电话，你……等等，我手机弄丢了这事你怎么知道的？"

他云淡风轻地就把童桐给卖了："昨晚你助理告诉我的。"

我含恨说："回去我就把她给开了。"

他说："正好我那儿还缺一个助理。"

我说："你秘书室的人已经够多了，请那么多助理你浪费不浪费？就不能学学我，统共就一个生活助理，多么节省。"

他了然："所以你才常常丢手机？"

我假意生气："别再刺激我了啊。"嘴角却控制不住地翘起来。看到聂亦我就忍不住觉得开心，和他的每一句谈话可能事后回想都再平凡不过，可此时却觉得它们统统都那么有意思。

前面棕榈树下有张双人躺椅，他回头看我："去那儿坐坐？"

今晚是个星夜，天上群星浩繁，星光散落在海洋上，令海波泛起银光。海风轻柔，摇晃着南国的棕榈，以夜为幕，投下深浅不一的影子。漂亮得简直能和安徒生笔下人鱼公主出现的海夜有一拼。

我们在藤制躺椅上躺了好一会儿，谁都没有说话，我偏头去看聂亦，他双手枕在脑后，闭着眼睛。我干脆侧躺，用手背垫着脸颊，睁大了眼睛认真看他。我们相隔不过一只手掌的距离，但星光朦胧，他的五官其实并不能看得十分真切。

我想过聂亦约我出来是不是有什么话要和我说，直到现在才确定，他只是嫌酒会太吵，想出来安静一阵子。我学他闭上眼睛，只听到海水拂岸的絮语，心绪宁和，渐渐有睡意来袭。睡梦中感到有人帮我整理头发，替我将滑下来的刘海别到耳后。

不知过了多久，我醒过来。睁眼一看，聂亦不知去哪儿了，躺椅上只剩我一个人。

我立刻就慌了。

这里是 V 岛最偏僻的一角，没盖房子，当然也没有灯，没有人。我说过我怕黑，这是句大实话。虽然并非那种睡觉都必须开灯的黑暗恐惧症患者，但也有会让我怕得呼吸不畅的情况存在，比如说深夜、暴露的大自然、一个人。

寒意几乎在瞬间顺着脚趾爬上来，冷汗也渗出额头。好在智商没去度假，我一边自个儿给自个儿打气拼命深呼吸，一边摸索着找手机。手指刚触到手机屏，静夜里突然传来什么声音，我吓得两条腿立刻就软了，正在大气都不敢出的当口上，聂亦的声音在我头顶响起："睡好了？"

我缓了好半天，问他："你去哪儿了？我睡了多久？"声音有些含混，听起来就像是没睡醒还犯迷糊。

他俯身将一瓶苏打水放到我脸旁，道："没多久，大概半小时，我去拿了点儿喝的。"

我被凉得龇了一下牙，伸手接过水，手却在抖。

他仔细地看了我一会儿，问我："怎么了？"

我掩饰地喝了口水，说："没什么啊。"

他伸手探了探我额头："全是冷汗。"

我说："刚才做了个噩梦。"

他在躺椅上坐下来："什么噩梦，吓成这样？"

我坐在他旁边一口接一口地喝水，含糊说："记不住了，反正挺可怕的。"看他躺下去调整好姿势继续闭眼休息，喝完水我也自觉地躺下去。但再也不觉得这静夜令人心安，风的声音和海的声音陡然叫人觉得阴森。

我忍不住找聂亦说话，我说："你有没有看过一部老电影，有个场景也是在海边，男主角把女主角从海边的小酒馆里带出去，两人在海里裸泳，正谈人生谈理想谈爱情的当口，小偷把他们脱在岸上的衣服偷走了……"

他说："嗯，看过。"

我又说："你有没有听过一首歌，是二十世纪的老歌了，叫《海上花》，所有和海有关的歌我最喜欢这一首，是这么唱的，'是这般柔情的你，给我一个梦想……'"

他说："听过。"

我又说："还有一本有关海洋的书，讲捕杀白鲸……"

他握住我的手。

我惊讶地转头看他。

他仍然闭着眼睛："还在害怕？"

我愣了，嘴硬道："没有。"

他终于舍得睁开眼睛看我："你紧张的时候爱重复做一个动作，害怕的时候会变成一个话痨。"

我倍感惊奇："……你怎么知道？"

他答："水园和伯母见面那次，听伯母说起过。"

我立刻警觉："我妈还和你说我什么来着？"

他说："小时候……"

我赶紧说："我小时候没为漂亮小男生打过架。"

他看着我。

我也紧张地看着他。

我说："也没有为他们买过玫瑰花。"

他说："真的没有偷偷拿钱给他们买过玫瑰花？"

我说："真的。"

他说："伯母可不是这么说的。"

我硬着头皮说："好、好吧，是送过玫瑰花，但真的没有偷偷拿钱，都、都是我的压岁钱。"

他说："哦，压岁钱。"

我讪讪："那时候年纪小不懂事。"又生气："我妈真是专注卖女二十年，怎么会和你讲这些？"

他答："伯母没和我说过什么，都是你主动跟我说的。"

我说："不对啊，你刚才不是说……"

他坦然："我说伯母可不是那么说的，伯母的确没那么和我说过，她说你小时候又乖又听话。"

我愣了好一会儿，大悟道："聂亦，你这是欺负我今天智商没上线吧！"

他笑："不然呢？"他偏着头，笑意并不明显，只在嘴角隐现，但显得整张脸都柔和起来，莫名少了很多距离感。

回头想想，我也觉得好笑，直叹气道："又不是小学生，起这种争执真是辜负这么好的风景，我们应该边看星星边从诗词歌赋谈到人生哲学才对啊，换个频道好了。"

他单手枕着头："诗词歌赋和人生哲学我不在行。"

我无奈："怎么办，那就只剩下看星星这个选项了。"

他突然开口："会不会看星座？"

我摇头："你会？这么多星星，太乱了，怎么看得出哪些星星是属于哪个星座？"

我们相握的手被他抬起来指向星空："南半球最惹眼的星座是南十字座，那就是，看到那四颗亮星没有，组成一个十字架。但丁的《神曲》里描绘过这个星座，'把我的心神贯注在另外一极上，我看到了只有最初的人见过的四颗星。'找到南十字座，它附近的星座就很好找了。那上面就是人马座，人马座旁边是天蝎座。"

我说："日本的神思者有一首《南十字星》，是指南十字座中的哪颗星星吗？"

他摇头："南十字星就是南十字座，可能在日本是那个叫法，就像人马座在日本被称为射手座一样。"

我好奇："天蝎座上面那几颗星星呢，连起来像个正方形一样的那几颗？"

他提醒我："还有个尾巴你没算上，那是天秤座。"

我平躺着偏头靠过去："哪一颗是那个尾巴？"

正碰上他靠过来指给我看，头就这么撞在一起，我赶紧侧身坐起来看他的头，手碰上去问他："撞疼没有？"

他垂着眼睫："你是不是拿错台本了？"

我说："欸？"

他笑："这一句难道不该是我的台词？"

他一笑我就觉得他格外平易近人，简直让我什么动作都敢给他招呼上去，我大胆地伸手摸他的脸，严肃地跟他说："我皮糙肉厚撞不疼，当然是你比较金贵。"

他看我的手："再摸就要给钱了。"

他躺着，我侧坐着，身高优势让我胆儿肥得不行，我大胆地将手移到他眉毛，再是鬓角，心中激动，脸上却要装出十足的痞气，我说："要钱是没有的，可以把手机当给你，或者你要摸回来也是可以的。"

他抬眼："当我不敢是不是？"

星光都被我挡在身后，我的左手依然和他的右手交握，似乎从握上的那一刻开始我们就忘了这件事，至少我假装自己忘记了。头发散下来落到他胸口，只看清他的眼睛，漂亮得像是星子降临。意识到想吻他的时候我赶紧从藤椅上跳了下去，才发现相握良久的左手全是汗。

我力持镇定，拿起藤椅旁的苏打水喝了一口，跟他说："闹了这么久开心多了吧？我们差不多该回去了。"

他坐起来，向我伸手，我会意地将另一瓶水递给他，他边开瓶盖边道："今晚我没有不开心。"

我说："不是简兮让你不开心了吗？"

他想了想："算不上不开心。"皱了皱眉："只是讨厌而已。"

我若有所思。

他看我："你在想什么？"

我其实只是在想，今天晚上有这样两个小时，说不定已经够我回忆一辈子。

我提着鞋子转身，自顾自走在前面，笑道："没想什么，就是单纯觉得高兴，人高兴的时候总是觉得时光飞逝。"我将手做出一个扑棱翅膀的飞鸟形状，边让它飞边给它配音："How time flies。"

回到酒会已经差不多十二点，刚走过一个用花枝搭起来的月亮门，就有男士迎上来找聂亦攀谈，开口就是听不懂的冷门生物学词汇，他们站到月亮门外找了个安静处交谈，我识趣地退到一边，从依旧孜孜不倦服务的服务生手中取了杯香槟，踱到月亮门处研究它旁边搭起的一排树篱笆。

十二点的钟声敲响时，我正好把杯子里的香槟喝完，整个酒会突然静下来。我才想起此前说过这个点有烟花表演。不过就是场烟花表演，大家突然这么安静，科学家的世界果然还是存在着一套我们平凡人搞不懂的规则秩序。

我看到不远处的童桐，打算过去和她会合，葛兰太太突然翩翩而来，表情欣喜地看着我："别动。"因现场太过安静，这声"别动"显得格外洪亮大声。

我吓了一跳，手指向自己："您是和我说话？"

她愉快地笑："这游戏已经连续三年没玩儿成功了，都怪我们的客人太固

112

定，所有的女士都留了个心眼，凡是举行酒会，午夜十二点时绝不靠近这里。"

我莫名其妙："难不成这里有什么玄机？"

她眼睛发亮，指向月亮门的正中："你看那是什么？"

我抬头，一眼看到正中的花环。

我骇笑："该不是槲寄生花环吧，这个岛哪里来的槲寄生？再说又不是圣诞节。"西方是有这种风俗，圣诞节时若有女孩子站在槲寄生下，附近的男子可去吻她。

她笑眯眯："的确是槲寄生，我从英国大老远带来，虽然不是圣诞节，但V岛有传统，每年酒会十二点，要是有女士站在槲寄生树下，就可以得到来自最近的男士的一个吻。"

我后退一步，说："不会吧。"赶紧看离我最近的男人是谁，就看到淳于唯不知什么时候冒出来，正站在我左前方几步的地方笑。

我心如死灰地说："唯少，你不是吧。"

淳于唯模特走T台一样走过来："都是熟人，聂非非同志，大方一点儿。"说着就要亲过来，我赶紧拿香槟杯子挡过去，他捂着鼻子音带哭腔。"非非姐，怎么什么东西到你手里都能变得这么有杀伤力？"

人们哄堂大笑，葛兰太太安慰他："你知道每次我们玩儿这个游戏，那些想要一亲芳泽的男士总是不太顺利，小伙子，有点儿娱乐精神。"

淳于唯道："那到底有没有谁成功过？"

葛兰太太和他眨眼睛："这就要看男士们到底有多努力了。"

淳于唯想了想，对我说："非非姐，我有没有告诉过你我这人的最大优点就是有毅力？"

人群一阵欢呼，我挑眉看他："我有没有告诉过你我这人的最大优点是空手道……"道字还没落地就被人拉了过去，我说："喂，你……"等看清行凶者的脸，接下来的话被我生生咽进了喉咙里。

聂亦的脸靠过来，接着是嘴唇。

与其说我是愣住了，不如说我是惊呆了。

他微微俯着上身，一只手搭在我肩膀上，另一只手拿着我的空杯子。他的嘴唇擦过我的嘴唇，我们都顿了一下，然后他的嘴唇覆上我的。

我闻到刺柏的香味。

我不知道什么时候将两只手都环上他的颈项，他的嘴唇抚弄着我的，而我完全屏住了呼吸，只听见客人们欢呼鼓掌，还有人在吹口哨。

良久，他放开我，淳于唯目瞪口呆地看着我俩。

其实我也够呆的，这突如其来的一吻之后，我第一句话竟然是："聂亦你拿我杯子做什么？"

他极其镇静地回答我："我可是看到了你怎么拿它当凶器。"

葛兰太太迎过来道："Yee 你这样可不地道，游戏是有规定的，她应该得到离她最近的男士的亲吻。"

聂亦将杯子放到一旁的长桌上道："我的确离她最近，Mike 可以做证。"

刚才拉他出去聊专业问题的 Mike 站在月亮门外举杯朝葛兰太太致意，从头到脚的科学家风范："据我目测那位先生离 Yee 的女友 2 米，而 Yee 离她只有 0.6 米，只不过我们被篱笆挡住了你们没看见，哈哈哈。"

葛兰太太遗憾地耸肩："Yee 你怎么总是交好运？"话音刚落，砰砰几声，天空有大朵烟花散开。人群被吸引住，纷纷望向天空的繁华夜景。

混乱中挤过来的宁致远说："我要给那位科学家结尾那个'哈哈哈'点个赞，对了，他在哈哈哈什么？"

淳于唯道："你不只想给那个'哈哈哈'点赞吧？"

宁致远笑眯眯："五千刀，不许耍赖啊。"

童桐过来给我打小报告："他们刚才打赌，宁致远说如果唯少今晚能亲到你他就给唯少五千刀，亲不到唯少就给他五千刀。"

我犀利地看她："你怎么不来提前通知我一声，连你都背叛我？"

她可怜兮兮："他们说要是我敢搞砸了他们的打赌他们不会饶了我，他们两个蛇蝎心肠真的什么事都做得出来，非非姐你不一样，你比较善良。"

聂亦走过来，拎着两瓶苏打水，他真是对苏打水情有独钟。

淳于唯没皮没脸，自来熟地凑过去："喂，帅哥，刚才是你吻到了非非。"他指着宁致远："你帮我付他五千刀。"

高智商的人就是这点好，和他说话不用解释前因后果，仅凭只言片语就能秒懂，聂亦打量淳于唯，又打量宁致远，道："这么贵？"

我气愤："哪里贵？"

淳于唯也帮腔："不贵不贵，那是她初吻。"

我一下子涨红了脸。

聂亦看了我一眼，不知从哪里掏出来一张十块人民币递给宁致远："不好意思，只有这么多。"

宁致远惊叹："差好多……"

聂亦面不改色："我穷。"

宁致远再次惊叹："有钱人也兴这样赖账？"

聂亦喝了口水："我真的穷。"

淳于唯不忍再看下去，道："我先走一步。"

宁致远一把抓住他："差点儿被你搞混了，明明是我跟你打赌，为什么我要找第三方收账？"恶狠狠道："五千刀，一个子儿也不能少。"

淳于唯凄然道："我也穷。"

宁致远狞笑："你要这招对我没用，你的收入我可是清楚得很。"

两人拉扯着越走越远。过九点就雷打不动再不进食的童桐则假装突然对餐台发生了浓厚兴趣。

我看着慢慢喝水的聂亦，这次换我问他："你在想什么？"

正好有颗特别巨大的烟花在我们头顶爆炸，彩色的光乍现又消失，却始终停留在他眼睛里，他说："Time flies, 时光飞逝。"

我怔了很久，三十秒后才下定决心，我说："聂亦，我们谈谈。"

他放低声音："我知道你想说什么。"

我说："你不知道，你的脑子用来揣摩逻辑谈话没有一点儿问题，但我是想和你谈感情的事。"

他点头："你说。"

我说："聂亦，其实老早我就想问你，除了多巴胺、去甲肾上腺素、内啡肽、苯基乙胺、脑下垂体后叶激素，从非生物的角度来看，你觉得爱情是什么东西？"

良久他才开口，声音平静："我爷爷在婚姻关系存续期间背叛过我奶奶。我父母的结合也不是因为爱情。谢仑娶郑氏的小姐是一场商业联姻。聂因喜欢简兮结果把自己搞得像个疯子。简兮说她爱我，从小到大做的事就是让我不断感觉不回报她是十恶不赦的重罪。"他总结："我没有见过什么好的爱情。"

我一时有点儿蒙。

他道："你问完了，现在换我来问你。"

又一个烟花爆开。他望着天空的烟花。"两个月前你说得没错，我身边的事和你一点儿关系都没有，把你卷进来是我不对，不过这些事我快处理完了，再次见到你，我依然觉得我们很合适。不，"他缓缓道，"这个阶段，我觉得我们最合适，会是彼此最好的家人，我依然希望能和你结婚，你愿不愿意？"

我按捺住心中的波澜，问他："你说这个阶段，这个阶段是什么阶段？"

他答："你把潜水器看得比爱情更加重要的阶段。"

我说："聂亦……"

他打断我的话："可能有一天你会遇到比我更好的人，聪明、有钱、性格好、忠贞，还爱你，那时候你可以离开我。"

我说："为什么？"

他像是在思索，过了两秒，开口道："非非，你很好，比我想象中的还要好，这个阶段我们在一起会最好，你也会知足，但如果有一天你想要更多，你也值得。"

我说："如果我有了想要更多的时候，为什么不能由你来给我呢？"

他答："也许有一天我想给你，你却不想要。我承认我不太喜欢谈论爱情这个话题，也不想过多研究它，但它的确不简单，施者和受者都那么合适，这种情况很少见。"

我说："这些话很难懂。"

他看着我："你在哭？"

我一边抹眼泪一边和他开玩笑："你说这些话太难懂，我被难哭了。"

他沉默了片刻，道："所以，你不愿意？"

我走过去主动拥抱他，说："当然愿意，聂亦，我当然愿意和你结婚。你说得对，我们会是彼此最好的家人，我们要不离不弃，好好在一起。"

很久之后，康素萝问过我，你觉得那时候聂亦有没有一点儿喜欢你？

就算是在我们婚后，我也从没问过聂亦那个问题，我从不知道他什么时候喜欢上我，也从不知道他什么时候爱上我。那时候我并没有想过我们未来会怎样，那一刻我只是感到非常幸福。我们的心脏贴得非常近，我在心底悄悄和他说："聂亦，我给你的，一定会是非常好、非常好的爱情。"

我从没有像那样喜欢过一个人，他的一切我都喜欢。他说我很好，我值得更好的，我却想聂亦你不知道我是为谁才变得这么好，如果我真的有这么好，那么我值得的人只有你。

我一直记得当我们相拥时天空的那朵烟花，星空中乍然出现的花，像在荼靡时节才盛开的六月菊，因是花事终了时才盛开，所以格外艳丽。

但那个时候，我并不知道，六月菊的花语原来是别离。

13.

我似乎睡了很久，醒来时人在车里，窝在副驾驶中，身上搭着件浅灰色的皮衣。车停着，驾驶座上没人。

愣了好半天才想起来，我这是在逃亡，路上车坏了，遇到了多年不见的阮奕岑，他也去长明岛，顺路带我一程。我们在 C 市某酒店歇了一晚，于微雨中上路，车上摇晃的平安扣将我带入了梦乡。睡梦中出现了我怀念的过去，安静的海岛，璀璨的烟花，烟花下的聂亦，但那已经是三年前的事，那是 2017 年 8 月。

而今天是 2020 年 11 月 27 日。

我将车窗摇开，入眼可见道旁婷婷的树。南方的冬天不及北方肃杀，总还能看到一些绿意。阮奕岑正靠在车旁抽烟。

我探头问他："你是不是累了？要不换我来开？"

他没回话，熄烟开车门坐进来系好安全带重新发动车子，整套动作没有一个多余。

六年前这英俊青年骑杜卡迪重机车，如今开越野能力超强悍的奔驰 G 级，多年来品位倒是没怎么变，明明长一张秀气的脸，偏偏爱走粗犷路线。

我赞叹地吹了个口哨："挺酷啊。"

他突然道："你睡着的时候哭了。"

我顿了有两秒，说："你是不是看错了？"

他说："你还叫了 yi。"

我再次顿了两秒，说："yi？哦，这不是叫你吗？应该是你载我去长明岛让我太感动，梦里都不忘记要谢谢你。"

他沉默片刻："如果你叫的是我，不会说让我放过自己。"

我靠在椅背里，良久，问他："我都说了什么？"

他看我一眼，将目光移回去："你说没有什么是时间治愈不了的，你让他放了自己。"

我面无表情说："哦。"

他目视前方，像是在考虑措辞，半响，道："他应该是你男朋友，你们之间，不像是一点儿小问题。"

我叹气："好吧，被你看出来了，的确，问题还挺大的。"

车厢中一时静寂，过了三十秒，他道："你不是任性的人，所以是他做错了事？"

我不想继续这个话题，敷衍道："难得你这么夸我。"

他突然道："当年我们在一起时，也不是你的错，是我的错。"

我惊讶地看他。

他似乎还想说什么，狭小空间里却蓦然响起手机铃声，他腾出一只手来接起手机，电话那头是个女人，声音太大，像是有些歇斯底里，话音隐隐漏出听筒。

我转头去看窗外风景，听到阮奕岑冷冷开口："昨天和你说过，我们已经分手了。"大约是对方问他理由，他道："没有什么理由，只是到了时候。"不知道对方又说了什么，他答："别让我们彼此难堪。"对方似乎在哭，又或许是我的幻觉。

有小湖泊从窗外掠过，湖正中还停了只木船。上次坐船见水已经是什么时候的事了？曾经我生命中的一半都是大海和游船，差不多一年没出门，连这样的乡野闲趣都让人感觉新鲜。

阮奕岑已经挂了电话，却没有忘记继续我们刚才的话题，他问我："如果当年我去美国找你……"

我们至少还得在一起待两天半，这话题显然不适合继续下去，我打断他："和女孩子谈分手应该温柔一点儿，我一个朋友说，分手也是门艺术，分得双方都开心才算高明，你这样和人分手，简直就是不及格。"

他道："没有爱，怎样分都好，有爱在，怎样分才会开心？"

我说："这倒是个好问题，什么时候让你俩探讨探讨。"话罢将皮衣掀起来盖住脑袋，喃喃跟他说："我先睡会儿啊，又有点儿困。"基本上我算是搞懂了，要是一个人执意谈论某个话题，硬拦是拦不住的，阮奕岑今天不知中了什么邪，动不动就把话题往我们当年的事上扯。任由这场交谈继续下去，他的确有可能问出"当年我们分手你是什么心情"这样的问题，但有些事情，就该停留在它该停留的地方，谁也没必要再提起。

就像密林中的迷雾，合该亘古徘徊在密林里，才会一直美下去。

到下一个城市已近两点，找了个地方随意吃饭，再启程时经过一个小公园。

冬天的雨就是这么有节操，说好了在 C 城下，就绝不在 E 城落一颗雨星子。今日 E 城天青日白，经过城市公园，透过车窗，看到大把市民出来晒太阳。

我盯着外面，说："哎，你开慢点儿。"

阮奕岑问我："有熟人？"

没有熟人，只是看到两个老人互相搀扶着散步。曾经也看过类似的文艺小散文，说年轻人整天挂在嘴边动不动就要轰轰烈烈的爱情，抵不过公园里白发苍苍的老爷爷老奶奶一个简单的并肩而行。

怎么能敌得过，世间爱侣那么多，白头到老的能有几个？不是轰轰烈烈的爱情反而经不起考验，白头到老，要是相爱就能白头也不会有梁祝，不会有宝黛，不会有薛绍和太平。有时候命该如此要一人留一人走，这也是没办法的事。

花坛旁有个裹得像只汤圆的小豆丁突然摔了一跤，年轻的妈妈赶紧跑过去，小豆丁倚在妈妈的怀里瘪嘴，抽噎着却没有眼泪，一看就是在假哭，头上戴的帽子有两只兔耳朵，随着她的抽噎一耷一耷。我都没意识到自己在笑，阮奕岑分神问我："什么这么开心？"

我转头问他："我很开心？"

他没说话，直接将手机可做镜子的一面递到我面前，镜子里的确呈现出了一张笑脸。

我愣了愣，把后座上的包拎过来取出口红跟他说："你开平稳点儿啊，我补个妆。"

从南到北，眼看着绿树被我们一棵棵抛在身后，迎来北方萧瑟又沉默的冬，入眼的行道树要么已经落光了叶子要么正在落叶子，水也不再潺潺，车窗外所见河流和人工湖全都封冻起来。离长明岛还有两百公里，明天就能到。

这几天我一上车就装睡，吃饭找最热闹的地方，住酒店也是 check in（入住）后立刻进房间，和阮奕岑几乎再没有什么正经的交谈。但没想到最后这一晚他会来敲我房门。

我靠近房门答他："我已经准备睡了。"

他一点儿不给面子："才九点。"

我说："我睡得早。"

他答："我在顶楼的茶室等你。"补充了一句："我会一直等你。"

阮奕岑等我做什么我大概心里有个数，当年没觉得他是这么执着的人。时间真是神秘，只要你活着，它就与你同在，像一位雕刻大师，用漫长的岁月，将每一个人都雕刻成完全不同于最初的样子。

九点二十，我如约来到顶楼的茶室。上面是玻璃穹顶，以大面积的透明玻璃做铺陈，只在穹顶边缘处用彩玻拼花。透过穹顶可见天上荒寒的冷月。阮奕岑找了个较偏的位置，靠坐在那儿喝酒。

我走过去坐下来，等他先开口。

半杯红酒见底，他才出声："你去美国后我去了法国。"他停了停。"你那时候也许是喜欢我的，但还说不上爱。"

茶桌上有一整套茶具，我用茶匙舀出一点儿红茶，自己给自己泡茶喝。我说："酒后喝茶不好，要不要给你叫一杯橙汁？"

他摇头，我们各说各的，倒也没觉得对不上话。他继续："和你分手让我很挫败，后来我有过很多任女友，每一任都交往不长。"

我说："……这应该怪不到我头上。"

他说："聂非非，你是我的初恋。我那时候很喜欢你。"

我疑心耳朵听岔了，好半天，我捧着茶没说话。

他似乎并不需要我的回答，继续道："在法国期间我没有想过重新去找你，去年我回国，回国后也没想过我们能再相遇。你有你的迟钝，我也有我的自尊。"

我点头，说："我理解。"

他说："你还是大学时候的样子。"

我说："应该比那时候美艳多了。"

他看了我很久，说："非非，我们还有没有可能在一起？"

茶呛在喉咙里，他会说这句话我是无论如何也没有想到，其实连同刚才他说我是他的初恋，这我也没有想到，来之前我隐约觉得是当年我们分手分得太模糊，彼此连最后的道别也没有，或许有些事他需要澄清，需要找我确认，好给自己这一段青涩的人生经历画个圆满的句号。

半晌，我说："你比大学那时候直接多了。"

他微微仰头看天上的月亮，缓缓道："应该送你玫瑰、约你听歌剧、一步一步慢慢追求你，等你有一天问我要干什么，是不是喜欢你？你永远不会问，我吃过亏，面对你是需要直接一些。"

我说："阮奕岑……"

他打断我道："我知道你现在有男友，我并不认为这和我追求你有什么矛盾之处。"

我重新给自己倒了杯茶，放茶壶时我说："阮奕岑，我今年二十六岁。"

他说："我知道。"

我看着他："我有一个女儿，一岁半，走路走得很好，说话也说得很好，我生病的时候，会抱着我心疼我，奶声奶气地叫我妈妈。"

他愣在那儿。

我说："我其实没有男友，但有一个丈夫，他很好。"

茶室里一直播放着古典乐，只是非常小声。

他安静了许久，伸手拿出烟来，这里禁烟，他终究没拆开烟盒，只是将盒子放在手中把玩。就在烟盒子在他手里转出第十五个圆圈时，他抬头问我："你结婚了？是你父母安排的？"

我将茶杯放在桌上："我们是自由恋爱。"

他又倒了半杯红酒，边喝边道："是个什么样的人？"

我规规矩矩地答："是个科学家。"

他说："哦，科学家，科学家有什么好？"

我胡扯："嫁给科学家好处多得不得了，知道创立人体冷冻协会的罗伯特·埃廷格吧，他去世时用液氮将自己冷冻了起来，当然，在他之前去世的他的两任妻子都被他冷冻了起来。如果有一天能够实现人体解冻复活，他的两任妻子就可以陪着他一起目睹未来的新世界。"

酒杯里的红酒已经少了一半，他道："这种不可思议的事……你嫁给那个人，总不至于因为他可以拿你做实验吧。"

我说："当然是因为我爱他。"

他抬眼："你知道什么是爱？"

我说："当然，我当然知道。"

他揉了揉太阳穴问我："你爱他什么？"

我将紫砂壶里的茶叶取出来，说："他是个天才，研究复杂的生物命题，说实在的，他研究的东西我完全不懂，不过幸好他不是那种将所有时间都贡献给学术的科学家。他觉得解答生命的命题固然很有意思，但不是比赛，没必要非得和人一较高低，所以也拿很多时间干其他的事。谢天谢地，在这些地方我们还能有点儿共同语言。"我笑。"他养盆景、养鱼、研究棋谱、收集茶具、看闲书、射箭，还越野。"

就像讲一个不想结束的故事，不自觉就越说越多："他博士时期的导师对他这一点很不满，那位科学家曾问鼎诺贝尔，老先生谆谆教诲他：'假如你将更多的时间花在你的领域里，你会获得令人不敢想象的成就。'他问他老师：'然后呢？'老先生诚心诚意地告诉他：'这会对人类有巨大贡献，你的自我价值也将得到更大的实现。'结果他特别平静地告诉他老师:'人类的事情让人类自己解决,近期我的目标是提升在家庭的等级地位,实现它的唯一途径是学会为聂雨时换尿不湿。'老先生气得仰倒。"

我边说边笑,阮奕岑直直看着我:"你很崇拜他。"

我抿嘴道:"他也有不拿手的事情,雨时两个月的时候他才敢抱她,还总是抱不好,他一抱雨时就哭,别人家的小孩会说的第一句话要么是'爸爸',要么是'妈妈',雨时学会说的第一句话是'爸爸坏'。"说着说着自己都能感到嘴角在不断上挑,我想起钱包里有一张照片,主动找出来给阮奕岑看。

照片是夕阳西下的海边,金色的阳光将整个海滩映得如同火烧,聂亦盘腿坐在沙滩上,旁边盘腿坐得歪歪斜斜的小不点儿是聂雨时。照片上是他们的背影。

阮奕岑看了好一会儿,道:"为什么没有你?"

我兴致勃勃:"我正拿相机呢。聂亦真的很不会照顾小孩儿,我让他们摆这个姿势,结果他也不知道看着雨时,自己倒是坐得好好的,雨时撑着坐了有三十秒就开始往旁边倒,结果额头磕在一块贝壳上,眼泪鼻涕糊一脸地哭嚷爸爸坏,那是雨时第一次开口说话,真是让人又震惊又好笑。"看着眼前的照片,就让人感觉心里温柔。

阮奕岑沉默良久,问我:"既然你们这么好,你为什么要离开他,还有你女儿?"

就像一盆冷水陡然浇下来,整个人都有些发凉。我收起笑容,半晌,说:"一些家事,不过总会解决的。太晚了,我回去睡了,你也早点儿休息。"

房间里没有开灯,我靠在窗前,落地窗的窗帘整个拉开,可以看到天上孤零零的月亮。高处不胜寒,天上清冷,人间却有万家点上明灯。

窗外或近或远的公寓楼如新笋一般矗立,每个窗户都透出暖光,每一处光都是一个家庭。

家庭,构成人类社会的最小单位,最温暖的单位。

我为什么要离开我的家庭?

从离家开始，我就刻意不去想这个问题，不去想聂亦，不去想雨时，不去想我爸我妈，不去想我的每一个朋友，只有这样我才能义无反顾走下去。

这场逃亡并不是为什么家事，只是我早晚都得离开，且早和晚都有时限，晚是一个月后，也许是一个半月后，早是晚之前的任何时候。

我生了病，这场病很隆重，为它我已经挣扎了近十个月。

半小时前的谈话里，我和阮奕岑说起人体冷冻技术，他说那太不可思议，的确，在我生病前，我也觉得那像是科幻小说里才会出现的名词。

真是有趣，我从来搞不懂聂亦研究的那些科学命题，但直到我生病，倒是更加理解他的事业，在这个领域我们竟突然变得可以有交谈的话题。

我的病源于基因缺陷。

直到现在我也不能完全理解"基因缺陷"这几个字的含义，它为什么将我的身体变得这么糟，那些原理我也是一知半解。

在我浅薄的理解中，人的基因就像是在身体里打下的地基，在这个地基之上建起一座长城，每个人身体里都有一座长城，长城后还有一支军队，抵御着想要伤害我们的病毒和细菌。这就是医学上所说的人体免疫系统。

但我的基因天生有缺陷，地基不稳，今年二月，建于其上的长城第一次崩溃。

阮奕岑问我嫁给科学家的好处。嫁给科学家的好处就是生病了可以立刻邀请到顶级专家进行会诊。

每次的会诊聂亦全程参加，他们很快找到了缺陷所在，却无法攻克，他们甚至找不到一个合适的词语来给这疾病命名。专家组一小步一小步的进展，赶不上长城的崩溃速度，免疫系统的一次又一次罢工，导致病毒大量入侵，那真是一段不堪回首的记忆。要活下去，只能通过药物杀菌补充免疫力，服用大剂量的抗生素成了必须，但大剂量的抗生素本身也会伤害我的身体和脏器，导致免疫系统的进一步不稳。这是一个以毒攻毒的恶循环。

就在半个月前，我再一次发病，肯特说我再也不能承受一次比一次更大剂量的抗生素，如果再被细菌感染一次，药物将给我的脏器带来无法逆转的损伤，届时必须通过手术换掉被损伤的脏器，但我极有可能在手术中因感染而死去。面对这样的情况，无论是他还是聂亦，都将束手无策，其实他现在已经束手无策。

肯特是这个领域内唯一能让聂亦低头的老科学家，说完那句话之后他就回了美国。

其实在肯特回美国的两个月前，我已经预料到这样的结果，他们专业上的事我不太懂，但我太明白自己的身体，就像是一盏灯，能看到幽暗的灯苗，能预计到它在什么时候会熄灭。

自第一次病发后，很多时候我都待在无菌病房中，但现有的无菌病房并非百分之百无菌。聂亦一直在为我试验完全无菌的无菌玻璃房。

我在出走的前五天接到肯特的电话，省了所有的寒暄，他说："你可能已经很清楚自己的身体状况，聂亦希望能对你实施急冻，这是最后方案，为此近期他要再来一趟美国。但我很遗憾，以你现在的身体指标，急冻成功的可能性几乎等于零。抱歉，我救不了你，聂亦也不行，虽然他还不肯承认。"他给了我三秒的时间让我消化这个现实，才继续道："这是一个让我很难过的结果，情感和专业上都是。如果你有什么想要去做的，尽快去完成吧，如果有什么需要我帮助的，可以告诉我，我会尽可能帮助你。"

我捧着电话良久才能出声，我问他："您为什么要给我打这个电话，告诉我这件事？"

他沉默半晌，说："我妻子去世时我也以为我能救她，将她禁锢在病床上，最后她死在我怀里，说很遗憾没有去看成那年加利福尼亚的红杉。"

在和肯特通话之前很久，我就已经做了决定，假如这一趟人生旅程即将走向终点，聂亦有他的想法，我也有我的。

我最后想要做的事有点儿困难，如果有肯特的帮忙，会轻松很多。

我在第二天拨通肯特的电话，跟他说，我想去白海做一次冰下潜水，拍摄冰下的白鲸。我一直想要做一次冰潜，因为太危险，从前身体健康时聂亦就不同意。

这是我人生唯一的遗憾，如果生命就要终结，我希望是终结在海里。

我和肯特约定在离 R 国最近的长明岛会合，这就是我执意前往长明岛的原因。

死亡到底是一件怎样的事。我有九个多月的时间来思考。

我怯懦过，惧怕过，在暗夜里痛哭过。那绝不是一段可以轻松回忆的时光。

其实现在想起来，那时候聂亦承受的痛应该尤甚于我，而我还傻乎乎地和他说："要是我死掉，你把我烧成灰，放在白瓷坛子里，就放在家里好不好？因为人要是死而有灵，埋在冰冷漆黑的泥土里，我会害怕的，我会非常害怕。"

那时家里专门建了一个无菌病房，我就住在那里边，每个进来见我的人都需要进行全身消毒。

那时候他抱着我，什么话都没有说，手却挡在眼前。我不知道他是不是哭了。他可能是哭了，那个动作是不敢让泪落在我身上，因为眼泪也含有细菌。那之后他立刻出去了，当时不知道他出去做什么，现在想想，应该是在消毒。

什么样的家庭才会那样？丈夫每天晚上需要全身消毒之后才能和妻子共寝。

我们甚至连最简单的一个亲吻都不能。

离家之后终于再次过上了正常人的生活，拖着这副免疫系统完全崩溃的身体，什么乱七八糟的东西都敢碰，什么乱七八糟的食物都敢往嘴里招呼，全靠着每天大把大把地吃药。

人生最后一次奢侈的狂欢，是为了死亡。

死亡到底是一件怎样的事。我思考了九个月，虽然直到今天依然觉得它不真实，却有了一个答案。死亡是分离，是这世间最无望的分离。若人死而无灵，这分离对我来说并没有什么悲痛可言。若人死而有灵，我能看到还活着的他们，他们却再也无法见我，他们的悲痛始终大于我。

我想起林觉民的《与妻书》："与使吾先死也，无宁汝先吾而死……盖谓以汝之弱，必不能禁失吾之悲，吾先死留苦与汝，吾心不忍，故宁请汝先死，吾担悲也。"

与其让我先死，不如让你先我而死，因为以你的瘦弱之躯，必然不能承受失去我的悲痛，如果我先死去，将失去我的悲痛留给你，我心不忍，所以宁愿你先死去，让我来承担这样的悲痛。

死亡是一场灾难，却更是活着的人的灾难。

第二天，我和阮奕岑如约在长明岛分手。我们互道了再会。

肯特的船会在傍晚到。

我买了只录音笔，又去超市买了只玻璃瓶。收银台的小姑娘长得很甜，开口脸上就是笑，和我聊天气："阴了一个星期，今天终于出太阳了，吃过午饭你可以去 waiting 吧（"等待"吧）喝咖啡，在他们家晒太阳最好。"

傍晚时分我将录音笔封入玻璃瓶子里，看白色的浪花将它卷走。

也许多年后会有谁将它打捞起来，按开播放键，他们就能听到一段话，还有一个故事。

我在录音笔里说了什么？

我说：

我没有时间写回忆录，但生命中的那些美好，我想找个方式来记录。

其实，如果我想写回忆录，那只是为写给一个人看，所以此时我说这些话，也只是为了说给一个人听。

但不能现在就让他听到，我希望我对他是一个永恒的牵挂，而不是一个冰冷的结果。

牵挂会让人想要活着。

我不想将这些话带走，陪着我永埋深海。我希望终有一天他能听到，那他就会知道，在这世上，我到底留给了他什么。所以我选了这个浪漫的方式。

我不知道谁会捡到这个漂流瓶，但请听我说，今天是 2020 年 11 月 30 日，如果你捡到这个漂流瓶并非在十年后，那请你替我保密，等十年后再将它交给我想要给的那个人。

十年是他需要过的一道坎。如果是十年后，他即使知道我已永眠海底，也应该会有勇气面对未来的人生。

无论你是谁，我都感谢并祝福你。

那么接下来，聂亦，就是我们的时间了。

是的，我想要告诉你，直到生命的最后一天，我依然在想着你。

我买了这只录音笔，还有一只玻璃瓶，躺在午后的 waiting 吧边晒太阳边回忆我们的过去。

全世界无论哪个地方，似乎都有一个 waiting 吧，等未可知的人，或者未可知的命运。是的，我们的过去，你一定不知道我从什么时候开始喜欢你，那时候你只有十五岁。你十五岁是什么样子，我一直都记得。我没有你的天才，不知道怎样才能过目不忘，但有关你的每一件事，都像是用烙铁烙在了脑子里。

············

············

············

在生病的初期我的确很难过，但聂亦，现在想想，我觉得我这一生很值，虽然短暂，但我将它活得非常丰富，你说是不是？我还得到了你。

泰戈尔有句诗，他说，生命有如渡过一重大海，我们相遇在同一条窄船里。死时，我们同登彼岸，又向不同的世界各奔前程。

但我想不是这样的，我很庆幸今生能和你同在一艘窄船，即使我先靠了岸，也会一直在岸边等你。

今天一直有太阳，或许这是我可以享受的最后一个落日，已经看到了来接我的船只。是时候分别了，聂亦。

你知道我爱着大海，仅次于爱你。将生命终结在海里，这是最好的结局。

我会在大海的最深、最深处，给你我最深、最深的爱。我爱你，聂亦。

（第一幕戏 END）

第二幕戏

爱若有他生

01.

2023 年 9 月 8 号。

暑假结束，热闹了一整个夏天的长明岛安静了下来。

游人的离开像是让这座环形岛沉入了一个巨大的梦，褪去一切浮华色彩，呈现出一种与这炎炎夏日不合的荒凉来。

午后的 waiting 吧看上去一副困得不行的样子，整个店里只在角落处坐了一男一女两位客人，吧台旁边的老唱机唱着越剧版的《牡丹亭》："我与你，誓定终身在柳树下，谁知匆匆一梦醒，从此茫茫各天涯。"店员在吧台后面伴着老唱机打瞌睡。

卿源出神地看着徐离菲点烟的动作，几乎忘了约她来 waiting 吧的目的。

长发的女人抽烟，有抽得优雅的，也有抽得妖艳的，但徐离菲不同，卿源觉得她抽得很酷。她用那种最老式的火柴点火，细长的香烟含在嘴角，微微偏着头，齐腰的黑发随意揽在左肩侧，衬着宽松的白衬衫，显出一种纯净的黑，就像是长明岛最好的夜色。她自然地将点燃的香烟搁在食指中指间，烟灰只弹一下，微微抬眼看向卿源，眉眼有些淡，却有绯红的唇色。

徐离菲话少，卿源知道她绝不会主动开口。

他终于想起来为什么约她，斟酌了好几秒才道："你今天脸色不太好。"

徐离菲点头："没化妆。"

他喝了一口水，道："我看了今天的《娱乐早报》。"

她看着他并不说话。

他也看着她："我不是要打听什么，只是……"他顿了顿："我一直以为你是在我那儿代工，直到 Vic 回来，很多老顾客也在问我 Vic 什么时候回来。"

今天的《娱乐早报》头条是某当红女明星与某企业家二代订婚，提供了一张女明星的订婚照，挽着那女明星手臂的青年正是徐离菲的男朋友 Vic。

徐离菲安静地抽烟，低着头像是在想什么。透过阳光下淡蓝色的烟雾，卿源想起他小时候逛灯会看到的那些谜灯。有时候他觉得，徐离菲就像是个谜灯，外表下暗藏的东西越靠近越觉神秘莫测。

徐离菲八个月前来长明岛定居，不爱和人打交道，开一家小小的刚够维持生计的照相馆，需要零花钱的时候就去卿源的酒吧唱歌，或者出门拍点儿风景人文艺术照片，放在卿源的酒吧和岛上的书店里寄卖。

是了，最开始在卿源的酒吧里唱歌的并不是 Vic，而是徐离菲。卿源记得徐离菲刚到长明岛时是孤身一人，而到底什么时候她身边多出了 Vic 这个人，他也说不太清楚。只是突然有一天，那男人就出现在他面前，说徐离菲不会再去酒吧唱歌，让他以后别再随便找她。谁知道盆景树隔开的邻座就坐着徐离菲，走过来一手搭在桌子上，一手搭在那男人的肩头，嘴角含笑："说什么傻话？别拆卿源的台，他酒吧里就我一个唱歌的，我要不去他生意怎么做？"

男人冷声："他就不能找别人？"

卿源记得那时候自己还顺着徐离菲开玩笑："岛上除了徐离菲全是破锣嗓，岛外找人我还得包食宿，我开一小破酒吧我不容易啊兄弟，我真是特别需要徐离菲。"

徐离菲也附和："你看，源源都这么求我了。"

男人皱眉："你就非去不可？"

徐离菲细长的手指攀在男人肩头，微微动了动，嘴角仍然含着笑："可不是，为了源源的生意嘛。"

男人单手揉了揉太阳穴，出其不意地转头问他："卿源是吧？你那小破酒吧多少钱？"

徐离菲的脸色一瞬间冷下来，男人生硬地改口："我是说，我去你那儿唱，一晚上你给多少钱？"

那时候他觉得，不管男人问他酒吧的价钱还是问他驻唱的价钱，都不过是开玩笑。卿源记得自己是带着戏谑回了他："那得看你唱歌的水平。"

没想到那之后，男人还真成了他酒吧的驻唱。

其实后来卿源听说过 Vic 的传闻。长明岛被称为东方小巴厘，岛上有不少高端酒店，除了接待普通游客，主要业务是承办各种高端会议。三月份岛上曾举办了一场中法景观设计论坛，接待了许多客人，Vic 就是在那时候上的岛。很难说清他到底是哪国人，他是个混血，中文法文都说得地道流利。

传闻中 Vic 似乎是对徐离菲一见钟情，卿源都能想象那个场景，长明岛多的是风情小街，多半是某个街头转角的不经意一瞥，伊人的倩影便滑入眼底，从此挥之不去。徐离菲的确长得漂亮。

附近的客栈老板娘笑着向他证实这传闻："没错呀，Vic 是对菲菲一见钟情呀。那天已经很晚了，我以为他要来住店，说真的已经很久没遇到那么帅的客人了，还想说看在长相的分儿上可以给他打个八折，他却拿出一张菲菲的照片，问我照片中的女孩有没有在这里投宿，我和他说菲菲不是游客，是我们这里的一个岛民时，他还显得很吃惊。"

卿源从没有问过徐离菲关于她和 Vic 的事，无论如何他们后来的确是在一起了，他见过他们要好的样子。但两个月前的某一天，Vic 突然不再来酒吧，第四天，却是徐离菲出现在他面前和他打商量："最近又缺零花钱了，你不介意我来赚点儿外快吧？"

他还打趣她："Vic 不是不让你唱了吗？"

她那时候怎么答的来着？他仔细地回想那时候她的表情，记得她似乎弯了弯嘴角，将烟头摁灭在烟灰缸里，声音挺轻地跟他说："他管不着。"

然后今早他就在新闻里看到了 Vic 订婚。

对面的徐离菲已经抽了好一阵烟，老唱机咿咿呀呀停下来时，她像是突然回过神来，向卿源道："你刚才问我什么来着？"不等卿源回答，已经自个儿想起来。"哦，你问阮奕岑他什么时候会回来。"她侧身坐着，神色清明地看向他，"他不会回来了。我们分手了。"

卿源呆了一阵，才道："你是说谁？"

徐离菲笑了笑："Vic，你一直不知道他的中文名？他中文名叫阮奕岑。"

那之后有好几天，卿源都没再见到徐离菲。再接到她电话是一个星期后，说接了单生意，要去附近的眠岛拍外景，问他有没有时间帮她打光。徐离菲的小照相馆一向三天打鱼两天晒网，没钱过活了才接几单活儿，所以也没雇专门的摄影助理，大多时候都是由也懂点儿摄影的他来充任。

卿源倒是没想到预约拍摄的人会是阮奕岑的未婚妻。

阮奕岑的未婚妻傅声声据说是某地产大亨的侄女，难得既能唱歌又会演戏，出道时间不长红得却快，偏远如长明岛也能看到她代言的广告牌。

挺远的海滩上，傅声声正和一个年轻男演员对戏。剧组拍戏清场，他和徐离菲被请在离拍摄现场有段距离的海湾处休息。

徐离菲打开相机试光，卿源坐过去点了支烟，好一会儿才开口问她："你是不知道预约拍写真的是傅声声还是不知道傅声声就是 Vic 的未婚妻？"

徐离菲抬头看他："都知道，怎么了？"

他满是惊讶："知道……知道你还接这单活儿？"

徐离菲单手握相机，瞄准一望无际的大海咔嚓按下快门："没理由不接，她出手阔绰，再说我也挺好奇她到底想做什么。"

卿源愣了半天，笑着摇头："这你就不懂女孩子的心理了，年轻姑娘夺人所爱后能做什么，这种事我酒吧里你见得还不够多吗？无非两件事，要么炫耀，要么挑衅。"食指敲了敲脑门。"不对，炫耀本身就是种挑衅。"

徐离菲有时候挺佩服卿源的，虽然是开酒吧的，察言观色需是必备技能，但一个一米八几的大男人，能这么将心比心地懂得女孩子心思，也是不容易。

傅声声已经对完戏，正挽着一个男人朝他们这边来。徐离菲看了那双人影几秒，弹了弹烟灰，回头向卿源："我不明白一件事，跟你问问，如果这个叫傅声声的挽着阮奕岑到我面前来就是为了炫耀，我该怎么个反应才能合她心意？"

卿源也盯着那双人影："说真的我虽然也算半个傅声声的粉丝，但她配 Vic 还是太矮了。"又道："你现在心里有多难过多愤怒，你表现出来给她看就可以了，她这么大费周章，不就是想看这个？"说完之后自个儿愣了半天。

"这摆明了是她来给你不好看，你还主动去合她心意，你没病吧？"

徐离菲掐灭烟头："那不是她还欠着一半合同款没付给我吗？"

那正是下午四点，日光慵懒透明，铺在碧蓝的海面上，徐离菲倚着棵红得就要燃烧起来的老枫树，微微偏了头，打量从白沙滩上缓步而来的阮奕岑。傅声声气质活泼，正攀着他的手臂兴高采烈地说着什么，阮奕岑偶有回应，视线有意无意地落在右旁的大海上。

徐离菲掏出烟盒点了第二支烟。

有一阵她是想过要嫁给阮奕岑的，回想起来不过就是两个月前，那时候两人真是很好。她甚至考虑过把现在住的房子拆了重新建套更宽绰的，这样结婚时才不至于紧凑寒碜，以后家里有小孩了也不会住得拥挤。

但就像一句电影台词所说的那样，你永远不知道下一刻将会发生什么。

那天晚上阮奕岑大醉而归，进门时像不认识她似的盯着她看，皱眉问她："你是谁？"

她以为他喝糊涂了，一边趿着拖鞋扶他进来一边开玩笑："小的徐离菲，少爷您一直叫小的菲菲。"

他又盯着她看一阵，摇头："不，你不是菲菲。"

她将他扔进沙发里，还有心情陪他胡言乱语："我怎么不是菲菲了？"

他头枕着沙发扶手，闭着眼睛，似乎陷入什么不好的回忆，道："他告诉我你不是她。"安静了几秒钟，又道："我觉得他是对的，你的确不是她。"

他从前喝醉都很安静，并没有这样多话，她没当回事，反而感觉新奇，一边调解酒的蜂蜜水一边和他说话："那你说说看，我不是菲菲我是谁？"

他睁开眼，像是有些糊涂，半天道："你也是菲菲，对，你也是菲菲。"蹙眉又想了一阵，像是终于想通了，缓缓道："但你是徐离菲，不是聂非非。"

到那时候她仍没觉出不对来，还顺口问了一句："聂非非？聂非非是谁？"

他重新闭上眼，却没有说什么。

她以为他已经睡着，他却突然开口："是我喜欢的人。"

徐离菲记不起来那天晚上她都想了些什么，只记得夜似乎变得格外漫长，到晨曦微露她才睡过去，醒来已然过午，阮奕岑已经离开，除了张字条什么也没留下。字条上跟她说，抱歉，是时候该分开了。几个字写得很潦草，她不知道他写这几个字时到底酒醒没醒，手机拨过去时却是嘟嘟的忙音。

那天傍晚，长明岛有非常悲壮的日落，衬得到处血红一片。太阳下山，家里的灯亮起，看着空荡荡的房间，徐离菲才从一整天的茫然中回过神来。

事情虽然发生得突然，但她和阮奕岑的确是分手了。

后来她听到那些阮奕岑对她一见钟情的传闻，听到初见她时阮奕岑拿着她的照片在岛上四处问询的传闻，才终于有些理清整件事的来龙去脉。那不是她的照片，那应该是他口中的聂非非的照片，或许她和聂非非长得很像，阮奕岑一直认错了人。所以那晚他并不是醉得一塌糊涂说胡话，他的每一句话都含义颇深。发现自己认错了人，爱错了人，所以他跟她说抱歉；他当然是不爱她的，所以跟她说是时候分开了。

想通了之后徐离菲觉得这事有点儿滑稽，也有点儿伤人。然后她去卿源店里唱了一个星期歌，拿了笔钱，挎着个相机提着行李就去了西部，说是朝圣去，回来之后皮肤整整黑了两个色号。

徐离菲惯用机械相机，家里弄了个老式的小暗房，在暗房里待了一个星期，冲洗出来近百张黑白照，全是人脸的特写，哀伤的、痛苦的、挣扎的、愤怒的、麻木的、茫然的，有垂垂老者，有壮实青年，还有天真儿童。卿源到暗房里找她，看到这套照片，问她这是要开什么主题展吗。她答非所问："你看这大千世界每个人都有痛苦烦恼，连小孩子都不例外。"她把这套照片拿个木盒子装起来，那之后就跟没事人一样了。

半个月后，徐离菲在电视里看到阮奕岑的订婚消息；一个星期后，工作邮箱里收到了傅声声助理的预约，说傅声声在网上看到她拍的那些海岛外景照很喜欢，想请她在眠岛为她拍套私人写真。小姑娘很爽快，好说话出价又优渥，她这阵子正缺笔钱想换个相机，给傅声声拍一套顶给其他人拍十套，实在很划算，她就接下来了。

阮奕岑越走越近，突然停下脚步，显然是看到了她。卿源摇头长叹："狭路相逢也真是尴尬，我先上吧。"话音未落地人已经满脸堆笑地迎了上去，做出一副今生得见偶像已然死而无憾的废柴样。"Doris！Doris，我可是你粉丝，每天晚上都靠你那首《月亮港湾》陪着才能入睡，这次能过来给你拍摄实在是高兴坏了。咦，这位就是你的未婚夫？真是一表人才……"

傅声声笑着说谢谢，看到走过来的徐离菲，不自觉脸上笑容就有些僵，但很快就做好调整："这位就是摄影老师？"更亲密地挽住阮奕岑。"正巧我未婚夫过来看我，这里风景太好，我们想拍一套做私人回忆，所以想把之前定的单人照临时换成双人照，应该没有问题吧？"或许是演练了许多遍的台词，可生活又不是演戏，对手的反应全能在你意料之中，说话间未免有些无法掌控的心虚，到底还是太年轻，才二十一岁。

徐离菲点头："没问题，是要之前那个风格，还是想换套有主题的？"

一直沉默的阮奕岑突然开口，话是对傅声声说，却牢牢看着徐离菲："不用换，你一个人拍，我先回酒店。"

傅声声两只手抱住他的胳膊："不是说好了要陪我拍嘛。"年轻女孩撒起娇来总能显出一种与年龄不符的幼稚天真。

阮奕岑仍是看着徐离菲："我不喜欢摄影师。"

傅声声继续抱着他的胳膊撒娇："可是没其他摄影师了呀，你昨天才说了会对我好的，你要不陪我，那我也不拍了。"说话间有意无意地瞟了一眼徐离菲。

卿源觉得阮奕岑这话伤人，正打算说两句，却见徐离菲啪一声打开个铁盒子弹烟灰，又抽了口烟："合同上写了，就算你们临时不拍了，我这边也不退定金，你们再考虑考虑。"

阮奕岑突然发脾气："你就这么想给我拍合影？"四点多的太阳将他脸部的轮廓映得极深，他目光冰冷。"那不如拍个密林主题，让傅声声穿着白裙子从树林深处跑出来，然后一头撞进我怀里，你把那个瞬间拍下来，还有追逐照、吻照。"他烦躁地用手掠头发，目光越发冰冷，"就拍这个。"

那其实是阮奕岑和徐离菲的约定。那时候俩人窝在沙发上看一部纪录片，硕大的电视屏幕上铺满了挪威的森林，森林深处有紫色的晨雾，阮奕岑看得入迷，同徐离菲提议："以后我们拍结婚照就去这里。"枕着他肩膀的徐离菲就笑："对，得是太阳刚刚升起的时候，刺眼的光线被那些巨大的树冠过滤，变得柔软，我戴着花冠穿着白裙子从森林深处慌张地跑出来，正好撞进你怀里，我抬起头来看你，光线得是从……"她抬手比出一个姿势。"得从这个方向打过来，这样人物的侧面就能更加立体，你的表情嘛，你当然得惊讶，眼神里还得有儿点赞美……"她感叹："别说，这地方还真挺适合拍个主题结婚照，接下来还可以拍几张在密林中的追逐亲吻之类的，光线搞得朦胧神秘点儿……"他打断她的话重复："追逐，亲吻。"笑了笑，没再说什么，攀过她的脖子就亲了过去。

徐离菲将手里的烟在铁盒子里摁灭，想，人为什么要彼此伤害呢？

卿源大概觉得拍这么一组照片对徐离菲未免残忍，赔笑道："现在四点过了，待会儿林子里光线就不行了，可能……"

徐离菲抬头看了眼红枫林，将铁盒装进外套口袋里，表情平静地望向阮奕岑："带了补光灯，傅小姐去补个妆，有白裙子就换个白裙子，差不多开工吧。"

那是傍晚的海，傍晚的海滩，傍晚的海滩边的枫叶林，徐离菲透过镜头追逐着黑衣青年和穿白裙子的年轻女孩的身影，在他们相互凝视时、拥抱时、亲吻时，一下又一下按动快门。这单活儿很赚钱，赚钱的生意难免艰辛点儿。有一刹那她和阮奕岑的眼神有过交流，在傅声声背对着她和他拥抱时。他抬着头，目光紧紧锁定她的镜头。她知道他在看她，那一瞬间他们离得很近，她迟迟没有按下快门。他突然有些茫然和不知所措，他们隔着镜头对视了很久，而她突然开口："眼睛垂下去，睁开闭上都行，装也给我装得陶醉点儿。"那句话出口，阮奕岑再也没有看过她。

拍摄全部完成已近八点，回程的船上，卿源听徐离菲问他："人为什么要相互伤害呢？"

他想了很久，低声回答："也许是为了确认自己在对方那里还很重要吧。"

徐离菲就笑："源源，你真是个智者。"那时候她站在甲板上靠着船桅，海风将她的长发吹起来，她抬手梳理吹乱的头发，身后是漫天的星光。

虽然每次见徐离菲总会有点儿什么事，但卿源实在没想到，下一次见徐离菲会是在医院，那不过就是第二天而已。

据说那天晚上徐离菲回家后就开始发烧，以为吹了海风感冒，吃了片退烧药就蒙头大睡，烧却一直没退下去，反而越来越严重，起来倒水时眼前一黑就晕倒了。幸好隔壁客栈老板娘的小儿子翻窗进去发现了，不然后果真是不堪设想。

卿源坐在病床旁看着徐离菲，她已经退烧，人也清醒过来，穿着病号服挂点滴，拒绝了他的帮助，正尝试单手打开他带给她的方便袋。的确是发了很久的烧，徐离菲声音里透出一点儿被烈火灼烧过的干哑："你是怎么想到把手机和平板电脑都给我带过来的？哎？怎么把林林的录音笔也装进来了？"林林正是隔壁客栈老板娘八岁的小儿子。

卿源笑："他们说你还得住两天院观察一下，想着你肯定无聊，可能是走的时候着急，你抽屉里有什么东西都一股脑儿收进去了，你看看还有没有别的。"

徐离菲也笑："还有两个 U 盘。"

他看她精神不错，就陪她闲聊："那录音笔是林林的？他才八岁，怎么就有录音笔了，他能拿它干什么？"

她单手按开手机查阅错过的信息，回他："听说是在海里捡到的，装在一个漂流瓶里，交给我的时候已经完全打不开了，去眠岛拍摄前刚修完，你待会儿帮我买块电池吧，我试试修没修好。"

卿源沉默一阵，道："说起眠岛……Vic 还在眠岛，需要我告诉他你住院了吗？"

她头也没抬："只是个病毒性感冒而已，告诉他做什么？"想了想，抬起头来看他。"其实就算我病死了也没理由告诉他，我们已经分手了。"

卿源斟酌良久："我觉得离开他，其实你是很难过的。"

徐离菲停下了手中的动作，半晌道："两个人感情很深，然后分了手，受了伤害，当然不可能一两个月就彻底治愈，但总有一天这些事情都会过去，我是在等着那么一天，所以你不用为了我好，劝我去走回头路。"

接下来两天没什么事，卿源偶尔过来看她，那天傍晚过来时终于记起来给她带电池。

卿源走后，徐离菲将电池放进了录音笔，顺手插上耳机。文件夹里有两个音频资料，她躺在枕头里随意点开一个，一阵安静后传来海浪声，看来是修好了。

正打算将录音笔关掉，一个年轻的女声却突然闯入她耳中："我没有时间写回忆录，但生命中的那些美好，我想找个方式来记录。"

病房门敲了两下，有护理人员推门而入，身后跟着一个陌生男人，还有一堆医生护士。这虽然不是独立病房，但只住着她一个病人，而她并非什么大病，实在不需要这样兴师动众。她一时只觉得这群人是不是走错病房了，却在陌生男人的身边发现了她的主治医师。

她这才来得及打量站在床尾处的陌生男人。

男人个子很高，穿深色衬衫浅色长裤，外套搭在手臂上，正低头听主治医师说什么，听人说话时表情认真，气质很好。

耳机里女人的声音仍在继续："我不想将这些话带走，陪着我永埋深海。我希望终有一天他能听到，那他就会知道，在这世上，我到底留给了他什么。"

男人朝主治医师点了点头，她摘下耳机时主治医师已领着一群医护人员朝病房门口而去。男人却并没有动，站在床尾安静地看着她。

病房是一楼，窗外种着桂花树，不远处还有个荷塘，三秋桂子，十里荷花，桂子的香味似有似无地飘进来，她听到自己很轻地开口："你是谁？"声音简直就和录音笔里那个柔软的女声一模一样。她有点儿惊讶，自己这辈子应该都没有用这样的声音说过话。

男人也低声回答她："聂亦。"

她从前并没有听说过男人的名字，可在听到这个名字的同时，却突然有另一个名字闯入她的脑海。她试探道："你也姓聂？那么聂非非，是你的谁？"

病房里有几秒的沉默，男人的脸上并没有什么特别的表情，她却无端感到温柔，他的声音也很温柔，他说："她是我太太。"

桂子的清香一阵浓似一阵，她有一点儿怔然，有些东西在她脑海里急待被抓住。

阮奕岑拿着聂非非的照片四处寻找，最后找到了她，见过那张照片的人都说里边的女孩子和她一模一样；阮奕岑执着于聂非非，和她分手是因为发现她不是聂非非，可当她生病住院时，在这边远的海岛上，聂非非的丈夫却突然出现在了她的病房中。

徐离菲二十几年来只对不能掌控的东西恐惧，脑海里不确切的联想罕见地令她感到了害怕。

男人垂眼看着她，声音很平静："还想问我什么？"

她怔怔道："那聂非非……是我的谁？"

男人漆黑的眼睛里似乎掠过一丝悲伤，她拿不准，那种神色一闪即逝。他并没有回答她的问题，只是安抚似的道："今晚你好好休息，明天我们转院。"

那天晚上，叫聂亦的男人在她的病房里坐了很久，却再没有说过一句话。即使闭着眼睛也能感觉到他的视线，他一直在看着她。

后来她睡着了，再醒来时聂亦已经离开，床头灯被调得很暗。她脑子有点儿茫然，接着就开始乱，翻身时被什么东西硌到，顺手一摸，原来是录音笔。

她才想起来一直忘了将它关掉，耳塞重塞回耳中，听到音频中的女声仍在继续："刚刚说到哪儿了？啊，对，V岛上的槲寄生事件。那时候你亲了我，你一定注意到我的蠢样子了吧，我惊呆了。"

录音笔里的女孩子在笑："当然，那不是我的初吻，红叶会馆和你分别时的那个告别吻才是，可惜那时候太胆小，只敢亲在你嘴角。"

那声音停了好一会儿："离太阳下山还早，我们再说说别的。你看，聂亦，就算只是回忆，只要是关于你，它就带给我勇气。"

徐离菲握着录音笔的手猛地一抖，她清楚地听到那女孩子用明媚的声音叫出聂亦这个名字，而入睡前一直坐在她床边的男人，他告诉她他叫聂亦。

像是一只手穿过这朦胧夜色精准无比地握住她的心脏，并不感到痛，只是酸胀得厉害，耳塞里那女孩子轻声地笑："康素萝老说以我们这样的设定，我要将你迎娶回家必定要经历九九八十一难，哪里料到那么快就能结婚，她还让我务必谨慎，也许每一段感情都要有九九八十一难，婚前的磨难经历得太少，所以才要在婚后弥补起来。她可真是个乌鸦嘴。在香居塔时你告诉我你对婚姻的定义，你说婚姻是一种契约关系，那时候我假装很认同的样子，其实我才不管什么契约不契约。你说你没有办法给我爱，但其他的责任和义务都会尽到，你一定不知道其他的义务和责任包括我们应该属于彼此。当后来你懂得幸福是怎么一回事时，我知道你遗憾我结婚时并不幸福，我其实很奇怪你为什么会觉得结婚时我不幸福，那时候一想到你即将属于我，我都要高兴死了，哪里有时间不幸福。"

女孩子咳嗽了一声，却马上掩饰过去，徐离菲不由自主地调大耳塞音量，女孩子轻声继续她的故事："哎，对了，聂亦，你还记不记得我们结婚那天的太阳，十月七号那天的太阳，真是那年秋天最好的一个太阳，明明之前 S 城一直在下雨，你说怎么到了那一天，就有那么好的天气……"

02.

十月七号那天的太阳,是 2017 年秋天最好的一个太阳。明明之前 S 城一直下雨,那天早上却突然大放晴光,太阳从东方升起来,阳光普照大地,被秋雨洗礼得恹恹欲睡的 S 城就跟突然被金子砸醒似的,要是长了腿,估计都能欢天喜地地爬起来一路狂奔过香川河,去跟对面的 M 城弹冠相庆。

我和聂亦就是在这一天结婚的。

结婚前一天康素萝照惯例又来和我开睡衣派对。

亲戚朋友中,就她一人知道我结婚的真相,刚开始还表现得忧心忡忡,但自从听说 V 岛上那个槲寄生之吻后,突然对我和聂亦信心倍增。

她充满感情地开导我:"你看聂亦都主动吻你了,那起码是对你有点儿好感吧?你再加点儿油,他喜欢上你还不是分分钟的事?接着你再再加点儿油,他爱上你我看就指日可待了!说真的,酒会那晚之后你俩十多天待一块儿,你就没有跟他再约会过?"

我那时候正捧着杯子喝牛奶,回她:"我又不是变形金刚,说加点儿油就能加点儿油。哎,对了,变形金刚是加柴油还是加汽油来着?"

她说:"哦,这个我知道,变形金刚有加柴油的也有加汽油的,像擎天柱因为是货车所以加的是柴油,大黄蜂是跑车嘛,加的就是汽油。"

我说:"哦,汽油,你一说汽油我就想起来,听说最近油价又要涨了。"

她说:"可不,经济复苏了嘛,石油需求也上升了,你知道昨天 WTI (西德克萨斯中质油)原油期货收盘价格是多少吗?近三年新高啊,真是不让人省心。"

我说:"性价比合适的可替代性能源还没研究出来?"

她说："一直在研究，但完全可替代我看够呛，前几天正好看了篇论文……哎，不对，我觉得我们刚才谈的好像不是这个……"

我说："让你少熬夜，一熬夜记性就变差你还不相信，看吧。那今晚咱就不熬了，我先去睡了啊。"

她正冥思苦想，下意识回我："你不睡这边？"

我说："最近有点儿神经衰弱，我去隔壁客房睡。"

她说："哦，那好吧。"

刚走到房门口，康素萝"啊"了一声，突然小旋风似的刮过我身边站在门口挡住去路："聂非非丫的，差一点儿我就着你道了，我们最开始不是在谈你和聂亦吗？我不是在问你和聂亦之后有没有约会吗？"

我打量她："你居然想起来了，不错嘛。"

她说："看来之后你俩根本没约会。"

我无奈道："你真执着啊。"

她恨铁不成钢："印尼那些海岛那么美，简直专为谈恋爱而生，你俩一块儿待了十多天，不约会都干吗去了？"

我想了三秒钟，回她："献身。"

她眼睛一亮，话都说不利索："你们真、真直接，会都没约就直接为彼此献、献身了。"

我说："不是彼此，是分别。"

她表示不能理解。

我说："我为艺术，他为科学。"

她说："……你妹。"

事实上，酒会第二天一大早，我和淳于唯他们就离开 V 岛，去了一百二十海里开外的另一个旅游岛。几个搞海洋探索的科学家朋友在那里发现了新种类的水母，说是他们自带的摄影师水土不服住院了，邀我们赶过去江湖救急帮个忙。

最开心的要数淳于唯，他新近分手，和宁致远打赌又输了钱，简直情场赌场两失意，正感到空虚寂寞冷，原本都要撇下我们直接打道回意大利了，听闻此行的目的地 Z 岛居然是个旅游天堂，美女云集，立刻表现出了对这趟工作的极大热情。

宁致远至今没从淳于唯那儿拿到赢得的赌资，看他很不顺眼，已经上岛了还妄图将他劝退，不客气地跟他说："唯少，你看，其实对方有专业潜伴，我们已经不太用得上你了，你在这儿跟着也是累赘，听说你下月还有个探险项目？不如就此回意大利好好休息养精蓄锐，再说，亚平宁半岛的姑娘们俩月不见你了得多想你啊。"

淳于唯一脸凄然："宁宁你是不是不要我了？是想把我劝回去，然后你好背着我在这里搞外遇是吗？"

船长导游连同来迎接的朋友集体回头惊恐地看向他俩，宁致远嘴角抽了好几抽，转身扶着我："妈的，他怎么能这么不要脸！"

我拍他肩："你要再劝他回去，信不信他还能当众跟你来个法式热吻？他真做得出来。"

宁致远眉头一皱就要从裤兜里掏藏刀，我赶紧制止他："亲爱的朋友你不要冲动。"

在 Z 岛拍摄了近半个月，其间和聂亦通过两次电话，一次是他回国前，一次是他去欧洲出差前。前一次是为确定我的完工时间，看是否和他一同返航，后一次是为告知我婚事基本确定下来了，两家已经开始挑选婚期。我知道聂亦做事情效率高，但在我缺席的情况下他居然能搞定我妈，着实令人费解。

我没忍住，当天晚上就给我妈挂个电话。

我妈语重心长："我本来真是不想同意，毕竟三个月前才出了那样的事，可哪里知道你俩兜兜转转又在一块儿了。你那么喜欢聂亦，我能怎么办？况且你爸还一直跟我吹枕边风，说家长制要不得，让我想想罗密欧与朱丽叶，梁山伯与祝英台，牛郎和董永，宝玉和黛玉……"

我沉默了两秒，问我妈："牛郎和董永……他俩也有故事？"

我妈也沉默了两秒："哦对，应该是牛郎和织女。"

我回国是在九月初，拍摄很顺利，比预期提前结束。那时候聂亦仍在出差，婚期倒是终于确定下来。我算了下婚期，再算了下《深蓝·蔚蓝》给的截稿期，一时心如死灰，只来得及回家搁个行李，脸都没顾得上洗就往工作室狂奔而去。

结果在门口碰到个化妆化得跟熊猫似的小姑娘，下巴抬得高高地叫我："聂非非，你回来啦？"

愣了好半天，才想起来回家的路上我妈的确跟我提了一句，说D市的表姨妈把她的小女儿芮静送到S城来念大学，现在就寄住在我们家。芮静年纪小小，在家族中却相当出名，从小热爱香港古惑仔电影，偶像是陈浩南的女朋友小结巴，十岁开始立志当一个太妹，十三岁就成了他们初中有名的太妹，一直有名到她十九岁，也就是前天。

芮静从外套口袋里掏出个烟盒来："听说你钓了个金龟婿啊聂非非，你不是自诩是个艺术家吗？竟然也学人家去钓金龟婿。还是表姨父的生意做不下去了只好指望你去傍棵大树？你跌份不跌份啊？"

我注意力全集中在她那张脸上了，两秒后跟她说："回头我推荐你两本杂志，你好好研究研究上面的彩妆。"

她反应了一下："你！"跟头小狮子似的立刻就要冲过来，我妈在背后叫住了她："静静，你爸爸电话。"小狮子瞪我一眼，转身进了客厅。

我妈过来跟我说："芮静还是个孩子，是不太会说话不大讨人喜欢，但你是她姐姐，好歹让着她点儿。"

我说："我要不让着她她就得挨揍了，我先走了啊。"

芮静边接电话边把我妈刚修好的一盆盆栽扯得七零八落，我妈凝望着客厅一脸痛苦，我攀着她的肩安慰她："芮静还是个孩子，是不太会做事情不大讨人喜欢，但您是她姨妈，好歹包涵着她点儿。"

我妈直接给了我脑门一下："皮痒了是不是？"

闭关前接到褚秘书的电话。褚秘书为人亲切又周到，隔着万里之遥问我好又问我家人好，和我说起最近T国频发的流行疫情，安慰我新闻播报得可能过于严重，其实没有那么吓人，聂亦很好，让我不要担心。他们昨天已经离开T国，但临时有事，不得不飞一趟旧金山，可能后天才能回S城。

我起码有一个星期和现代文明完全绝缘，连欧洲最近流行病横行都不知道，还在那儿消化他给的信息。褚秘书突然欲言又止："聂小姐最近……都没有主动联系过 Yee 吧？"

我愣了一下："可聂亦的正确使用方法不是……"

褚秘书道："正确使用方法？"

我立刻改口："我的意思是，聂亦不是不喜欢女孩子太烦人吗？"

他失笑："但您也实在太不招人烦了点儿。今天下午会议结束的时候他突然问我，您是不是今天的飞机回国，怎么提前回来了。我说婚期就定在十月，您一定是赶着回来准备，他说您说不准已经把结婚这档事给忘了。"

我笑说："我也是怕烦到他，要这也能忘我就太缺心眼儿了。"

褚秘书突然压低声音："Yee 过来了，聂小姐，我们后天下午六点的飞机到机场。"

我心领神会，跟他道谢，然后去定了个闹钟。想了想，又去订了个美容院。

机场要算我妈相当不喜欢的一个地方，作为一个挑剔的诗人，她认为现代文明在交通和通信上的便利已然将文学中的离别之美逼入死局，大家都不觉得离别算是什么事了，走的人一脸木然，送的人也一脸木然。有一次她很怀念地跟我爸提起，说古时候那些条件艰难的日子多好啊，每一次生离都有可能是场死别，才能催生出"山回路转不见君，雪上空留马行处"那样的赠别佳句。我爸因为无法理解诗人的纤细感情，非常有逻辑地回了我妈一句："现在生离怎么不可能变死别了？那飞机不也有可能发生空难嘛！"从此机场就成了我妈最不喜欢的地方，没有情调不说，走的人还有可能发生空难。

我在机场等聂亦时突然想起我妈的那个论调。

九月，S城迎来了雨季，暗色的天空像个巨大的花洒，雨水飘落在窗户上，和玻璃贴合，形成一些透明的漂亮纹路，将整个世界模糊成一幅印象画。

贵宾室人不多，正小声放一首活泼的小情歌，我跟着哼哼。面向机坪那边的通道突然传来脚步声，我抬头，门正好被推开，开门的空乘小姐看到我立刻微笑点头。通道里褚秘书的声音隐约传过来："……临床试验中的确有一些不良反应，正在进一步查验原因，他们自己也知道，试验结果没有达到规定标准不敢拿来给你过目……"聂亦道："太慢了。"褚秘书叹气："他们已经算是全力以赴……"对话在这个地方中断，我站起来，隔着七八米远的距离，聂亦的目光落在我身上，表情有点儿惊讶。

近二十天不见，他头发剪短了，穿浅色的牛仔套头衬衫，咖啡色长裤，整个人清俊得不像话。贵宾室里的小情歌还在轻轻唱："*我是随波逐流的浪，偶尔停泊在你心房。*"

我一只手揣裤兜里，只觉得想念真是很玄的东西，人的心明明那么大，可当你想念一个人的时候，它就变得那么小，小得只够装下那个人的影子。我妈说机场没情调，怎么会？昨天我和聂亦还相隔两地，今天这些钢铁做的大家伙就把他送到我面前来，看得见，摸得着，身上或许还带着太平洋微咸的海风味道，没有什么比这更加有情调。

我走过去就要拥抱他，手都伸出去了才想起来不合适，我俩不是真的在谈恋爱，这种事只能趁着酒意装傻偶然为之。想到这里，硬生生把伸出去搂他腰的手改了个方向搭在他肩膀上，表情严肃："肩膀这里有点儿皱，我给你理一理啊……"

褚秘书在一旁忍笑，但聂亦还真顺着我的手看了眼自己的左肩："怎么有空来接我？"

我诚恳："为了做个称职的模范未婚妻。"

他像是笑了一下，说："哦，称职，模范。"

我瞬间惭愧，手机铃声却突然响起，大概是什么重要电话，聂亦看了一眼接起来，顺手将搭在臂弯上的外套递给我。

他边走边听电话，时而用英文回两句什么，大家很快出了贵宾室。

褚秘书和其他两个同事坐司机的车，聂亦坐我的车。

上车好一会儿聂亦才结束通话。其时我们已经开了一阵，那是段机场高速，路两旁偶尔出现耸立的高楼，被雨水浇得湿透，看上去孤单又凄凉。我转头看了聂亦一眼，他正躺在副驾驶座上闭目养神，整个人都像是放松下来。我腾出一只手摸索半天，摸出一只崭新的眼罩，小声叫他的名字。他睁眼看我，我示意他把座椅调平将眼罩戴上睡一会儿，他摇摇头，问我："开去哪儿？"

我答他："当然是你家。"从机场开到聂亦他们家郊区那座大宅保守估计也得两个小时，现在旧金山正是半夜，他肯定困得不行，我补充："你睡你的，别管我，到了我叫你。"

他想了想："去红叶会馆吧，回家太远，开车很累。"

我笑："两个小时而已，我没问题。"

他开了一瓶水，过了两秒道："明天早上总部有个会，红叶离那边也近。"

我转头看他："真有个会？"

他点了点头。

我在脑海里搜索了一会儿："这里到红叶会馆，怎么走来着？"

聂亦就探身过来帮我重新设置导航，又问我："这次的后期工作不太多？"

我苦着脸："多得要死，至少忙半个月。"

他重新躺回座位上："那今天还这么浪费时间？"

我知道他说的浪费时间是指来给他当司机。

我跟他胡扯："因为前天看了个偶像剧，说女主角满怀思念去机场接分别已久的男朋友，没想到男朋友居然失忆了，还从国外另带了个漂亮姑娘回来。我一看这跟我们俩设定太像了，当然，要你失忆不太可能，但万一这次你出门发现了新大陆，觉得有别的姑娘比我好，还带了回来，到时候我怎么办？我的潜水器怎么办？然后我就来了。"

他理智地和我探讨："要是我真的觉得别的女孩子比你更好，还带了回来，你就算来接我，我应该也不会回心转意。"

我也理智地回他："连这一点我都考虑到了，你没看出来我去美容院待了三个小时，就为了把自己弄得更光彩照人一点儿吗？我想万一你要真带了什么美女回来，我得艳压她呀，你一看我比她更漂亮吧，说不定还能再考虑一下我呢。"

他似乎在笑，我正开车，没太看清，只听他道："仅限于外表的审美太初级，我对那个没太大兴趣，你得考虑用其他优点才能打动我。"

我说："那完了，我除了美貌就没有什么其他优点了。"不禁"心灰意懒"。

他研究地看了我两秒："不急，慢慢开发。"

我来了劲头："开发我的人格魅力？"

他摇头："不，开发如何降低我的审美情趣。"

我严峻地说："聂博士，信不信我把你扔高速路上？"

他冷不丁道："今天你很漂亮。"

我保持严峻："恭维我也没用，况且还是降低了审美情趣的恭维。"含恨道："看来必须忍痛和潜水器说再见了。"

他闭着眼睛，嘴角浮起一点儿笑意，道："非非，接机室里你刚看到我时很生疏。"

我顿时想起那个夭折在半空中的拥抱，却嘴硬道："我有吗？"

他道："现在这样就很好。"又道："你不用太考虑我会怎样，你是我的家人，有权对我做任何事。"

我的家人。

聂亦不懂得爱，也不会说爱，康素萝老觉着选择嫁给聂亦是我亏了，可他无意中说出的这四个字，却比任何爱语更加动人，我只需要这个，只要这个就足够了。

窗外天色渐暗，是凉意深深的秋夜，但那一瞬心里非常温暖。

不过不能让聂亦看出来。

我力持镇定，尽量让自己显得自然，我说："有权对你做任何事？包括现在把你扔高速公路上吗？"

他仍闭着眼睛："任何事，但不包括这一条。"

S市市中心有个红叶公园，是片红叶景区，公园中央是片湖，听说古时候湖边盛产月桂，所以起名叫月桂湖，月桂湖中间有座小岛，红叶会馆就建在上面。

车开过湖中路，两旁已经亮起路灯，映得湖中波光潋滟。雨收云散，天上捧出一轮清月来，湖上依稀泊着几只画舫，有点儿万家宁静、湖舟唱晚的意思。

老远就望见岛上建得跟纽约古根海姆博物馆似的红叶会馆，整栋建筑物隐在已经成为暗色的红叶林中，依稀发出一点儿柔和的荧光。

正要开车进主道，聂亦给我指路："从旁边绕过去，走L3车道。"

顺着他的指示稀里糊涂开过去，似乎是条专用车道，两旁种满了阔叶树，车道尽头是扇铁门，车驶近时门自动打开，现出一个巨大的园林。沿着林木隔出的车道再开几分钟，恍惚看到数十座中式别墅邻湖而建，两两相距遥远。正使用的车道直通其中一栋别墅，我开过去将车停稳当。

服务生提前来整理过房间，水已经放好，床也铺好。

聂亦去浴室洗澡，让我看会儿电视，估计他都不知道我留下来要干什么，刚开始我也不知道，后来他进浴室了我就知道了。

的确，我的电脑桌面是该换一换了。

客厅里有专线电话，我打去厨房给聂亦叫了碗粥，顺便打听他的口味："聂少平时还爱吃什么？"

电话那头如数家珍："聂少喜欢清蒸刀鱼、西湖银鱼羹、茭白虾仁、素秋葵，还有西芹百合。"

我唯一会做的菜是麻婆豆腐，闻此不禁深感忧虑，对方听我半天没说话，主动询问："聂小姐您怎么了？"

我说："哦，没什么，他口味还挺清淡的。"顿了顿问他："哎，你们能让聂亦他爱上吃麻婆豆腐吗？"

电话那头愣了足有三秒："我、我们开个会研究研究……"

挂断电话后在客厅里转了一圈，听着浴室里传来的水声，感觉有点儿心猿意马。翻出个安神的洋甘菊蜡烛，正准备点燃放在聂亦床头，手机突然响了，屏幕上赫然跳进来一条短信："姐，救命啊 T_T 我跟人打赌欠了八万块，被人押这儿了。"紧接着又跳进来一条："红叶会馆 310T_T。"

我看了浴室门一眼，又看了手机一眼，心想，芮静你大爷的。

03.

美国第三十二任总统富兰克林·D．罗斯福先生曾说："人生就像打橄榄球一样，不能犯规，也不要闪避球，而应向底线冲过去。"

在我十七岁之前，那时候芮静还没当上小太妹，我一心觉得罗斯福同志这个观念是不是太热血了。后来当芮静长成了一个小太妹，且经常惹祸需要亲戚们八方支援时，我终于理解到了这句名人名言当中焕发出的巨大人生智慧。

当你的人生里被迫出现一个熊孩子时，躲是躲不了的，对她惹出的祸事一定要怀有早发现早解决的决心，早点儿朝着底线冲过去，否则她绝对能给你制造出更大的惊喜。

窗外夜色静谧，我拿着手机琢磨了三十秒。芮静只有一个时候会叫我姐，就是惹祸了需要我帮她解决的时候。看来这两条短信的确出自她的手笔。

能到红叶会馆寻欢作乐，又能和芮静玩到一块儿的，除了本地的富二代基本也不做他想了。但印象中本城的纨绔们虽然不学无术，大多数脾气还是挺温和的，因为八万块就能把芮静给押着不让走，她百分百还会惹了我什么别的事。

我拨通她的电话，芮静在那边吼："姐，我爸冻了我的信用卡我没那么多钱，他们就让我唱支歌给抵了，我是谁啊，我是你妹妹啊，又不是卖唱的是不是，给他们唱歌？门都没有！他们就押着我不许我走，我……"

论如何将小事化大将大事搞得更大，芮静绝对是个中高手。我尽量平和地跟她说："等我十分钟，十分钟里你别开口说话也别突然拎酒瓶子砸人，就给我找个地方安静蹲着，做得到吗？"

她强硬："叫我蹲着我就蹲着？蹲着多不好看啊！"

我说："那就换个你喜欢又好看的姿势，在我到之前安静地做一个美少女，有没有问题？"

她嗫嚅了一下："这个倒是没问题……"

挂上电话后我给聂亦留了张字条，说临时有事先走一步

红叶会馆的后园别墅区我虽然是第一次去，但前园的会所倒是很熟悉。

站在 310 包房的外面，敲了两下门就打开，抬步跨进去，头顶灯光暧昧，音乐迷离又颓废，空气中混杂着烟草和酒精的味道，保守估计里面得塞了二十来号人，点歌台前有男女当众亲热，房间深处传来女郎的嬉闹声。

我进来了，他们就全都停下了。不知谁关掉音响，整个包间突然安静下来。

这种地方我来得不多，一时不太能适应，站门口辨认了老半天，才认出来刚才点歌台前跟人亲热的就是芮静，戴一顶短假发，化一脸朋克妆，穿个蕾丝低胸小背心，裙子短得只到大腿根，屋子里的陪酒女郎穿得都没她清凉。

光线实在太暗，也看不太清这小包房里今晚谁做东谁控场，我看向芮静，视线交汇了三秒，跟她说："把外套穿上，欠了哪位的钱，钱还了倒杯茶赔个礼道个歉，明天还要上学，时间不早了，跟我回家。"

芮静从高脚凳上下来，握着啤酒瓶子熟练地摇晃，一脸好笑："聂非非，我刚才骗你来着，骗你的你还真来啦。"

房间里有人笑，但不敢笑得太大声，身后咔嗒一声响，我回头看，门口落锁的青年尴尬道："聂小姐，我也是……"

我想了一下，明白过来，把包扔在就近的沙发上，坐下来给自己倒了杯苏打水，赞美芮静："挺好，戏演得不错，大费周章把我骗过来，谁想要见我？"

她懒洋洋靠在点歌台旁："就不能是我想捉弄你啊？就看不惯你那自以为是假清高的模样！"

路上来得匆忙，我喝了口水润嗓子，实在懒得和她废话，跟房间深处问："聂因？"

就听见鼓掌声，站对面的几个女郎嬉笑着退到一边去，现出房间深处的一排沙发来，沙发上坐了几个人，光线影影绰绰，倒看得清鼓掌的果然是聂因。

旁边坐的几个都不认识，只有两个有点儿眼熟，可能是什么小明星。

聂因朝我走过来，他今天一身白衣白裤，清新得就像盘丝洞里盛开了一朵天山雪莲，低声笑："邀你来一趟真是不容易，本来芮静要给你发短信说她被下药了，我说那样你就直接报警了，后来想到说欠钱，但欠多少、欠在哪里你才会亲自出现而不是让你助理来解决，我还真是想了好一会儿。"

我赞叹他的努力："这方面你倒是挺了解我，看来这三个月没闲着，做了不少功课。"

他不置可否地坐下来，就挨在我旁边，一身酒气，应该喝了不少。

我将杯子搁茶几上开门见山："直说吧，骗我过来做什么？我记得你哥让你离我远点儿。"

他偏头看我，眼睛里有光闪烁，突然将右手搭在我肩上，手指暧昧地抚弄过我的颈项："没怎么啊，就是想你了，想和你聚聚。"他的手指停留在我的耳廓，脸慢慢靠近。"还记得上次我们……也是在红叶会馆……你还是睡着的样子最好看……"清晰地听到周围有倒抽凉气的声音，连芮静都睁大了眼睛震惊地盯着我。

三个月前的那个下午，聂因跟我说："流言最可怕，我倒是输得起，不知道聂小姐你输不输得起？"环视一圈，这包厢里有不认识的小姐公子哥儿，有娱乐圈小明星，还有会所女郎，不知道明天他们各自的八卦圈会怎么传我。说聂亦新定的未婚妻水性杨花，勾搭完他弟弟又去勾搭他，还是说别看聂家大少事业成功，感情生活却一败涂地，未婚妻竟然和堂弟勾搭在一起？

我说："聂因，东西可以乱吃，话不要乱说。"

大约我的神情取悦了他，笑意浮上他眼睫，他低头假装落寞："明明我们已经……你却还是要嫁给我哥，还不愿意见我，你知不知道你这样我有多伤心？"

围观的一帮人落在我身上的目光精彩纷呈，又鬼鬼祟祟地去看聂因。

看来聂因的确是恨我，我都没搞清楚他为什么这么恨我。败坏我的名声显然对他们家没有任何好处，还是说想不到别的招数对付我，只要看到我痛他就爽了？

这时候该怎么反应？站起来破口大骂聂因你胡说？一看就是欲盖弥彰。边哭边大骂聂因你胡说？一看就是博同情的欲盖弥彰。甩他一个耳光说聂因你胡说？一看就是被刺痛了的欲盖弥彰。

聂因拿定了我百口莫辩没办法，更加入戏，幽幽地看我："真为了我哥好，你就不应该嫁给他，让他看着你就想起你曾经和我……"

我都被他气笑了，也懒得想该怎么反应才最正确了，站起来一脚就给他踹了过去。估计这一脚来得太突然，在场诸位一时都没反应过来，起码过了五秒，坐在里座的几个青年才跟突然上了发条似的匆忙围上来。女郎们惊吓地尖叫，我将聂因制伏在地上，回头安慰赶过来的男男女女："放心，人还没死。长嫂如母，我当嫂子的教训家里不懂事的小堂弟，算是聂家的家事，各位谁要看不过眼了非要替他出头，能不能等我两分钟，我先弄死他再说？"

聂因被我反剪了双手脸贴地趴着痛苦地咳嗽，赶过来妄图搭救他的好汉们踌躇地驻足。我拍了拍聂因的脸，心平气和地跟他说："恋兄癖也不是什么大病，可你哥总要结婚的是不是？你不能因为你哥选择了我，要跟我结婚，你就天天来找我麻烦是不是？一次两次也就罢了，次数多了我也会嫌烦的是不是？"

他趴在地上，一边咳嗽一边反驳我，语声狰狞："我不是恋兄癖……

我给了他脑袋一下，说："我也没有要干涉你，我嫁给你哥，你依然可以做个自由而快乐的恋兄癖是不是？大家要学会和平相处这个世界才能和谐是不是？"

他再次试图反驳："他妈的老子不是恋兄……"

我正要再给他脑袋一下，包房门突然"啪"一声打开，会所经理陪着个高个儿青年站在门口。高个儿青年边讲电话边抬头望进来，居然是谢仑，看到屋里的阵仗愣了一下，低头继续讲电话："……没吃什么亏……对，聂因在这儿……不清楚……哦，好，你赶紧过来吧。"他抬头又看了我们一眼："赶紧过来，过来再说……"

后来和康素萝说起这一段时，她幸灾乐祸："让你平时老看科幻片不看文艺电影，多看几部文艺电影你就该知道，KTV 包厢里遭遇恶少调戏时一般都会有英雄来救美的嘛。恶少侮辱你几句怎么了？你忍个几分钟忍到英雄出现就好了啊，结果你把人揍一顿，英雄出现时都不知道该救你好还是救恶少好。"

我心有余悸："幸亏红叶会馆前园和后园隔得远，先出现的是谢仑，没让聂亦看到我压在聂因身上提拳头揍他，那画面实在是……"

康素萝频频点头："那画面一定很美，让人不敢看……"

事实上，冲着聂因脑门去的第二下并没有落下去，谢仑讲完电话时我已经松开聂因，他跳起来就要反击，被谢仑挡住了："你哥马上过来，老实待一边儿去。"聂因立刻就僵了，跟个雕塑似的直挺挺坐下来，右手神经质地不断揉胸口。

我坐在他对面的沙发里也有点儿僵。旁边正好有个空位，谢仑坐过来偏头和我打招呼："聂小姐，幸会，我是谢仑，我妹妹很喜欢你，经常在家里提起你。"

我想起他的妹妹谢明天，回了句"幸会"，问了问谢明天最近可好，又和他寒暄了一阵谢明天刚刚在巴厘岛拍完的新电影。

实在没什么可说的了，谢仑道："十分钟前在楼下看到你，以为聂亦也在前园，给他去了个电话，结果没人接。刚才他才回我，听说你在这边，怕你出什么事，让我先过来看看。"

我教训聂因那一幕谢少完完整整看在眼里，也没什么好遮掩，我实话实说："你来得很及时，救了聂因一命。"

谢仑扑哧一声笑："听明天说你是空手道二段，果然名不虚传。"

实在很难搞清这是句恭维还是句揶揄，我只好说："哪里哪里……"

包厢门大开，效果灯明明灭灭，男男女女个个倚墙而站，不敢出声，硕大的电子屏上正播放一支黑白MV，老旧的古堡和颓废的玫瑰园交替出现，歌手穿黑色的风衣撑一把伞坐在一座长桥上絮絮吟唱，音响被关掉的缘故，也不知道是在唱什么。走廊上温和的照明灯光投射在橡木门复杂的欧式雕花上，像是什么神圣的宗教图案，当效果灯乍明时，木门上的光线会突然带出一点儿湖水般的浅蓝。

谢仑和我说话的时候，我一直在看这个。

聂亦出现在包厢门口是在五分钟后。电子屏上的 MV 自动切换成了一支水中舞，深蓝色的光充斥整个包厢，将小小的一方空间渲染得如同深海一隅，安静又光怪陆离。聂亦抬步走进来，就像矗立在人鱼公主海底花园里的那尊英俊雕像突然复活，沉思着打量这离奇的海世界。我愣了好一会儿，也不知道是被光线突然构造出的神秘氛围所震撼，还是为自己竟然能想出如此形象的一个比喻而震撼。

沉思的英俊雕像突然停步，抬手将摇晃的效果灯关掉，又顺手打开房间里的水晶照明灯。

整个世界立刻正常了。不过就是一间普通的包房，一堆普通的纨绔，一群普通的陪唱女郎。空气里的紧张值却因为这突如其来的灯火通明而立刻拔到一个新高度，似乎都能听到不知谁因紧张过度而造成的困难吞咽声。

谢仑见聂亦进来，站起来道："既然你过来我就先走了，隔壁还有个局。"两人在靠近门口处低声交谈了两句什么。

聂亦走过来在我身边坐下，目光扫过我的脸，再扫过我的手，停在右手擦破了皮的地方，抬头让候在一旁的会所经理请人送生理盐水和紫药水过来。

我自己都没发现什么时候手背擦破了皮，正在那儿回想，听他问："不是让你先看会儿电视，跑到这里来做什么？"

之前在别墅，他的确让我先看会儿电视，我以为只是客套，原来是真让我看电视？我傻了一会儿，正要开口，聂因却已经抢先："聂小姐的表妹正好在这里，所以她过来和我们聚聚。"勉强笑了笑。"也没有什么特别要紧的事。"

聂亦看了他一眼，没说话，脸上也没什么表情，聂因却坐在沙发里越来越僵，我能理解他的感受，未知才是最大的恐怖，聂亦一刻不给出态度，他就一刻不得安宁。但我实在不能明白，既然他这么怕聂亦，为什么不把聂亦说的当回事，老跑来招惹我。

正好服务生送药水过来，聂亦终于开口，同经理道："以后聂因就不来这里了，他记性不好，贺总你帮他记一下。"

聂因脸色立刻变了，贺经理见多识广，不仅面不改色，还能细心询问："那因少在这里的私人套间是要保留还是……"

聂亦打开生理盐水瓶，边示意我将手侧过来边道："改成个暗房。"

聂因脸色难看，好一会儿，哑着嗓子道："哥，你不能这么对我，我们是有血缘关系的兄弟，聂非非她算什么，她……"

聂亦拆开一包棉签，平静道："既然你不喜欢非非，那她经常出现的地方你就不要再出现了，这很合理。"

从逻辑学的角度来看这的确是很合理，但……我跟聂亦说："我们处理问题是不是不好这么简单直接啊？"

他道："委婉的建议我已经提过两次。"

我还在脑海里回忆他到底提过什么委婉的建议，就听聂因激动道："你让我离聂非非远点儿，那算什么委婉建议？她嫁过来就是聂家的人，我为什么要离她远点儿？这没道理！"

我被聂因突然拔高的音量吓了一跳，晃眼看到站对面墙角的一个女孩子也在心有余悸地拍胸口。

聂亦帮我涂药水的手停了停，半晌，道："我说过的话一定要起作用，这一点你是不是忘了？"

聂因脸色一瞬间雪白，紧紧咬住嘴唇不再说话。

聂亦将用过的一支棉签扔进垃圾桶，又重新抽出一支棉签："简兮在美国，你过去陪她两个月。"

聂因道："你把我们都赶走……"

聂亦抬头看了他一眼。

聂因颓废地坐回沙发里，突兀地笑了一声："对，只要是你说过的话就一定要起作用，不管有道理还是没道理，我不该忘了。"突然道："可是，哥，你以为聂非非就是百分百正确的选择吗？她……"

聂亦道："这件事到此为止，不讨论了。"拧上紫药水的瓶盖，又看了一眼站得老远等候发落的红男绿女，和一旁的经理道："和他们无关，都散了吧。"

聂因还要再说什么，又硬生生憋住了，好半天甩下一句没什么实际意义的狠话："哥你以后一定会后悔的！"快步离开了包厢。

聂因走后，不相干的其他人也很快离开，不到两分钟，房间里只剩下我和聂亦。

偌大的空间一下子空旷，贺经理过来问是不是顺便在前园餐厅用晚饭，聂亦点了两人份，让直接送到后园。

我一想车还停在前园，边推门出去边跟他商量："要不就在这边吃？完了我就直接回去了。"

他想了想："今晚你就住这儿，太晚了，回去不安全。"

我怔了三秒，道："我，住这儿？"

他点头："房间有很多。"

我说："哦，好的，聂博士，但你不怕半夜我偷袭你？"

他停了一下，伸手按住我的左手，道："试试抬右手，出左脚。"

我说："……"

他看我："紧张得同手同脚还想半夜偷袭我？"

我震惊："你居然说半夜偷袭……"

他奇怪："不是你先说的？"

我继续震惊："这四个字我说出来很正常啊，你说出来就好违和，毕竟是珠穆朗玛峰顶的……"话没说完我自己先闭了嘴。

他眼睛里难得露出不解，问我："我是珠穆朗玛峰顶的……什么？"

借我一百个胆子我也不敢当着他的面跟他说你就是那生长在珠穆朗玛峰顶的一朵高岭之花，只好敷衍："那个……"

不远处一个穿得特别清凉的小姑娘适时地迎了上来，定睛一看，是本该和那群纨绔一起消失的芮静。

芮静大老远凶狠地和我打招呼："聂非非！"

我平生第一次如此欣赏她的不告而来从天而降，主动亲切地迎上去，把她拦截在过道半中央。聂亦在十来步开外等我。

我抄手赞扬芮静："给我惹了这么多事，还敢候在这儿等我，胆子挺大。"

芮静缩了一下，又立刻鼓起勇气挺了挺胸，一边偷偷瞄聂亦一边跟我不客气："我给你惹了什么事？最后不是没事吗？你还打了人家，反正我没车，他们都走了，你得送我！"

我问她："你觉得可能吗？"

她说："那你打电话给陈叔，让他来接我！"

我问她："你觉得可能吗？"

她怒目圆睁："那你要我怎么样？"

我说："自己走五公里出去打车回家，打车的钱我可以给你，其他没的选。"从钱包里拿出五张人民币。

她深吸了一口气，用只有我们俩能听到的声音指控我："聂非非，你太虚伪，揍聂因的时候那么凶，聂家大少一来你就装善良，聂家大少处置聂因的时候你都高兴坏了吧，还假兮兮地装识大体装温柔，你就没一点儿真性情！"

我收回手上的五百块："打车的钱没有了。"

她冷笑："哦？我刺痛你了？你这时候都气坏了吧，你敢当着聂少的面像揍聂因那样揍我吗？"

我都快被这熊孩子烦死了，尤其是她一激动头上的假发就颤抖，简直让人不能忍，我痛苦地说："你这假发哪儿买的，以后咱能换个店吗？"

她咬牙切齿："你不要给我转移话题！"

我说："那好吧，不会有人来接你，也不会有人送你，回程自理，以后再有事没事给我短信，小心削你。"说完我就走了。

她追上来："聂非非你敢跟我真性情一次吗？"

我实在有点儿无奈，诚恳地跟她说："你看，我跟聂因认真，是因为他坏，我不跟你认真，是因为其实你不坏你就是挺中二的。"

她茫然："中二是什么意思？"

我说："……多读点儿书。"

我都跟聂亦走到电梯口了，她再次追上来，一边瞄聂亦一边小声嚷嚷："聂非非你等等，我不管，你们留下来我也要留下来，你们去哪里我也要去哪里，表姨妈说了你要照顾我！"

聂亦看了我一眼，我耸了耸肩。

芮静当然不可能跟着我们去后园，最后是聂亦让经理在前园给她开了个独立休息间，随她怎么折腾。

一场闹剧才算是正经落幕。

04.

过道里的老座钟指向十点半时，我在二楼的露台吹风。四十多分钟前我和聂亦从前园回来，吃过晚饭各自回房洗漱，然后他睡了我醒着。

今晚有很明亮的月光，月桂湖波光粼粼，像一块织了银线的黑色丝缎，柔软地铺在安静的景区中。身在湖中的孤岛上，看不清湖边遍植的月桂和枫树，林木都化作一排排黑色的影子，中间透出一些暗淡的灯光，像是黑黢黢的地宫里长明不灭的人鱼膏。

我想起有天晚上我妈到工作室来看我，我们一起坐在窗边喝茶。

我的工作室位于本市金融中心双子楼其中一座的第四十层，从窗户望出去，半个 S 城的霓虹夜都能尽收眼底。我妈看得直皱眉，和我抱怨，说古时候提起夜色，有月照花林皆似霰，有江枫渔火对愁眠，还有夜半钟声到客船，美、安静、忧郁，激起人无限遐思，如今城市的夜晚却简直不能看，越来越和情思这两个字沾不上边，楼宇高大，霓虹闪烁，人群喧嚷，惹人讨厌，幸好我们家不住城里，尚可忍耐。

为了我妈的诗人情怀，我们一家人在郊区一个半山腰上住了整整二十多年，那地方美、安静、忧郁，能激起人无限遐思，且蛇虫鼠蚁充裕，交通异常艰难……一直艰难到最近——听说下个月市政规划打算在山下两公里外修一个巴士站。

我活了二十三年，都不太能明白我妈的这份情怀，今晚却像是突然打通了任督二脉。

没有霓虹灯作乱，能清晰地看到头顶的夜和月色，风从林间拂过来，带来植物的清香，聂亦正躺在我身后的屋子里毫无防备地安睡。满足感如同席慕蓉的那句诗，像日里夜里的流水，又像山上海上的月光。对了，月光，有一首老歌叫《城里的月光》，是那种老派的旧旋律，歌词也很舒心温暖：*城里的月光把梦照亮，请守护他身旁，若有一天能重逢……*什么什么的。

在露台上待了十多分钟，被夜风吹得越来越清醒，一看时间不早，打算下楼去煮个牛奶。

站在一楼饭厅里咕嘟咕嘟地边喝牛奶边酝酿睡意时，我妈的电话突然打过来，其时已经十一点。郑女士从来不在十点半之后给我电话，我以为家里出了什么大事，赶紧接起来。

我妈的声音有点儿紧张，劈头问我："非非，你没有被欺负吧？"

我愣了一下，不太清楚包厢里那出闹剧怎么就传到了我妈那儿，答她："您是说聂因那神经病？没事，我揍了他一顿，聂亦准备把他送去美国，几个月之内他应该是没法儿再来烦我了。"

我妈也愣了一下："还有聂因的事？"

我更愣了："您不知道？那问我有没有被欺负……"

我妈说："是刚才静静打给我，说你今晚和聂亦在一起。"她停了一下。"你说他们家打算把聂因送到国外去？这倒是挺好，这位亲戚实在让人消受不起，聂亦……"像想起来什么似的突然道，"对了，聂亦，我就是要和你说聂亦的事，聂亦他没有欺负你吧？"

我莫名其妙："他为什么要欺负我？"

我妈斟酌了三秒，道："非非，你知道我是不赞成某些婚前行为的，聂亦他没有欺负你吧？"

我瞬间明白过来，牛奶立刻就呛进了气管里，我在这边拼命咳嗽，我妈在那边着急："你倒是先回答我啊！"

我边咳嗽边回她："没，我们就是吃了个饭，然后他就去睡了。"

我妈立刻松了口气，我正要跟她道晚安挂电话，她突然道："不对啊，你说他陪你吃了饭，然后他就一个人去睡了？"

我说："嗯。"

我妈立刻愤怒道："屋子里只有你们两个人，天时地利人和，多好的条件多好的气氛，他怎么睡得着？"

我说："屋子挺大的……"

我妈严肃道："这跟屋子大不大没有关系，他要是爱你，他这时候就不可能自己一个人去睡了，居然还睡着了……"

我觉得聂亦真是太难了，不由得要帮他说话，我说："妈，您不能这样，照您的标准，他不睡也有问题，他睡了也有问题，左右都是问题，他要怎么样您才觉得没有问题？"

我妈想了两秒，说："他应该心猿意马，但是坐怀不乱。"但又立刻推翻自己的结论："能坐怀不乱不也是因为不够爱吗？"我妈彻底陷入了一个思维上的困局，不由得心如死灰地叹气。"当妈真艰难，生女儿真操心啊。"

我只好安慰她，我说："妈，从逻辑上来说您的这个论断似乎也没有什么问题，但是聂亦他睡了也有睡了的好处您说是不是，您最开始纠结的那个问题就不用再纠结了是不是？至于您新近纠结的这个问题……"

我话还没说完，就听到身后传来声音："我还没有睡，岳母找我？"

我立刻回头，客厅里靠湖那排合得严严实实的落地窗帘从外面被拉开，聂亦一身深色睡衣站在窗帘处，脖子上还挂了个黑色的耳机。

我赶紧捂住手机话筒，问他："你你你你听到了多少？"

他回忆了一下："你和岳母说我睡了也有睡了的好处。"

我妈在那边一迭声问："怎么了？出了什么事？非非你怎么突然不说话？"

我重新接起手机跟我妈说："他没睡，question（问题）2 您不用再纠结了，可以重新纠结 question1 了，晚安妈咪。"然后果断地按断了电话跟聂亦说："我妈没找你，我们就是深夜母女卧聊一下，谈一些……深奥的伦理哲学问题。"

他走过来："我以为你已经睡了。"

我捧着牛奶杯说："我才是，以为你早睡了。"

他到沙发处拿了一个软垫子："我困过了，睡不着，下来找部老片子看。"抬头看我。"你是想睡了还是要一起看电影？是雅克·贝汉的纪录片《海洋》，你可能看过。"

我的确看过，但这种时候怎么能说自己老早就看过还不止看了一遍，赶紧说："没看过。"为了增加这句话的可信度，还补充了一句："《海洋》？纪录片吗？听起来好棒，那是讲什么的？"

他答："这个问题问得很有水平，既然是部叫《海洋》的纪录片，我想它应该不是讲沙漠的。"

我简直想给自己脑门一下，只好说："也是哈。"

他突然道："晚上不要喝冰牛奶，牛奶你煮过没有？"

我把杯子拿起来对着壁灯照了一下，陶瓷的一点儿不透明，我问他："你怎么知道我在喝牛奶？"

他俯身多拿了一只垫子，低声道："嘴唇上一层奶膜。"又道："喝完就过来。"

我捧着空牛奶杯在那儿呆了三十秒，没想到聂亦会困过头，还愿意邀我一起看电影，这简直就像是约会。老天爷对我真是好得格外不像话。

同意一段你知道对方不会给予爱情的婚姻，最省事的一点是不用患得患失：因为基本上没可能将这段关系更加深入，所以不用老想着怎么样才能和对方更进一步。但问题是我喜欢聂亦，也会想要亲近他，虽然他说作为他的家人，我可以对他做任何事，但万一不小心做过了头……

他从不希望我喜欢上他，放心地选择我是以为我想要潜水器胜过想要他。

这是一场不能被发现的单相思。

我谨慎地考虑了一分钟，然后去酒柜里挑了两瓶酒。

管他呢，机会难得，做过头了就推给酒精好了。

然后我就拎着两瓶红酒从容不迫地拉开落地窗走进了放映室。

我以为那就是个普通放映室来着，走进去才发现竟是座玻璃屋。和聂亦他们家院子里那座养着热带鱼的玻璃屋不同，这一座更高更阔，布置得也更清幽，就像个毗湖而居的小庭园。

屋子大半空间都被一座枯山占据，以石为山，以沙为水，只在边上点缀了两株常绿树。剩余的空间杂而有序地安置了盆景和孤赏石，临湖的一面玻璃墙则垂下巨大的投影幕，正有蝠鲼从海面跃起。

房间里唯一可坐卧的地方是一块靠墙的深色石头，不过四五十公分高，却极阔，石头上铺了同色的软垫，还整整齐齐排列了好几个靠枕。

聂亦正屈膝坐在那上面，看到我进来，取下耳机拿遥控器打开音箱，立刻有熟悉的海浪声徐徐而来。

我走过去自觉地坐到他身边开酒，他将酒瓶和开瓶器接过去："助眠酒不用一次性喝两瓶，半杯就够。"

聂亦一套开酒动作堪称专业，我一边敬佩一边胡说："你知不知道现在的风俗？被熊孩子气到的家长们都兴一边酗酒一边看电视一边就孩子的教育问题彻夜长谈来着？"

他微微抬眼："是邀我酗酒？那怎么只拿了一个杯子？"

我嫌弃他："老实说我只打算一个人酗，怎么你也想加入？"我拍他的肩："可小宝贝儿，你那酒量顶多只能酗个牛奶，等等我去给你煮杯牛奶过来。"一边说一边下石床。

他一只手拦住我："妈咪，至少让我酗个啤酒。"

我考虑两秒钟："宝贝儿，妈咪顶多只能在牛奶里给你加点儿生啤酒，1∶50的量怎么样？"想想觉得好奇。"哎，你说那是什么味道，那能喝吗？"

木塞脱离酒瓶，"啵"的一声，他回我："牛奶中的蛋白质会变性，蛋白析出成结块，暂不论口感，喝下去拉肚子应该是没问题。"他看我："妈咪我不是你亲生的吧？"

我绷不住笑出声来，问他："聂博士，怎么从前不知道你这么促狭？"

他伸手拿过醒酒器："我应该从来没否认过幽默感的重要性？"

我说："你以前偶尔也会开玩笑，但……"我不知道该怎么形容："今天晚上不太一样。"

他说："听上去我以前对你不够友善。"

我昧着良心说："没有，你人很 nice（不错）的。"又补充了一句："大家都觉得你很 nice 的。"

他头也没抬："我从不在笨蛋身上浪费幽默感，我想他们应该不会觉得我nice。"

我立刻说："幽默感不是衡量一个人 nice 不 nice 的唯一标准，也许他们觉得你很……"想了半天，实在想不出他在对待陌生人时的性格闪光点，他基本都懒得理人家。

聂亦将倒好的酒放好，非常耐心地等待我将这个句子叙述完整。

我艰难地说："也许他们觉得你……长得很帅嘛，你知道的，一个人长得好看，大家总会对他包容得多一点儿。"

他沉思："这听上去应该是一个赞美，但是……"

我斩钉截铁地打断他："没有什么但是，这千真万确就是一个赞美。"

他看了我三秒，突然想起来道："所以明知道聂因有时候会发疯，让你处境危险，今晚你还是过去了，是因为他长得好看让你降低了戒心？"

我想想，这个逻辑放在这件事上其实也很合理，但聂因的外貌值还真不足以降低我对他的戒心，我叹气："包厢那件事，实在是……家门不幸……"

他面露疑惑。

我说："你看，V 岛上你和我讲过你的家事，其实每个家庭都有每个家庭的故事，不是有句话说家家有本难念的经吗？我们家的故事，那可真是个 long long story（很长的故事）……"

夜已经很深，月亮被云层挡住一些，清澈的光变得朦胧起来，像是将涂得漆黑的宣纸放在灯烛上炙烤，烤出一点儿焦黄，说不上美，却莫名神秘。在寂静的这方天空和这座湖心孤岛中，也许我们的玻璃屋已经是最可观的光源，而这光源深处仅有我和聂亦两个人。

想想真是挺浪漫。

这样浪漫的环境，显然并不适合探讨家长里短，介绍完包厢事件的起因，说到芮静为什么对我不友善这个问题时，我和他商量："要不换个频道吧？总觉现在这个氛围我们其实应该聊聊人文艺术和音乐什么的……"

聂亦撑着手："不用，这个话题就很有意思。"

我看了他三秒，叹气道："好吧，刚才说到哪儿了？哦对，芮静不喜欢我，因为我爸当年相亲的对象其实是她妈妈来着，也就是我表姨妈，她觉得要是她妈妈和我爸成了，那我就是她了，她一直觉得我偷了她的人生，是个可耻的盗窃者……"

聂亦道："从生物学的角度来说，就算岳父和她妈妈在一起，生下的应该也不会是她。"

我教育他："你不要试图和一个中二少女讲什么生物学原理。虽然作为小辈，不太好议论长辈们的事，可就算没我妈，我爸应该也不会和我表姨妈在一起，就像没有我你会和简兮在一起吗？不会嘛。"我调整了一下坐姿。"说起来我爸妈当年谈恋爱还挺离奇，虽然刚才那些事情很乏味，但这个故事就很好听了，不过你可千万别告诉他俩我和你说这个来着。"

他点头。

我伸出右手将小手指屈起来朝他扬了扬下巴，他笑了一下，配合地伸手和我拉钩。

我就认真地讲起我爸和我妈的情史来，我偏头问聂亦："你相信一见钟情吗？"

他顿了顿，回我："没想过。"

我说："我爸对我妈，就是一见钟情。遇到我妈那天，我爸正和我表姨妈相亲来着，我表姨妈那时候长得可真是美，你看芮静就知道我表姨妈长得多好看了，呃，她今晚那妆确实有点儿……其实芮静卸妆之后是很漂亮的。他们相亲那家餐厅的隔壁是家书店，我妈那时候已经是个小有名气的诗人，正在那儿签售。我表姨妈平时不太逛书店，那天不知道怎么回事，吃过饭之后非要过去逛逛，我爸本着绅士风度一路陪同，结果一进书店就对我妈一见钟情了……"

聂亦将醒好的酒递给我："然后就有了你？"

我摇头："哪儿有那么容易，我妈根本没看上我爸，她嫌我爸没文化。我爸那时候在斯坦福念金融工程硕士，还是全额奖学金入学，就这样，她嫌我爸没文化，就因为我爸不知道赫尔曼·梅尔维尔除了写小说以外还写诗！说真的，除了他们搞文学的那一挂，谁知道赫尔曼·梅尔维尔是谁啊，我第一次听这名字还以为是个演电影的……"

聂亦说："我读过他的 Timoleon（蒂莫莱翁），不知道现在有没有中译版。"

我惊讶："你一个搞生物的竟然还知道这么偏门的诗集……"再一想他连《喜宝》都读过，立刻释然了。

他问我："后来怎样了？"

我说："我爸就一直坚持不懈追求我妈啊，对了，为了她还专门去学写诗。想想看我爸一个纯理科生，本科念应用数学，硕士念金融工程，能写出什么好诗来？苦读了整整半个月泰戈尔的《新月集》和《飞鸟集》，给我妈写了一首情诗，是这样开头的：'每当 / 夜在我的眼前 / 铺展，脑海里 / 就浮现出 / 你的 / 容颜，你 / 苹果一样的 / 圆脸，还有你脸颊上 / 可爱的 / 小雀斑。'"念完我沉默了一下。

聂亦也沉默了一下，半晌，道："挺押韵的。"不确定道："岳母……感动了？"

我叹气："感动什么呀，我妈都气死了，我妈最讨厌她脸上的雀斑了，觉得我爸这首诗写给她简直就是妥妥拉仇恨的，可怜我爸只是为了押韵……"说到这里停下来向聂亦道："要是你以后给我写诗，没关系，可以大胆赞美我脸上的任何部分，我比我妈随和。"

他说："你旁边小书柜上有个放大镜，递我一下。"

我转身去找放大镜，莫名其妙问他："你要那个干什么？"

他静了一下："找你脸上可以被赞美的地方。"

我回头就将怀里的抱枕给扔到他脑袋上："还想不想听故事了？"

他一边笑一边拨开抱枕："听上去岳父根本没可能追上岳母，后来怎么会有了你？"

投影幕上，斗篷章鱼正无拘无束地漫游，像遗落在大海深处的一方红色丝巾。我将抱枕捡回来重新抱好："后来，后来我妈生病了，很严重，曾经一度有生命危险。我爸休学陪在她身边，一直到半年后她出院。我妈是我爸的第一任女友，听说他是在病床前向我妈求的婚，那时候他都还没毕业，我爷爷觉得他简直疯了。"

斗篷章鱼不见了，我将脑袋搁在抱枕上："但我奶奶觉得那样很好。她说真爱遇到了就要赶紧抓住，因为太难得。"

音箱里传来轻快的配乐，像是海底突然裂开了一道口子，银灰色的竹荚鱼群喷涌而出。

深夜，舞蹈的鱼群，忽明忽暗的光影。

我注意到聂亦身旁稍矮的小石块上矗立着一座盆栽红叶，树冠丰茂而年轻，树干上却结着好几只树瘤，不知是人工培育还是岁月雕琢，让整株红叶都显得古旧。有一片叶子摇摇欲坠，似乎要落到他漆黑的头发上，他屈膝靠坐在那里，右手随意搭在膝上，目光落在投影幕上。忽然想起来从前在某个画廊里看过某位不知名画家的一幅画，画的名字叫《树下的海神》。

很长一段时间，我们谁都没有说话。

当舞蹈的游鱼从画面上消失时，聂亦突然开口："非非，你们家很好。"

我听过我妈说起聂亦家的事，一些外人不太可能知道的事。那是三个月前我们快订婚的时候。

据说聂亦的父母感情并不好，尤其是聂亦小时候。聂父在外常有红颜知己，聂母管不了，被迫醉心公益转移注意力，将大部分时间都花在野生动植物保护之类的事情上。夫妻两人都不太关心聂亦。

我妈说，聂亦的妈妈曾和她夸奖聂亦，说他从小就非常独立，一个人上博物馆一个人去实验室，所有的事情都能一个人处理得很好。她却觉得，那并不是聂亦想要独立，不过是被迫独立罢了。他出生在钟鸣鼎食之家，却也许从来没有感受过这世间最平凡的天伦之爱。

我妈将聂亦看作一个普通后辈，以至对他的童年感叹唏嘘，我却将聂亦看作一个谢尔顿式的天才，天才行事总是和普通人不同，他的确一向看问题都更乐于立足于自然科学而非人文社会科学，我甚至想过他也许并不在意所谓的天伦。直到 V 岛的那个夜晚，他对我说，他没有见过什么好的爱情。而今晚，他和我说，非非，你们家很好。他说得那样平静，字节之间没有任何起伏，完全听不出那是一个单纯的褒扬，抑或内心里其实深藏着遗憾和羡慕？但我想起来，他的确说过很多次，他说我是他的家人。他喜欢用"家人"这个词。

海神孤独地坐在红叶树下，目光尽头是投影幕上摇曳的海底。

我握着红酒杯喝掉一口，两口，想想又喝了一口，搁下杯子我坐到他身边，问他："你刚才说'你们家很好'，是吗？"

他像是沉思中突然被打扰，微微偏头："怎么了？"

我大胆地握住他搁在右膝上的手，轻声道："是我们家啊。"

他的手掌温和，我的手指却发凉，握住他的手我就开始紧张，想好的台词早忘到九霄云外，脑海里一片空白。他没有开口，安静地看着我，任由我两只手将他的右手笼在掌心中。我跪坐在他身边，那姿态简直像是祈祷。

好久我才找回自己的声音，我说："我说不好婚姻到底是什么，可聂亦，如果我们结婚，我想婚姻对我来说，最重要的意义应该是我能把我的家庭和我的家人都分享给你，我是你的家人，我的爸爸妈妈也是你的家人，所以那不是我的家，那应该是我们的家……"我懊恼："可能我说得不是很好，我不知道你懂不懂我的意思，我……"

他道："我懂。"

他看着我，轻声道："你说得很好。"

我的手在颤抖，我感觉到了，几乎是一种满含节奏感的颤抖，我赶紧把双手都撤回去，动作利落得就像碰到一颗刚从锅里捞出来的栗子。害怕的时候我会变成一个话痨，紧张的时候我会重复同一个动作，聂亦都知道。

我的手抽得太匆忙，他有些疑惑地看着我，我不知道他是不是发现了什么。

其实我并不是说不出更好听的话，我想说，聂亦，那些不说出口就难以明白的，并不只有爱情，关怀也是容易被忽视和遗失的东西。我想把我的家人分享给你，假如你的家庭未曾让你感受到爱和完整，那么我将我所拥有的家人，所拥有的爱一起分享给你，我希望那样你就能更加快乐，更加喜欢现在的生活，以及创造了这样的生活的你自己。

但我知道这些话我不能说出来，至少现在不能。或许永远也不能。

气氛有一瞬间的凝滞，我屏住了呼吸，而音箱里突然传来孤寂的深海之音。我吁了一口气，低声道："听，座头鲸的歌声，我在汤加海域听到过两次，你听过没有？鲸歌很洪亮，书上说能传多远来着……"

他道："九千米。"

我说："对，九千米。他们说座头鲸的歌声优美动听，可我老觉得那声音听起来孤单又忧郁，也许是听说成年的孤鲸会一直歌唱，直到找到一个群体归附可以不再孤独流浪，所以总有那样的感觉，座头鲸的歌声很忧郁。"

我害怕他发现了什么，习惯真是可怕的东西，一害怕就变话痨，果然又开始唠唠叨叨，现在闭嘴是不是已经为时已晚？我有什么样的习惯他全部知道。

我坐在石床的边缘，控制不住全身僵硬，聂亦却像是什么都没有发现，反而笑了一下："我记得你总是唱一些奇奇怪怪的歌。"

我辨认了两秒他的表情，试图放松下来，又握住红酒杯喝了一口，再一口，再一口，干脆一口气全喝光，放下杯子，我说："我也会唱很正常的歌。你有没有听过一首老歌？刚出来那会儿我还在念小学，叫 *eversleeping*（《永世长眠》），是根据《惊情四百年》写的。我妈也喜欢那首歌，说有一版中文翻译，译得像一首诗。让我想想是怎么翻译的来着。"

聂亦随手拿过一只遥控器，投影幕上的纪录片突然暂停，音箱里传出熟悉的钢琴声，我讶然："你怎么什么都知道？"

他将我的空杯子拿过去重新添酒："你不是常说我是个天才？"

我说："不不，天才也不能这样全知全能。"我赞美他："你倒酒的样子也很好看。"

他笑："想要我做什么？"

我跳下床，向他伸出手："聂少，可以请你跳支舞吗？"

聂亦走过来时我在想，我为什么会突然想起来邀他跳舞呢？是他笑了，蛊惑了我？

聂亦伸手搂住我的腰时我还在想，是因为喝了酒，所以心里想要什么就毫无顾忌地说了什么？前一刻我不是还害怕和他接触，害怕聪明的他会看出我心中所想？

只不过喝了一杯酒。

　　酒精到底是个什么东西，人要是想醉，就算是一小口，它似乎也能立刻起作用；狄奥尼索斯到底是个什么神明，竟能对人类的爱与欲望毫无保留地慷慨相助？

　　管他呢。

　　我只是想和聂亦跳一支舞。尽管我们都穿着睡衣。

　　十六厘米原来也是挺长的一段距离，不抬眼就看不见聂亦的脸，我的左手搭在他的肩上，右手和他相握。整个屋子都被歌声填满，乐音缥缈圆软。时光像是垂挂在绝壁上的一面瀑布，一边静止一边流动。

　　我们绕过一盆五叶松，昏暗的光线中，聂亦的声音在我头顶响起："歌词虽然是老电影得来的灵感，但我记得它拍过一版独立的 MV，叙事完全不同。"

　　我立刻想起来："对，电影讲的是德拉库拉伯爵失去深爱的妻子，于是变成了吸血鬼，MV 讲的却是一位女钢琴家失去了深爱的丈夫，日日夜夜沉浸在悲痛之中。其实她丈夫的幽灵每天都在故居陪伴着她，只是她不知道。我还记得她丈夫送她的那枝玫瑰花，以前从来没觉得玫瑰漂亮过。"

　　他道："我对流行歌曲没研究，你刚才说岳母觉得有个版本译得好？是怎样的？"

　　我想了想，道："昨晚我与他梦中相逢，他靠近我，说'我的爱，你为何哭泣？'为此人生不再浩瀚绝望，直到我们同衾共枕，于冰冷的墓中。"

　　好一会儿，他道："'失去'这个词并不是什么好意象，为什么你会喜欢？"

　　我明白他的意思，丈夫失去妻子，妻子失去丈夫，的确都不是什么好意象，我说："倒不是喜欢，你不觉得那种不能承受其实也挺感人的？德拉库拉因为不能承受妻子的死而投靠了魔鬼，用长矛刺穿了十字架上的耶稣；那位女钢琴家因为不能承受丈夫的死……最后她是打算要殉情吧？结尾那个镜头我其实没太看懂。但我觉得那样也很好。生是为了快乐，死也该是为了快乐。如果人死后可以变成幽灵，其实已经模糊了生死的界限，死而有灵的话，死也许就变成了生的另一种状态，跨过生死的门槛在另一种状态下和相爱的人相守，那样不也挺好吗？"

我们绕过一座瘦长的孤赏石，近乎黑暗的角落，我大胆地将手攀上他的脖子，拉近和他的距离，他似乎并没有觉察到，声音里保持着作为自然科学家的严谨平和："你所有的假设都建立在灵魂存在说之上，的确有很多人在研究这个问题，也有人试图从量子力学的角度证实灵魂的存在，不过他们都没有办法完美自洽。"

我叹气："你就是想说灵魂并不存在，我其实是在异想天开，可如果灵魂不存在，而且我非得去相信这个，当有一天我必须去面对死别的时候，该有多艰难？"我和他打比方："比如我死在你的前面，是相信我已经完全离开这世界了让你好受一点儿，还是相信我的幽灵每天晚上仍会回来陪你看电视让你好受一点儿？你代入一下？"

他低声笑了一下："无论在什么情况下，自欺欺人都比承认现实更加容易，不过，非非，你现在很健康。"

酒意一上来，我就开始唠唠叨叨："你代入一下，你觉得我还是能回来跟你一块儿看电视更好是吧？我也代入了一下，老实说，我根本没办法承受，就算笃信人死而有灵也没办法，更不要说你还让我去相信灵魂不存在。"

他随意道："你怎么代入的？"

我说："我就想了想当我们老了，然后你先离开我，你比我大嘛，这种事很有可能发生的。"

聂亦的舞步顿了顿，那停顿不到两秒，而我突然反应过来自己都说了什么。

他没有接话，转过黑松、五叶松、搁在红木花儿上的紫藤，我们的舞步没有任何偏差，可我都不知道我是怎么移动的。

歌手开始用高音吟唱"*我愿长眠在每夜我幻梦中的他的身旁*"，那悲伤扑面而来，而聂亦突然开口："我没有想过你会和我一起到老。"

我说："啊……是这样，我们可能不会白头到老。"我尴尬地笑。"我，我也是第一次想，我们搞艺术的，就是感情太丰富。我想如果，当然只是如果，如果我们一生都在一起，你要是先走了我受不了那不是很自然的事吗？换作任何感情丰富的人都受不了吧，本来已经习惯了两个人的生活，一个人突然离开，那得有多寂寞，啊……你们自然科学家可能没法儿代入这个，寂寞这个情绪它确实挺感性也挺不理智的，我的意思是……"我自己都不知道自己在说什么。

我强作镇定，却急于解释。从前我什么都不怕，现在却害怕很多。有一瞬间我会憎恨突然变得胆小的自己，但世上只有唯一的一个人会让我变得胆小，有时候又觉得那是有一点儿苦涩的甜蜜。爱情有千百种滋味，这或许正是其中一种。

脑海里晕晕乎乎，我简直要被一刹那冒出来的各种想法搞得死机，聂亦却突然贴近我，他说："非非，我没有想过你会和我一起到老。"

我沮丧道："你不用重复这个。"

他说："但是你愿意的话，我会很高兴。"

我有三秒说不出话来，再开口时却只觉喉咙哽痛。我抑制住就要哽咽住的声音，同他开玩笑："因为我不烦人？"而这时候才发现刚才一直有意无意地咬着下嘴唇，此时嘴唇痛得发木。

良久，他道："也许不仅仅是那样。"

我愣了一下，不自觉地就把那句话说出口，我说："所以聂亦，要是我先离开你，你也会觉得寂寞吧？"

歌声到了最后一段，女歌手用低音轻轻重复"直到我们同衾共枕，于冰冷的墓中"。

他低声道："可能。"

我说："可能什么？"

他说："可能会比想象中更寂寞。"

我踮脚抱住他，双手搂住他的脖子，将下巴搁在他的肩上，眼泪毫无征兆地落下，绝不能让他看到。他拍了拍我的背，轻声问我："怎么了？"

我将头埋在他的肩窝，更用力地抱住他，我说："你不要管我，我喝醉了。"

05.

上帝创世用了六天。那之后过了像创世一样漫长的六个工作日。

第七天下午童桐拿着我的手机敲开工作间，说褚秘书盛邀我共进下午茶，人已经等在三十九楼咖啡座。

我愣了一下，拽镜子一看，跟童桐说："你让他再等等，我化个妆。"

三十九楼咖啡座只针对双子楼十五楼以上的艺术工作室开放，其实是个港式茶餐厅，老板是个行为艺术家，什么都卖就不卖咖啡。

褚秘书坐在最里面的卡座，面前放了三颗橙子、一个奇形怪状的榨汁机，以及一本榨汁机说明书，正在那儿埋头刻苦研究。

我走过去，老板迎上来："哇，非非，原来这是你朋友。"赶紧撤了榨汁机和说明书，捧上来两杯新鲜橙汁。

我简洁解释："这里的老板爱捉弄人。"

褚秘书笑："能这么待客的店一定不是为了赚钱，我该佩服才是。"

我和褚秘书喝了一刻钟橙汁，聊了聊聂亦的近况，说聂氏有一支药剂正进入上市前的最后一项试验，需要诸多机构资助，协调多家医院和大学，并保证千余例病患的参与，最近聂亦的时间被占得很满。

聊完聂亦我们停了几秒，褚秘书面色凝重，又喝了五秒橙汁，拿出来几封信推到我面前，白色的信封，被拆开过，像是什么商务信件。我接过来一看，信封上是仿宋打印字体，留的是清湖药物研究院的地址和聂亦的名字，没留落款。

褚秘书解释："所有寄到公司的信件一概默认为商务信件，给 Yee 的信会先由秘书室过目，然后视轻重缓急整理好转呈给他。"

"过目？"我开玩笑，"您把这三封信带给我，该不会这是聂亦的仰慕者写给他的情书吧？"

褚秘书也笑。"如果只是情书倒没什么，"他顿了顿，"我年轻时做先生的助理，如今又做 Yee 的秘书，说句抬举自己的话，工作之外也算 Yee 的半个长辈。"他斟酌道："这件事 Yee 说不用聂小姐你知道，让我将信直接处理了。但我想了很久，您还是知道为好。"他示意我拆开信封。

薄薄的一页 A4 纸，仍是仿宋打印字，掠过开头两句，一眼看到我的名字：

"……聂非非小姐富于冒险精神，情路浪荡通达，当被她玩弄抛弃的前任男友还在为她的离开黯然神伤时，远在美国的聂小姐已重新觅得下一个目标。聂小姐艺高人胆大，新给自己定下的狩猎目标正是其在 Y 校的海洋摄影教授雅各·埃文斯先生。埃文斯先生年已不或，却仍保养良好。聂小姐手段非常，不过半年便成功介入埃文斯先生的美满婚姻，令这位颇有声望的摄影大师抛妻弃女——其长女不过比聂小姐小两岁。

"聂小姐成功俘获这位可做她父亲的天才摄影家后，摄影之路畅通无阻，媒体赞她才华横溢，又有谁知她的多幅出道作皆是埃文斯代为捉刀？又有称赞说她是最年轻的奥赛特别专题金奖获得者，可谁知道当年奥赛特别专题金奖评委中有三人都是雅各·埃文斯的至交好友？"

"……聂小姐于情场选择猎物的品位向来一致，选择聂先生您，大概也是因为您是位天才式生物学家。聂小姐素来钟爱天才，捕获天才们的手段也颇令人击节，喜欢假做毫不在意，实则步步为营，欲擒故纵的一套功夫练得炉火纯青……"

看了大约三分钟。褚秘书面露尴尬："目前就收到这三封，聂小姐……您怎么看？"

我说："这一封第一段第三句有个错别字。"指给他看，"不惑的惑字写错了。"

褚秘书说："……不是让您看这个……"

我说："文采挺好的。"

褚秘书说："……"

服务生端来新续的橙汁，我说："不过几封恶意中伤的匿名信。"

褚秘书抬了抬眼镜，良久，道："Yee 在这件事上并没有什么态度，而我对聂小姐您一向并无偏见。"这两句话不过是过渡，褚秘书的确是个难得的好人，经常和我通风报信聂亦的动向，我示意他说下去。他续道："如果信中所言是真的，僭越地说一句，聂小姐可能和 Yee 并不太合适，希望您能好好想想。如果不是真的……"他声音担忧。"聂小姐您清理清理曾和谁结了仇，有所防备总是好的。"

我点头说好。

送走褚秘书后我给康素萝打了个电话，三两句说清聂亦秘书来访，还带来三封文采斐然的匿名信，并和她分享了匿名信的内容。

康素萝震惊："听说你那惹事表妹住你们家了，该不是她干的吧？"

我说："几封信都写得挺有文化，还用了好几个艰深的成语。"

她松口气："哦，那应该就不是她干的。你想想还有谁有嫌疑？"

我想了三秒，回她："不好意思，树敌太多。"

康素萝提高声量："聂非非，都这时候了你也给我稍微认真点儿啊！再说学校里那事只有几个人知道真相，外人看来可不就是匿名信上写的那样吗？"她急得又提高了音量："要是皇上真相信了怎么办啊？你这封后大典还办不办得了哇？"

我把手机拿开，说："皇上何等英明，没那么容易就听信谗言吧……"

她气急败坏："唐太宗英明不英明？爱不爱魏征？那魏征死后他还听信谗言扒了魏征的坟呢……"

我说："那可能是爱得没有那么深。"

她听上去简直要摔电话："那聂亦还压根儿不爱你呢。"卡了一下，赶紧补救道："我不是那个意思，我觉得皇上他应该是对你很有好感的，就是因为有好感才会更想了解这事的真相吧，结果一查，得，能查到的还真是那么回事，这得是多大的误会啊……"

我沉思说："你这么一说……是得去解释解释。"

她吁口气道："对啊，不过电话里也说不清楚，你找个时间和皇上当面聊聊。"突然想起来道："对了，写匿名信那人你不找出来抽死她吗？"

我看向工作室里忙得一塌糊涂的芸芸众生，颓废道："妈的，活儿这么多，什么时候空了再说吧。"

结果还没想出来怎么和聂亦谈，就接到了我妈的电话。那是四天后，我刚连着熬了四十八小时，正喝了牛奶准备睡一觉，童桐把电话拿进来。

听筒里我妈的声音分外疲惫，跟我说："非非，你这两天回家一趟，妈妈有挺重要的事需要和你谈谈。"

我妈已经很多年没用这样的语气和我说话，挂了电话我就找童桐拿车钥匙，她看我半天："非非姐你这样不能开车，我送你。"

到家正好饭点，却看到陈叔的车迎着我们开出来，我妈摇开车窗，神色凝重地看着我，半晌，叹了口气道："上车吧，你表姨妈带静静去了聂家，刚刚聂家来电话，我们去看看。"

我没反应过来："哪个聂家？"

等我上车，我妈道："聂亦家。"

我喝水喝了一半，疑惑道："表姨妈和芮静怎么会跑去聂亦家？"

我妈好半天没说话，开口时声音沙哑："三天前芮静和聂亦出了事。静静是住在我这儿出的事，我必须得通知她妈妈。你表姨妈知道后连夜赶了过来，据说午饭前带芮静去了聂家。"我妈揉太阳穴。"原本已经说好等聂亦回来搞清实情再说，我实在没想到她会突然带上芮静去聂家。"

我愣道："您是说……聂亦和芮静？他们能出什么事？"

我妈顿了一会儿，道："聂亦病了，头天下午芮静去给他送汤，第二天早上才回来，回来一直哭，聂亦给她开了一张巨额支票。"

我将这句话在脑子里过了足有三遍，我说："聂亦是见过芮静一次……他病了？我怎么不知道？芮静怎么会跑去给他送汤？您说他们……"我终于反应过来，我说："这太荒唐。"

我妈给了我足足两分钟的消化时间，才道："从芮静那儿得知这件事我就立刻给聂亦去了电话，可联系不上他。你也知道他们做科研的，经常会参与一些保密项目，他秘书说这期间没可能联系上他，也没可能知道他什么时候回来。"

我妈叹气："我不太相信聂亦会做那样的事，但静静虽然捣蛋，也不太可能拿自己的清白开玩笑。聂亦为什么会开给她那么大数额的支票，这一点也让我疑惑。"

我沉默了两秒，坚持道："这太可笑。"

我妈握住我的手，轻声道："有可能是我们看错了聂亦，也有可能是芮静在撒谎，真相如何需要我们自己去面对之后再做判断。妈妈一直在思考这件事该不该告诉你，会不会让你受伤害，可成长是一件很个人的事，人生中很多伤害必须得我们亲自去经历，去承受。"她停了一下。"但如果你不想面对，想现在就下车，妈妈也不会拦你。"

我一只手被我妈握着，另一只手试着拨聂亦的电话，听筒里果然传来关机提示。我搁了电话去摸手边的苏打水瓶子，单手拨开喝了一大口，冰凉的水浸得太阳穴隐隐发疼。

我妈眼神中露出担忧，道："老陈你掉头，我们先开回去。"

我拦住我妈，按住发疼的太阳穴说："没事，让陈叔开快点儿，这事早去早了结。"

两个多小时后就到了聂家，秋雨后的聂家大宅色彩浓酽，就像一幅安静的工笔重彩。

隐在浓酽色彩后的聂家会客厅气氛古怪，主位上坐着我的准婆婆聂太太，侧位上坐着我的表姨妈冯韵芳女士，冯女士正悠闲地喝下午茶，旁边偎着低眉顺目不施粉黛的芮静。

管家引我们走进会客厅，聂太太低头用茶，倒是表姨妈先看到我们，愣了两秒，阴声阳调道："我还琢磨聂太太这是在等谁，原来是等我表妹。也好，人到齐了你们两家更方便给我一个交代！"

聂太太面色冷漠，压根儿没理表姨妈，从茶杯中抬头向刚坐下的我妈道："郑女士来得正好，你这位表姐已经在我们家坐了四个小时，一口咬定我儿子欺负了她女儿，要让我儿子负责。"嘲弄道："倒是没想到有一天我儿子也能和这种事扯上关系，你表姐疯得不轻，麻烦你将她带回去，这样的客人我们聂家招待不起。"

我在我妈旁边坐下，我妈蹙眉，还没来得及开口，表姨妈已经茶杯一磕："我疯得不轻？你儿子占了我女儿的便宜，居然想就这么算了？当我女儿是什么人？我告诉你，门儿都没有！"

表姨妈昔年以刁蛮貌美著称，如今美貌比之当年较为逊色，刁蛮倒是尤胜三分。

用人端来茶饮，因加了奶，我妈喝了一口就放下，转向表姨妈安抚她："表姐，你待了这么久也该累了，我们先回去，这件事应该是有一些误会……"

话没说完就被表姨妈打断："误会？静静是在你手上出的事，你好意思和我说误会？你当然希望是误会，最好天下太平什么事都没发生，这样你女儿就还能嫁进豪门，你就还能母凭女贵！"她啧啧。"郑丹犀，多少年了，你人也老了身材也走样了，这爱慕虚荣的本性还是一点儿没变哪。"

我妈沉默了两秒钟，说："表姐，我理解你说话过分是因为太生气。"

表姨妈冷笑："当年你对不起我，你妈为了你能嫁给聂琨私底下做了多少上不得台面的事？如今你女婿对不起我女儿，为了保住这个乘龙快婿你还真是和你妈一个德行！"

这已经是在胡言乱语了，我妈揉眉心道："冯韵芳你讲点儿道理。"

表姨妈还要说话，聂太太搁下茶杯淡淡道："看来冯女士意志坚定，郑女士也劝不走您，那我也只好先礼后兵了，您看是您自己走出去，还是我让人把你抬出去？"

表姨妈立刻柳眉倒竖："这是明摆着要仗势欺人了？你儿子既然欺负了我女儿，就别想着用张支票就能善了，谁也别想把我从这儿赶出去，敢将我抬出这个门，我保证明天报纸一定是聂家大少头条！我女儿已经被欺负成这样，她也没什么从今往后了，不如鱼死网破，大家都别想要个好收场！"

我妈有点儿发愣，我也有点儿，聂太太沉默良久，端起新添的茶喝了一口，突然叫我的名字："非非，来了半天，怎么不说话？"

我说："等长辈们先聊。"

她嘴角上翘："想说什么就说。"

表姨妈嗤了一声："聂家好家教，长辈说话，倒还有小辈插嘴的余地？"

聂太太充耳不闻，不徐不疾地拿盖碗撇着茶叶，目光落在我身上。管家新端来不加奶的红茶，我妈坐那儿喝茶，也没说话。我看向被表姨妈的气势衬得毫无存在感的芮静。这屋子里我能与之聊聊的也就这位小姐了。

用人端来冰水，我喝了半杯提神，问芮静："我其实挺好奇，你说聂亦欺负你，他都不太认得你，怎么就欺负了你？你跟我说说。"

芮静抬头看她妈。

我说："这个表姨妈帮不上你，得你自个儿回忆，我有时间，你慢慢想，慢慢说。"

表姨妈哼笑："聂非非，你妹妹都这样了你还让她回忆？好哇，还没嫁进聂家就帮着他们来欺负你妹妹……"

芮静不知道哪里来的勇气，突然打断她妈的话，昂着头和我对视："你让我回忆什么？就是聂亦欺负了我！"

我倚进沙发里，说："他都不太认识你。"

她握紧拳头："他认识我！他不认识我那天不会让我进门！"

我看着她。

她一鼓作气："你为难我不愿意送我回家的时候，是他在红叶会馆给我开了房间，我想当面感谢他，所以去工作室找了童桐姐，用你的手机给他发了短信，他回短信说病了，在家里休息，我就带了汤去看他。"

我说："你让他误认为是我发的短信？"

她强撑："那又怎么样，他看到是我还是给我开了门！"

她作势要哭，语声中却隐含得意，脸上也没有半分痛苦恐惧，那种陈述更像是炫耀："房间很黑……我反抗过也哭过，可他大概是糊涂了也可能是他本来就……他没有放开我。后来他开给我支票补偿，我虽然平时表现得是挺有个性，但我绝不是那种女生。"她斩钉截铁："我才十九岁，是他欺负我，他要对我负责！"

会客厅里一时静极，只余古董钟的嘀嗒慢行声。时间在有节奏地流淌。

我说："完了？"

她小心地偏头分辨我的神色，有点儿疑惑，不确定地点头。

我说："哦。"

她有些慌神，含糊问我："你、你不相信？"

我说："不相信。"

她咬住嘴唇，过了三秒，她说："我没有撒谎，我不可能拿自己的清白开玩笑就为了诬陷聂亦。"

我说："别谦虚，你干得出来。"

她嘴唇颤动，霍地站起来大声道："你是嫉妒我，嫉妒我比你年轻比你漂亮，嫉妒我和聂亦……"

装冰水的玻璃杯"啪"的一声和玻璃桌面亲密接触，声量大得我自个儿太阳穴都疼。杯子碎成几块，一桌子的水，用人赶紧过来收拾，我擦干手上的水渍问芮静："你刚说什么来着？不好意思手滑了一下。"

她面色惊恐，往后退了一步，没站稳一下子就要跌进身后沙发里，被表姨妈眼明手快半起身一把扶住。

我说："聂亦什么也没做，你们让他负什么责？"

表姨妈脸色铁青："郑丹墀，你养出来的好女儿，支票还搁在桌子上呢，也能红口白牙颠倒黑白，一句话将自个儿未婚夫择个干净？急不可待要嫁进聂家当少奶奶了？我女儿还没死呢，我女儿在一天，她就别想顺利嫁进聂家！聂亦既然有胆子欺负我女儿，还想着撇开我女儿娶别人？没门儿，除了我女儿，他聂亦谁也别想娶！"

聂太太一脸不可置信："你女儿，嫁进我们聂家？"

我妈就淡定很多。

表姨妈年轻时自负貌美，一心想要嫁入豪门，最终却未能如愿，一直引以为憾，至今意难平。生下两个女儿后，平生志愿就是将二女次第嫁给显贵，听说芮静和聂亦搭上关系，有这样的举动其实不难理解。

我揉着太阳穴跟她说："表姨妈，您别跟我妈发作，我妈生性善良又是个文人，您这么容易吓着她，您有什么不满直接教训我。"

表姨妈眯着眼睛看我："那好，你做得了主，你就给你妹妹一个交代。你管不住自己的未婚夫让他欺负了你妹妹，让你妹妹下半辈子没法儿做人，你但凡有点儿良心就该把未婚夫让出来！"

我说："这个有难度。"

她火道："什么叫有难度？"又突然冷笑："你妹妹跟你当年的性质可不一样，你是主动勾引你老师。"我妈立刻抬头："冯韵芳！"

表姨妈扬扬自得："非非，你是破坏了你老师的家庭，你老师不娶你那很正常，可你妹妹是被你未婚夫给欺负了，她可没求着聂亦来怎么着她，聂亦当然要娶她！"

聂太太错愕地看我。

表姨妈看向聂太，半掩口道："欸？我是不是说漏了什么话？这事敢情聂太太还不知道啊？"她假笑："你这未来媳妇儿可跟她妹妹不一样，看着挺单纯，实际上，啧啧啧。"

我妈气得发抖，伸手拉我起来："冯韵芳，我敬重姨丈为人正直诚恳，所以还认你们这房亲戚，叫你一声表姐。我们家没什么对不起你和你女儿，倒是你们欺人太甚，两家情分到此为止，从今往后我们聂家和你们芮家老死不相往来！"说完看向聂太："我女儿从来清白做人，信不信她随便你们，这里也没什么用得上我们母女了，恕我们告辞！"

我没想到我妈生那么大气，虽然在我看来事情还远没有了结，但我妈已经拎包准备走人了，我也就拎包站起来跟着她。

不料表姨妈身手矫健，三两步抢先堵在会客室门口："想走？不给我一个交代谁也别想走！"

我妈说："还要给什么交代？"

表姨妈说："保证你女儿不嫁给聂亦！"

我妈说："冯韵芳，你别胡搅蛮缠！"拉着我就走。

表姨妈勃然变色，一把拽住我的袖子："你们两家是仗着你们有钱有势就来欺负我们寒门小户是吧，敢走你们就是要逼死我们母女！"

我觉得我的忍耐也差不多要到极限了，实在是很多年没有遇到这样的奇葩，又不能揍她，一时半会儿我都有点儿愣，不知道该怎么处理。她拽着我我就走不了，只好掰开她的手，我说："冯女士，您让让。"

袖子刚得救，她一个反手又握住我手腕："别想走！"

我说："冯女士，您这是为老不尊。"

她挺胸脯："你还敢动手打长辈不成？"

我快被她气笑了，索性一个小缠手把她制在沙发靠背上，将被她捏住的手腕绕出来。芮静过来帮她妈，我放手把她妈推到她怀里，母女俩在地毯上跟跄了几步，眼看表姨妈一站稳就要再闹，我转身尾随我妈出了会客室。

隐约听到她在背后叫骂，目无尊长的小蹄子如何如何，聂家又如何如何，这样敢对长辈无礼的媳妇儿你们也敢要如何如何。

屋子里闹成一团，而门廊边盛开的孔雀草却引来几只悠游的秋蝴蝶。

06.

我和我妈站在一个小花亭旁边等陈叔开车过来。

已经是下午四点半，大半天霏霏细雨后，草坪上的雨露还没干透，天边倒是挂出来半轮太阳，不过透过云层的光并不耀眼，反而带了一种秋冬季特有的冷淡。

我妈打量眼前的小花亭，那是用铁木搭建而成的一个简易木亭，上面缠绕着某种藤蔓植物，枝叶恣意却有姿态，看得出来园艺师费了心思。

我妈端详一阵，应该是有什么话要和我说，果然，半晌后她开口："今天不应该带你过来，那件事……"她没将那个句子说完，停在那儿叹了口气。

我仰头看小花亭顶部，正中好像孕了一只白色的花蕾。我斟酌了两秒，说："埃文斯是我恩师，他母亲是个挺极端的基督徒，受不了那个，那件事我会帮他保密一辈子。"

我妈停了一会儿，问我："那你的名声呢？"

眼看我妈才刚从怒气中平复过来，这场谈话却又要走向沉重，我攀住她肩膀逗她开心，我说："妈，是这样的，我给自个儿的定位是个富有争议的艺术家。您说我一富有争议的艺术家，我还在乎这个？"

我妈瞥我一眼，拨开我的手："富有争议的艺术家就不会受伤害？上次你和聂亦分手的时候不就颓废了挺长一段时间？"她叹气。"最后还是靠背德语单词才勉强撑过来。"

我沉默了五秒，我说："……钧座，这显然是个误会，我觉得我不是靠着背德语单词才撑过来的，我是靠着自己达观的天性和……"

我妈挥手打断我的话："要是这次聂家听信流言要悔婚，你就还得受伤。"

她继续打量眼前的小花亭，自顾自下结论："悔婚就悔婚吧，那也没什么好解释的。要是这次受伤了，就再去学个希腊语，听说那是仅次于汉语最难学的语言，比德语难多了。"

我手揣裤袋望天，颓废地跟她说："钧座，照这样下去我还干什么摄影师，不知不觉就学了这么多门外语，我该从政走外交官的路子才不负党国栽培啊。"

我妈的心情已经完全恢复过来，笑骂了我一句："贫嘴。"目光突然落在远处停了几秒，开口问我："那是聂亦？"

我回头。

聂家的车道两旁种满了蓝花楹，高大的落叶乔木们正迎来第二次花期，花开满枝，遥望就像连绵古树间点缀了蓝色云彩。

一辆黑色的商务车停在车道分叉口，熟悉的身影正从车上下来。

我跟我妈点头，我说："是聂亦。"

我把包挎肩上，双手插裤袋里，沉着地看聂亦在车旁站定，微微偏头和他身旁一位黑白套装的高挑丽人说话。

我妈紧皱眉头，分辨我表情，以一副过来人的口吻安慰我："我理解你的心情，虽然当着外人的面是要全力维护他，但一定还是气他。没关系，你可以不理他，就当没看到他，别主动接近他，先给他一点儿教训，让他……"

我踌躇地问我妈："您有没有觉着……"

我妈立刻说："觉得他和那穿套裙的小姑娘离太近了？是太……"

我说："有没有觉着聂亦他瘦了？"

我妈说："……"

我喃喃："您说他最近是不是忙得厉害？他还挺挑食，刚从飞机上下来也不知道吃没吃东西。"

我妈说："……"

我说："我过去问问啊。"

我妈："……"

走过去时两人谈话还没有结束，高个儿美女正说到什么靶向制剂的药效和毒理，基本上属于我听不懂的范畴。我在离他们四五步远时停住，聂亦淡淡道："今晚十点视频会议，让他们依次做陈述，每个人五分钟。"高个儿美女忙不迭点头。

聂亦转头看我："你站那么远干什么？"

我贤惠地说："你们不是谈工作？"

他缓声："已经谈完了，过来。"

我走过去，他将手里的风衣递给我："不耐烦听？"

我跟他胡说八道，我说："我是个高尚的艺术家，关注的是这个世界的精神内核，人类肉体健康这类渺小的问题，就留给你们世俗的科学家好了。"

高个儿女秘书眼里流露出不赞同，一副想要立刻反驳的模样，出于职业操守硬给忍住了。

聂亦已经习惯了我胡扯，抬眼打量我，声音平和："没有我关注你的肉体健康，你怎么去关注世界的精神内核？"

我说："前二十三年好像都是我爸妈在关注我的肉体健康……"

他说："我记得你菠萝过敏。"

我说："所以？"

他说："你近年过敏时吃的最新那代抗组胺药，是我参与研发的。"

我说："所以……"

他客观陈述："这应该也算是种间接关怀。"

他看着我，我也看着他。

我们对视了得有五秒，我说："哇哦！"将双手交握放在锁骨处，嘴角挑起弧度赞美他。"好崇拜你。"

他奚落我："一个世俗的科学家有什么好值得你们高尚的艺术家崇拜的？"

我无奈摇头："聂博士你怎么这么记仇？"

他轻描淡写："记性太好。"

我耍无赖："那你也不能记我的仇。"

他好奇："为什么？"

我说："因为我记得什么什么经典里说过丈夫应该无条件纵容妻子的无知、愚昧、傲慢，还有小脾气。"

他优雅挑眉，嘴角带一点儿笑："哪一国的哪一部经典？"

我说："哎呀，读书太多，记不得了。"

聂亦看了我两秒："是《聂氏经典》？"

我抿着嘴："哎哎，刨根问底可不是什么好习惯。"

几步开外聂亦的女秘书突然道："《聂氏经典》？"

我们一起回头看她，女秘书有点儿尴尬，脸上挤出来一点儿笑容："我只是有点儿好奇。"

聂亦没话说，女秘书上去越发尴尬，我解释说："是我自己杜撰出来的经典，你们聂院这是在嘲讽我胡说八道呢。"

他微微偏了偏头，嘴角仍留了点儿笑意："你难道不是？"

我假意生气："那你也要纵容我，就这样吧，此事不再议了。"

女秘书勉强笑了笑道："两位……感情真好。"停了一下，又道："那聂院……我先走了？"聂亦点头："让小周送你。"

女秘书临上车时看了我一眼，眼神有点儿高深，我跟她挥手道再见，商务车扬尘而去时聂亦一只手伸过来搁我脑门上："脸色怎么这么差？"

我跟他抱怨："工作累的。"又问他："怎么在这个地方就下车了？"

他看向会客厅："听说有人等我。"

我心里一沉，半小时前会客厅的闹剧立刻重返脑海，看到他的好心情瞬时烟消云散，我拽住他胳膊："她们等你没安好心，不要去见她们。"

他安抚我："无聊小事而已。"

我有点儿惊讶，问他："你知道是什么事？"

他点头："大概。"

我想起表姨妈的疯言疯语，太阳穴又开始疼起来，我说："你别去，我表姨妈不讲道理，你一个逻辑严谨的科学家根本没法儿和她沟通……"

他完全没在意我的话，拨开我刘海："你脸色实在很不好。"

我说："被她们气的。"

逻辑严密记性又好的科学家的确不好糊弄，他问我："到底是气的还是累的？"

我说："好吧，一半被她们气的，一半是工作太长时间，有点儿睡眠不足。"

他顿了一下，问我："连续工作了多长时间？"

我观察他神色，斟酌了一下，抬手捂住耳朵，死猪不怕开水烫地说："四十八小时，好了，想教训我就教训吧，我已经做好准备了。"

他双手揣裤袋里，看了我得有五秒，什么也没说，拿出手机来调出计时秒表。

我问他："你在做什么？"

他抬眼："帮你计时，看你能保持这个动作多久。"

胳膊的确已经开始酸痛，我说："……聂博士，你这是体罚……"

他收回手机："你可以选择把手放下来。"

我从善如流，但仍保持了态度的严峻，我说："我可以自辩一下吧，你看我熬夜也是有原因的，我们搞艺术不比搞其他，灵感是很重要的，但灵感这个东西……"

我话还没说完，脖子上多了一副耳机。他靠近我，耐心拨开我的长发，将耳机正确戴到合适的位置，电源打开，一阵熟悉的海浪声。

我疑惑问他："这什么？一种惩罚工作狂的新设备？"

他埋头调整耳机音量："开完会去汤加录的鲸歌，你不是很喜欢这个？"

我愣在那儿。海浪一层一层铺近，是熟悉的韵律节奏，水的层次和声音的层次在耳朵里合二为一，有风吹过来，头上的蓝花楹花枝颤动，似雾色又似摇曳的游云。

我们离得很近，黑色的音频线在聂亦指间晃动，音控面板上有许多复杂按钮，他调整完毕和我解释每一个按钮的功用，又补充："后期按照助眠的频率对海浪声和鲸歌进行了调整，可以单听一种，也可以合起来。"指给我看，"通过这个按键进行操作。"

极轻的海浪声中传来座头鲸忧郁的歌声。我没有说话，微微抬头看着聂亦。

这样近的距离，伸手就能触到他的胸膛，张开手臂就能抱住他，如果要圈住他的脖子，就需要踮起脚，因为今天穿了平底鞋，所以得用力踮起来，就像那些跳天鹅湖的芭蕾舞女演员。

他伸手重新帮我调整耳机的佩戴位置："现在你可以戴着这个去睡觉了，后面的事我会处理，我的房间你……"

我抱住了他。搭在手臂上的风衣落在地上，世界安静了三秒，他似乎愣了一下，就着被我抱住的姿势摘下贴在我耳朵上的耳机，声音里有一点儿困惑："非非？"

我只是突然想抱抱他，可每一个和他的拥抱都必须有一个借口，我只好又给自己找了一个。我说："嘘，我妈在后面，我们分别十多天了，得抱给她看一下。"

十秒、二十秒，越过他的肩膀，我看到不远处的草坪边上长满了红花酢浆草，微风拂过，细长的叶子轻轻晃动；三十秒、四十秒，他手指捋顺我的头发，低声道："好了，非非，让我去会客厅。"

我放开他，却握住他的手，我说："我跟你一起去。"

他不赞成："你太累，现在最需要的是睡眠。"

我跟他开玩笑："我们家家教严，要让我爸知道我只能和你共富贵不能和你共患难，非把我逐出家门不可，我被逐出家门对你有什么好处啊？"

他看了我好一会儿，忽然道："只是无聊琐事，非非，你不用担心我。"

我僵了一下，良久，我说："聂亦，你曾说我是你的家人。"

他点头。

我紧紧握住他的手，我说："那么当你遭遇指责和污蔑时，我只有一个位子，就是站在你的身边，因为我是你的家人。"

我妈在小花亭等我，聂亦过去和她老人家问好，最后变成我们三人一起回了会客厅。

那时候古董座钟正指向五点二十，会客厅里的格局和我们第一次进来时相差无几，只是对峙双方脸上都现出明显的疲色，毕竟已经坐了好几个小时，中间还闹了一个小时。

窗外天色有些暗下来，窗内灯火通明。

刚转进会客区，一只茶杯就朝我砸过来，还没反应过来聂亦已经挡在我面前。"啪"，茶杯碎在地上，茶水溅了他一身，幸好杯子里水不多。

客厅里有一瞬间寂静，我赶紧检查聂亦："有没有被砸到？"

用人小跑过来，聂亦面色如常，淡淡道："没事。"

我拿过用人手里的毛巾帮他揩拭毛衣上的茶水，主位上聂太太神色冰冷，声音简直透着寒气："冯韵芳你……"

表姨妈打断聂太太的话，脸上疲色尽扫中气十足："我什么我！我就教训这有人生没人养的东西了！想英雄救美？没门儿！"

聂太太从座位上站起来，看样子是要过来看看聂亦。

表姨妈"唰"的一声也站起来，拦到聂太太面前声色俱厉："想走？郑丹墀我拦不住，你我还拦不住？今天要么你给我个交代，要么我们两母女死这儿！"

我妈竭力控制情绪："冯韵芳你知不知道你这样做太难看？"

表姨妈讥讽："难看？聂家青天白日仗势欺人就不难看了？聂亦欺负我女儿就不难看了？"坐在沙发上的芮静抖了一下。

聂太太单手扶着沙发扶手，表姨妈气势逼人地站那儿挡住她。聂太太不复最初的冷静，眼底怒火尽现，但也没让用人过来帮忙，也不知道我和我妈走后表姨妈怎么在这儿折腾了一番。

整个会客区剑拔弩张，空气像被拧成了无数节丝线，紧紧绷在近百平的空间里。

聂亦站一旁安静地看了一会儿，开口向管家道："让安保过来。"

表姨妈蓦地转头，目光落在聂亦身上："你谁你？想要我们母女出聂家的门，除非把我们抬出去！别以为聂家家大业大就欺负我们母女，再家大业大，还能不讲王法不成？！"

管家已经拨通电话，芮静小声嗫嚅："妈，是聂亦……"

表姨妈愣了一下，仍拦在聂太太面前，狐疑打量了聂亦两秒。

今天聂亦穿棕色毛衣、黑色长裤，他一穿编织毛衣就一副书生样，气质尤其斯文温和，完全看不出是个跆拳道高手。大概是聂亦看上去毫无杀伤力的气质令人感觉安全，表姨妈气势不减，哼出声来："哟，正主还知道来啊，那事就好办了！"脸色陡然凌厉。"聂亦是吧？一张支票就想打发我们母女？你打发要饭的哪！我冯韵芳的女儿几个臭钱你就想打发？告诉你！不把我女儿娶过门，这事没完！"

一番诘问气势汹汹，聂亦却没说话，会客厅里出现了一段短暂而奇妙的冷场。两三秒后，四个高头大马的黑衣青年突然出现，大家还没反应过来，表姨妈已经被带回她的座位，和芮静一起被拦在沙发区的逼仄一角。

表姨妈惊魂甫定，连连叫嚷："你们要干什么！"可刚刚站起来又立刻被强制坐进沙发里，表姨妈大怒："你敢这么对我们母女，聂家还讲不讲王法？！聂亦，你欺负了我女儿，你还敢这么对我们母女！"

芮静似乎有点儿被吓到，缩在沙发里脸色一片空茫。

聂亦坐下来打开随手带的微电脑，我知道他懒得和她们说话，但一直让表姨妈这么闹下去也不是办法，我说："表姨妈你冷静点儿。"

表姨妈尖叫："聂非非，你还知道我是谁！让他们给我滚开！你们这么逼我们母女，就是想让我们死在这儿！聂亦他这是默认了他欺负静静，你还帮着他来欺负我，欺负静静！聂非非你的良心被狗吃了！"

我头痛道："让您冷静是我的错，您随意。"

芮静突然开口："聂亦你为什么不看我，为什么不说话？"

聂亦没理她。她突然激动起来："就是你欺负了我聂亦！你做了什么你不要赖账！我去看你，你开了门，然后你……就是你欺负了我！你为什么不说话！"

聂亦终于从键盘上抬头，微微蹙眉："芮小姐，我跟你不熟。"

芮静像是被踩了尾巴的猴子，用力握住拳头："我们见过两次！你说跟我不熟？你……"

我妈被吵得不行，放下茶杯道："既然双方各执一词，事情又是在家里发生的，到底有没有这回事，总该还有人可以证明。"

芮静看向我妈："表姨妈，连你也不相信我？"

我妈欠身问聂太太："照顾聂亦的管家呢？"

聂太太道："清湖那边只有沈妈一个人照顾小亦。"她轻蔑地看了一眼芮静。"沈妈说芮小姐提着粥汤来看小亦，称是替非非送的，又说非非结束工作会过去亲自照顾小亦，让她先回去，沈妈问了小亦后就回去了，谁知道芮小姐惯会说谎。"

芮静昂着头："那时候我是喜欢聂亦，我想要和他独处。"她捂着胸口。"你们谁没有说过谎？凭什么因为我说了一次谎就指责我？我喜欢他，想和他独处，可谁知道他会伤害我！"

她眼神疯狂地看向聂亦："你说你没有欺负我，你就是欺负了我，谁能证明你没有？那栋房子里只有我们两个人……你要是没有欺负我，又怎么会开给我一张数额巨大的支票？！"

我妈说："那张支票……"疑问淹没在表姨妈的骂嚷声中。

表姨妈恨恨："证据摆在眼前还要抵赖，你们聂家的下作我也是见识了！"她撂狠话："今天你们别让我活着出了你们聂家的门，否则……"

"否则"后面的内容还没来得及出口，右面的墙壁上突然缓缓落下来一方投影幕，影幕中现出一幅静止的彩色画面，是某座别墅的大门口，画面右下角标注着日期和时间。

大家疑惑地看向投影幕，五秒后，一身好人家女孩打扮、提着个保温桶的芮静出现在画面中敲开别墅的门，右下角显示时间十九点三十二分；紧接着是个管家模样的中年妇人离开，右下角显示时间十九点三十七分；下一个画面是芮静提着保温桶离开，右下角显示时间十九点四十五分。

聂亦合上电脑，淡淡道："沈妈是提前下班了，不过二十四小时监控摄像头没有。"

客厅里一片死寂。

我看向芮静："十三分钟，聂亦伤害了你，还给你开了张支票，而他那天还病着。"

芮静脸色煞白。

我妈不可思议，目光落在芮静脸上。

表姨妈突然道："这录像是假的！是你们做了手脚！是你们合起来陷害我们母女俩！"

聂太太忍无可忍道："住口！"

门外有两声轻微的交谈，我回头，管家引了两位新客人进门，一位是褚秘书，另一位客人三十岁左右，西装革履，面目清秀，从没见过。

陌生客人打量一眼屋子里的阵仗，笑道："以合理手段防止肇事者伤害他人或者自我伤害；控制双方情绪，避免冲突升级；剩下的交给律师。做聂家的律师在这点上倒是很轻松，每件案子前期总是处理得够专业。"

聂亦站起来，将电脑随手交给褚秘书，清清淡淡道："非法入侵他人住宅，诽谤、寻衅滋事、故意损坏他人财物。"看了一眼不远处那摊碎瓷片。"剩下的你们处理好。"

表姨妈有些着慌，却强自镇定："演得倒是挺像，非法入侵？那可是你们亲自给我开的门！诽谤？到底有没有你自己心里清楚！毁坏财物？哼，一个破茶杯！"

褚秘书点头。"的确是个破茶杯，不过破之前是国意堂周老先生毕生最珍视的珍品之一，索赔，"他故意顿了顿，"能让你们倾家荡产。"

表姨妈脸色泛白，静了好一会儿："不用演戏来吓唬我，我可不是被吓大的，要不咱们就来撕扯撕扯！看看传出去谁的名声好听！"

聂太太招呼我妈出去散会儿步，两人先走了。

褚秘书客气道："芮太太，不会有什么事传出去，我们并不担心。"

表姨妈绷不住："你们别把事情做绝！"

褚秘书笑："芮太太，起诉您毁坏他人财物并不算把事情做绝，真正把事情做绝有很多种方法，但我觉得您应该不会想知道。"

表姨妈颓唐地跌进沙发深处："你们……"转头看到芮静，气全撒到她身上，点着她的额头骂："死丫头，他到底有没有对你怎么样，你倒是说呀！"

芮静被点得直往后退，突然大哭起来："我只是不想让聂非非嫁出去，凭什么她得到的都是最好的，她明明那么坏！"她边哭边细数我的罪责："私生活不检点，乱交男朋友还和她老师乱来……我只是不想让她嫁出去祸害别人！"又看向她妈："是你说只要我坚持说聂亦欺负了我，你就一定有办法让他为我负责，是你说的是你说的！"

表姨妈气得直哆嗦："你、你这个……"

芮静没管表姨妈，满脸是泪地看向聂亦，声音几近哀求："我是在帮你聂亦，你看清聂非非的真面目！你要是娶了她你一定会后悔，她不过是看上你的家世看上你的钱！"而可笑的是她做这一切时我就站在她面前，这种勇气也实在令人钦佩。

聂亦靠在近门口的置物架旁，正背对着我们自个儿给自个儿调冰水，闻言甚至没有回头。

说不清是什么感受，我认真地看了芮静好几秒，我说："芮静，我对你不薄。"

她瞪着我，愤恨简直要溢出眼眶。

有一瞬间心里直发凉，我说："我没你这个妹妹，就这样吧。"

她倒是先爆发了："谁稀罕你谁稀罕你！"又向聂亦："聂亦，你看清她的真面目！"

终归还是不甘心，我双手揣裤兜里走过去问她："芮静，小时候你做错事我帮你背黑锅，长大后你闯祸我帮你收拾烂摊子，我不是个好姐姐，但也不坏，你让聂亦看清我的真面目，我有什么真面目好让他看清的？"

她咬牙切齿："别以为自己多好心，你那么做是因为你妈欠我们家！而你，聂非非，你是个婊……"

我一耳光给她扇了过去，她捂着脸不可置信地看我。表姨妈见势就要扑上来，被黑衣安保拦住了，她歇斯底里："你打你妹妹！聂非非你敢打你妹妹！"

另外两个黑衣青年制住芮静，我将她拽到墙角，两人立刻要跟过来，被我挡了。我一只手撑在墙上将芮静困起来，我是真的很困惑，我问她："所以那几封匿名信也是你写的？你都没有亲眼看到过那些事，你就觉得我做了，还编得惟妙惟肖，你知不知道那叫造谣？"

她被那一耳光扇得彻底发了疯："你就是做了！做了就不要怕被别人说！我让你再也骗不了人我有什么不对！聂非非你就是个婊……"

我没让她把那个字说完，抬手又给了她一耳光，她大声哭，拗劲却上来了："聂非非你说不过我你就打我！你说不过我你就打我！"

我将她两只手都制在墙上，靠过去，我说："芮静，你只有我一个表姐，你闯了祸，连你的亲姐姐也不管你，我是会骂你，但哪次我没有帮你？当然你不用记我的好，但每次害我的时候，你就没有觉得良心不安过？"

她推我，手脚并用地踢打我："你可以不帮我呀，你帮我难道是因为你喜欢我？因为我是你妹妹？你才不是，你不过是为了秀优越感秀成就感，你帮了我我就要对你感恩戴德？你帮我是你应该的！"

写匿名信诬陷我，当着众人的面撒谎诬陷聂亦，无理取闹，还拒不认错。

这世上是不是就是有这样的人，外人的一点儿小恩小惠她能铭记一生，亲人给的照顾和宽容她却认为理所应当。

她踢打得我心烦，一心烦就没控制住拳头，表姨妈在一旁尖叫，芮静跪倒在地上痛哭："谁救救我，聂非非她疯了，聂亦救救我，聂非非她疯了！"我背对着聂亦，并不知道他有什么表情，只知道他没有给出任何反应。

头一阵一阵疼，芮静在地上自保式地蜷成一团，我蹲下去问她："觉得痛是不是？痛就对了，我也挺痛的。"

芮静的脸一塌糊涂，哭得一抽一抽地问我："你想怎么样你到底想怎么样？你想打死我吗？我没有做错！聂非非你知不知道你这个人既虚伪又糟糕，可凭什么大家都喜欢你，你得到的东西还永远是最好的？！"

表姨妈也在一边哭着嚷嚷，嚷得我头直犯晕，我没太听清她嚷的是什么，正想站起来喝杯水清醒清醒，眼前突然一黑，隐约听到一声"非非"，我都没工夫去分辨那是谁喊的就倒了下去，后面的事彻底记不太清楚了。

中间似乎醒过一次，隐约记得是聂亦照顾我，告诉我我是太累，时间还早还可以再睡很久，又拿来温水扶我起来吞下几片药片。我躺下去抱怨枕头太硬，他去衣帽间拿来软枕芯帮我更换，坐在我旁边陪我入睡。

彻底醒过来时首先想起这个，但印象太缥缈，总觉得是不是做梦。然后想起下午在会客厅里表姨妈的蛮不讲理和芮静的哭闹。

我在脑子里将所有的事情都过了一遍，想应该是睡在了聂家的客房。

睁开眼睛，房间里居然留了光源，虽然暗，但足可以视物。用人实在有心，应该是怕我半夜醒过来找不到灯控开关。

我坐起来准备给自己倒杯水，调亮床灯下床，倒水时又想起换枕芯的事，疑惑到底是不是个梦，突然想起还能记得枕套的颜色，端着杯子回到床边确认。目光刚落到床上我就愣住了，心脏漏跳好大一拍。

下床时我没注意到，那张床非常巨大，足够一次性睡上五个人，深蓝色的床单上有两条同色的被子，一边一条。一条被子刚才被我掀开，留下一个凌乱的被窝，三人远的距离外是另一条被子，聂亦一只手放在被子外面，正在熟睡。

我才来得及打量这房间。空间极大，厚重的窗帘将自然界隔绝在外，进门的墙壁被做成砖纹墙，中间隔出来一个一个不规则的小空间，摆放了各式各类的模型。床的对面则绘了一幅巨大的壁画，占满整个墙壁，是梯卡坡浩瀚的星空。

并不是什么客房，这是聂亦的卧室。

我踌躇了两秒，把整杯水都喝下去，又将床灯调暗，然后轻手轻脚走到床的另一边。

暗淡的暖光覆上聂亦微乱的额发，闭上的双眼，浓密的长睫毛，高挺的鼻梁，好看的薄嘴唇。我鬼使神差地俯身，看着他的脸在我眼前放大。那些光像是突然有了生命的精灵，多靠近一分，它们就更明亮一分。

聂亦熟睡的脸在我俯身而下的阴影中变得格外出色，而我终于感觉到他绵长的呼吸。

他没有醒，我却停在那个位置再也不敢俯身。我妈说我爸睡着时最可爱，就像个小孩子。是不是所有的男人睡着时都像小孩子，温柔静谧毫无攻击性？他可千万不要醒过来。

我屏住呼吸，拿指尖轻轻碰了碰他的头发，视线滑过他的脸、他的喉结、他的锁骨、他露在被子外面的手臂：睡衣袖子挽上去忘了拉下来，现出一段小臂，肌肉的线条修长又有力。我着魔似的将手掌覆上去，顿了三秒，手指按照肌肉延展的线条一路抚摩，直到他的指尖。有一点光站在他半圆形的指甲盖上，跳跃着似乎就要爬上我的指头，不过是幻觉，却让我一下子惊醒过来。我赶紧收回手，抑制住胸口剧烈的跳动，慢慢站起身。

窗户外面是个露台，我重新给自己倒了杯水，关了床灯，端着杯子踱到露台上。

一觉睡醒发现心上人就躺在身边，一番周折我却只敢摸摸他的头发，摸摸他的手臂，现在连初中生都不这样谈恋爱了。可想想又觉得挺浪漫，有多长时间？两分钟还是三分钟？也许聂亦一生都不会知道有这么一个黎明，不会知道我在他熟睡时充满热望地看着他偷偷抚摩过他。我胡思乱想，如果他一生都不知道，那实在是有点儿可惜，所以……要是有一天我先他一步离开人世，其实可以把这件事录在一只录音笔里告诉他，告诉他曾经有那么一个黎明，有那么一个三分钟，以及我觉得那三分钟的时光非常温柔，值得珍惜。

其实我有很多事情都想告诉聂亦，只可惜我们俩的关系，很多话只要开口就是结束，很多事只要开始就是结局。

喝完水又站了好一会儿，直到手脚都被夜露浸得冰凉，我才做贼似的推开落地窗，又做贼似的将窗户关上，再做贼似的拉好窗帘。屋子里登时漆黑一片，突如其来的黑暗把自个儿吓了一大跳，我赶紧将窗帘重新拉开一点儿。

床边突然传来一点儿响动，墙灯乍亮，聂亦靠着一只靠枕屈膝坐在床边，姿势和动静都不像是刚起来，显然已经在黑暗里坐了有一阵。

我将玻璃杯从左手换到右手，又从右手换到左手，问他："你……什么时候醒的？"

他答非所问："听到你在外面哼歌。"声音里带一点儿刚睡醒的沙哑。

五分钟前我的确哼歌来着。

我松了一口气，踱步到吧台给他倒水，边倒边抱怨："我哼得应该很小声，看来窗户不太隔音。你喝温的还是凉的？刚睡醒还是喝点儿温的吧……"

他拿灯控器调开吧台灯，道："你没有必要为她们感到难过。"

我抬头问他："什么？"

他答："岳母说你一难过就一个人待着哼《玫瑰人生》。"

我语调欢快："笑话，别听我妈胡说，我十七岁才学会唱《玫瑰人生》。"

他道："幼儿园时唱《蓝精灵》，小学唱《外婆的澎湖湾》，初中唱《明月千里寄相思》，高中学会了《玫瑰人生》，之后就一直唱《玫瑰人生》。"

我沉思："这么说起来，我还真是会唱好多歌，还是不同类型的。"由衷感叹："我真厉害。"

他平静道："转移话题这一招对我不起作用。"

我嘴硬："有些歌难过的时候可以唱，高兴的时候也可以唱一唱嘛。"喝了口水。"笑话，我会为芮静难过？"

他看着我："你喝的那杯水据说是倒给我的？"

我低头一看，赶紧另拿杯子准备重新倒，他隔着老远指挥我："不用换了，就那杯吧。"

我捧着杯子把水给他送过去，他抬手接过杯子，示意我坐旁边。

聂亦向来作息规律，生活健康，从不抽烟，偶尔饮酒，注意维生素和水分的摄入，几乎精准地保持着每天两千毫升的水分摄入量。

他从容地一口一口喝水，房间里安静了好一会儿，我终于忍不住道："好吧，刚才的确有点儿难过。"我一派轻松。"不过现在已经想通了，我难过的东西也很无聊，你一定觉得可笑，所以没必要说给你听，再说我也揍了她，这事就过去了……"

他打断我的话："不，说给我听。"

我顿住："说什么？"

他放下杯子："让你难过的东西。"

我怔了好一会儿，他微微抬眼，耐心等着我，墙角的加湿器悄声运作，袅袅水蒸气似薄雾又似轻纱。

我撑着头，良久，我说："聂亦，我很感谢你。"

这次换他怔了一下，他问我："谢我什么？"

我说："那天芮静去找你，你给她开了门，我知道你为什么会理她，不过因为她是我表妹。昨天表姨妈和芮静一起来你们家，为什么婆婆会让她们进来，让她们在会客室一闹就是几个小时，也不过因为她们是我家亲戚。而昨天下午……"我抬眼看他。"可能连面都不出现，让褚秘书和律师直接处理这件事更像你的风格，但你出现了，还亲自给了解释，也不过是因为她们是我家的亲戚，就算再无理取闹，起码的尊重还是要给予。"我总结："所以我要感谢你，聂亦，你很尊重我的家庭。"

他道："我出现并不是出于对芮太太母女的尊重，但需要让岳母安心，她并没有把女儿托付错人。"他看了我两秒："不过，我觉得这应该不是你凌晨一个人跑出去待着唱《玫瑰人生》的原因。"

我懊丧："好吧，我的确对芮静很失望也很不理解，不过只是一些可笑的情绪。"

我终于绷不住，拿起他的杯子灌了一大口，又灌了一大口，我说："谁在乎别人怎么想我，可芮静她怎么能那么想我，对我做那样的事？我从来没觉得她坏，只是觉得她不懂事，不过能撒这种谎也的确是挺不懂事的，也许她年纪还小，表姨妈…………"想起表姨妈怎么和聂太太说我，实在不知道该怎么评价，良久，我说："表姨妈虽然不是个让人尊敬的长辈，但我也从没想过她会在别人面前那样恶意中伤我，实在没法儿理解她们为什么对我有那么大的恨意，但她们恨我总应该有个原因。"我停了一下，看着聂亦。"与其说是难过，不如说是困惑。"

他耐心听我倾诉，手指搭在玻璃杯杯沿上，平静地回答我："你之所以困惑，是因为你基于正常人格来假设她们的思考轨迹和行为轨迹，想要找出一个你能理解的逻辑体系。这当然是没法儿找到的，你也当然没办法理解她们，非非，这世界上并不是每个人都具有正常的人格。"

我沉默了三秒，消化了五秒，诚恳地说："我没太听懂……"

他解释："喜欢将失败归咎于他人、从不在自己身上找原因、习惯性歪曲理解他人的善意举动、病理性嫉妒、有强烈报复心、忽视或不相信与其想法不符的客观证据、自我中心、富于幻想、喜欢通过预感和猜测对事情做出判断甚至用幻想和想象补充事实，这是典型的偏执型人格障碍和表演型人格障碍。"

我试探道："你是说表姨妈和芮静是有人格障碍，所以我应该宽恕不用太放在心上？"

他严谨道："前半句总结得很好，后半句，你是怎么得出我让你宽恕这个结论的？很多杀人犯之所以行凶也是来源于他们的人格障碍，我看不出来有需要宽恕他们的必要。"他看着我："空手道二段足以让你自保，似乎我不必要为你遭遇危险而担心，但非非，你从小生活的环境异乎寻常地单纯，你身边所有的一切都是好的，坏人是什么样你可能都没有见过。"

我争辩说："现在不是已经有了一个了？"

他嘴角微微翘起，像是一个笑："芮静还不算是坏人。"他停了停："所以我要告诉你的是，这个世界并不像你所想象的那么好，会有很多人，也许是基于人格障碍，也许是基于其他你无法理解的原因，他们可能打击你、伤害你，你必须对这些事情有所了解并且有所准备，这样当它们真正发生了，你才不会受到更大的伤害，所谓坚强，不过就是如此。"

我怔了很久才找到自己的声音，我说："所以这才是你不将那三封匿名信给我看的原因，你担心我无法接受，受到伤害？"自己都无法理解内心到底涌动了一种什么样的情绪。

墙灯的暖光匀称地铺在他的脸上，铺在他的身上，他的眼睛是夜幕一样的颜色。他没有说话，神色间涌出了一点儿怔然与困惑。

我觉得自己是被蛊惑了。

我跪在他的身边，左手轻轻搭上他的膝盖，睁大眼睛，右手攀上他的肩，他微微抬头。

凌晨，静夜。那么合适的时间，那么合适的角度。心中一瞬间涌起无尽的勇气，眼看就要吻上他的嘴角，他却突然往后一退错过了那个吻。

我们依然靠得很近，他微微皱眉："可能夜晚的确让人容易情绪冲动，非非，我们似乎，都有点儿过界了。"

07.

早上七点半，东半球终于自转到了正对太阳的那一面，白昼来临。

我在工作室的落地窗前坐了半个多小时，看着太阳光一点儿一点儿将夜幕撕开，却被厚厚的云絮挡在背后。金色的光被云层滤成惨白，显出阴天的行迹。

又是一个阴天，我给自己泡了杯咖啡。

童桐起来上厕所，路过大客室看到我，颇为惊叹："非非姐你怎么在这里？不是说你不太舒服要休息到明天才过来吗？"

我边喝咖啡边回她："太想念你每天早上天不亮就去街角排队帮我买的香菇粥。"

她就近抱住门框委屈："聂家的厨子还赶不上街角一卖粥的老大爷吗？非非姐你干吗大老远专程跑回来折腾我？"

我严肃地教育她："这怎么能说是折腾呢，这是情趣好吗？"

她抽抽搭搭蓬头垢面地挪出去买粥，我嘱咐她："记得跟大爷说再给我加俩卤蛋啊。"

工作间重归寂静后，我才终于有一点儿重回现实的质感，才终于能够回想两个半小时前，当聂亦拒掉我那个鬼使神差的吻之后，我们又说了些什么。

那时候空气虽然冰冷下来，墙灯却仍然保持了一种暧昧的色泽。

我似乎重新坐回了床边，伸手想拿杯子喝水，手伸到一半，想起杯子是他的，于是从床边站起来打算去吧台，可怎么都没办法找到拖鞋。

有目光如芒在背，聂亦一直看着我，背上浸出冷汗，我应该是着急起来。聂亦低声道："在花瓶旁边。"又补充了一句："你要找的拖鞋。"

在床尾的落地花瓶旁边我找到我的拖鞋，穿上后尽量镇定地走近吧台，倒水时手在发抖，我喝下一大杯冰水，确定声音不会颤抖时才开口，我问他："你什么时候醒的？"

十秒的沉默后，他道："你醒的时候。"

虽然已经有心理准备，那时候还是蒙了一下，刚喝下去的冰水将寒意在一瞬间带往四肢百骸，我说："那时候……那时候我以为你没醒……"

距离太远光线太暗，无法看清他的神色，但能感觉到他的目光，他回答："那时候你并不希望我醒过来。"

我深吸了一口气，试着挽回，想用个玩笑囫囵过去，我说："其实我更希望你不知道，你看，可能夜晚的确容易让人……我可能是有点儿……"大脑里却无法搜寻出合适的词汇，这次聂亦没有配合我。能感觉到强装出的笑容僵在嘴角，最后，我说："你其实可以假装你不知道。"

良久，他开口："非非，我们最好分开一阵，各自整理一下。"

已经没有挽回的余地，我端着杯子佯装喝水，跟他点头："好啊。"

但显然没有办法再回去睡个回笼觉，我假意看表，假意惊叹："欸？已经五点半了，早八点还有个会，那我先走了。"

直到换好衣服拎着包离开，聂亦没有再说一句话，更没有挽留我。只是到大门口时碰到司机，说刚接到大少的电话让送我回城。

两个小时的车程，我什么都没想，回到工作室后，我在落地窗前坐了半小时，然后给自己泡了杯咖啡。

其实从答应和聂亦的那个婚约开始，我就给自己下了谨慎的戒令，可那时候我就知道，迟早有一天我会亲手毁了这戒令，因为我原本就不是个谨慎的人。

我一直担心这一天，可它还是来了。终于来了。

我捧着咖啡杯，双腿搭在窗玻璃上，将整个上半身都窝进靠椅里。后期们陆续起床，不知谁打开音箱，一首老歌隐约传来，轻松欢快的调子：*蓝色的门粉色窗台云正在散开……*

那之后不知道没日没夜工作了多少天，有天傍晚我妈打来电话，说星期一设计师带着刚完成的婚纱飞过来，婚礼其他问题不用我管，但至少得抽个时间过去试试婚纱。

在二维的色彩世界里周旋太久，我整个人都有点儿恍惚，听到我妈说起这事，好半天才回过神来。虽然我和聂亦看上去是要完了，但我们的确还有一场婚礼。分开那天早上没来得及谈那么深，关于这场婚礼，谁也没说取消或者不取消。

婚期定在十月七号，手机上显示的时间是九月二十四号，还剩不到半个月。

关于婚礼的前期准备工作，我唯一参与过的大概就是挑选婚纱。聂亦去欧洲出差时亲自定的设计师，我妈跟的设计，前一阵发来邮件让我定的稿。想不到这么快已经完工。

我边接电话边去冰箱找汽水，我妈突然转换话题："聂亦开给芮静的那张支票……究竟是怎么回事，后来他有没有和你解释？"

我想了半天，回我妈："这么说……是有张支票，多少钱来着？"

我妈沉吟："所以你没有问过他，他也没有和你提起？"

我灌下去半瓶汽水，有点儿清醒过来，我说："应该是有一些原因，聂亦他……"三个字出口竟有一点儿哑涩，我舔了舔嘴唇，接着说："他应该有自己的考虑，不告诉我总有不告诉我的理由，您不是跟我说过，人有时候要懂得克制自己的好奇心？"

我妈苦口婆心："问这事是妈妈担心你，我真是挺担心你，最近常失眠到半夜，翻来覆去地还影响到你爸，你都不知道，为了不影响他我只好……"

我灌下去另外半瓶汽水，说："克制自己不翻身吗？真是对不起你呀妈妈。"

我妈冷酷地说："只好让你爸去睡客房。"

我握着空汽水瓶子说："……真是对不起爸爸呀……"

我妈语重心长："可能是我太担心你会经营不好一段婚姻，非非，毕竟婚姻和恋爱是很不同的。"她叹气："恋爱是一段亲密关系的开始，但缺乏经营智慧的婚姻，往往是一段亲密关系的结束。"

我恍惚了一下，想起和聂亦的这段关系。其实我已经经营失败了，说不定根本不会再有什么婚礼，也不会再有什么婚姻。

我妈绩道："不过你懂得婚姻的基础是信任、不好奇、不猜忌，这其实已经是一种了不得的经营智慧了。"她自个儿安慰自个儿。"我觉得你应该会把这段婚姻经营得很好，毕竟你是我生的，就算笨也不可能笨到哪里去。"安慰完自个儿之后，我妈大感轻松："看来今天晚上终于可以睡个好觉，你爸也不用再睡客房了。"

我心怀愧疚地说："妈我可能……"话都还没说出口，心满意足的郑女士已经挂了电话。

我拿着手机发了半天呆，童桐路过时提醒我："非非姐，冰箱门打开那么久你不冷呀？"我才醒过神来，埋头看，手机屏幕不知道什么时候被我划拉到短信那一栏。理所当然没有聂亦的短信，离我们分手那个早晨已经差不多一个星期了。

当天深夜，印尼拍摄的所有后期工作全部完成，提供给《深蓝·蔚蓝》的照片一选再选，最终定下来二十张，根据主题分类排好顺序，由童桐整理好寄给对方编辑。

淳于唯打来国际长途祝贺。

据悉唯少新近交了位前往罗马度假的法国女友，女友甚为浪漫，为了他们这场命中注定的相爱能够天长地久，非要大晚上去特雷维喷泉扔硬币许愿。情圣淳于唯同学此时正被淹没在人潮涌动的喷泉跟前心如死灰。

我们闲闲交谈，话筒似乎被捂住，电话彼端传来一阵不太清晰的法语对话，对话逐渐变得急促，"啪"的一声响，淳于唯重新切换回中文频道，悻悻然同我抱怨："说你们女孩子最厉害的武器是眼泪的那位仁兄，一定没有试过被长指甲挠脸的滋味。"

大致是这么一个情况，淳于唯的法国女友扔硬币前突然心血来潮，让唯少发誓会爱她一生一世，唯少捂上话筒深情款款："阿芙拉，你是我的一切，我发誓爱你一生一世。"但问题在于，阿芙拉是他三天前才分手的那位英国来的前女友的名字。然后他的现任女友——法国来的克拉拉就气愤地拿长指甲挠了他一脸，并宣布他们这场命定之爱就此终结。

淳于唯唉声叹气："既然失恋了，我就早点儿来参加你的婚礼，虽然婚前你可能很忙，但至少还有宁宁能安慰我的情伤。"

我原封不动地将这句话转述给了刚从卫生间出来的宁致远。

宁致远满面惊恐："妈的，我得出门躲几天。"扑到工作台前拿起地球仪来研究了整整一分钟，表情严肃地面向童桐："麻烦帮我订一班去'神仙的城、伟大的城、幸福的城、坚不可摧的城、玉佛的宿处、被赠予九块宝石的世界大都会'的机票！"

童桐一脸茫然："被赠予九块宝石？那是……什么鬼地方？"

宁致远敲桌子："我们这种高智商团队怎么就收了你这种没文化的笨蛋！"

我帮童桐解惑："那是曼谷的全称。"

电话那头的淳于唯兴奋道："曼谷？宁宁要去曼谷？哎哎，那我在曼谷和他会合好了，给他一个 surprise（惊喜）。"

宁致远还在认真地告诫童桐："悄悄订啊，可别让唯少知道了。"

我紧紧地闭上了嘴。

凌晨三点大家才收拾睡觉，我一时半会儿睡不着，捧了杯咖啡站落地窗前看夜景。无论在夜间的哪个时刻，金融中心总是不缺灯火。灯光太亮，总让人感觉浮华，就连天上的月亮都热闹起来。这景色是人间的景色，和海底不同。和聂亦的湖边别墅也不同。莫名就想起那座月桂湖边的别墅，那天晚上我和聂亦聊了我喜欢的歌，还跳了舞，那真是一段好回忆。

我一口一口喝咖啡，童桐从浴室里出来，边擦头发边好奇地凑过来："非非姐你在看什么？"

我说："有一辆黄色的保时捷变成了汽车人，正扶一个老奶奶过马路。"

她说："哦。"擦着头发淡然地退回去坐到沙发上，想想又问我："提前三天完工你不高兴吗？这样你就有更多的时间去准备婚礼啦，还能休息两三天养好精神再去拍婚纱照呢。"

我问她："宝贝儿你是从哪里看出来我不高兴的？"

她严肃："你一不高兴就开始胡说八道！"

我沉默了一下，问她："都三点了你还不去睡吗，少女？毕竟勤劳的你明天早上七点钟还要起来给我买香菇粥。"

她号啕："还要买呀？"哭着去睡了。

我继续站那儿喝咖啡，感觉非常空虚。当初的确是那样安排的时间，二十七号完工，二十八号去北方的长明岛拍婚照，那里有世界上最好的枫林。

那时候还担心留给婚礼的时间不够多，拼命赶工，如今的确如我所愿提前完工，一时却无事可做。

聂亦说我们需要各自整理一下。其实我没什么可整理，从我们再次在香居塔相遇的那天起，我对他抱持着什么样的感情，那实在是一件不需要思考的事，而我唯一需要反省的错是不谨慎。

我们未来究竟会怎么样，处理权在他手中。要么他整理之后，觉得我对他是认真的，决定取消婚礼和我分手；要么觉得那天晚上我的确只是一时冲动，婚礼可以继续，就当什么都没发生过。其实最大的可能，是聂亦会选择和我分手，否则早该联系我，说明一切只是误会。

我站那儿一阵茫然，感觉越加地空虚。突然想起来这已经是星期一的凌晨，试婚纱就定在今天上午。

灌下最后一口咖啡，我想我得主动去和聂亦见个面，他到底是什么想法，我想知道。无论他做哪一种选择，我都会平静接受。至少在他面前会平静接受。

但见面之前还得去试一下婚纱，再不安、忧郁、惶惑，穿漂亮衣服的机会总不能错过。况且这条花大力气做出来的漂亮裙子，此生说不定只能穿这么一回。

结果天亮后刚到家就被小二十天不见的康素萝拽到花坛边上蹲着。

那时候我妈在客厅里招待客人，康素萝可能正试穿伴娘裙，从落地窗遥望我开车进来，趿拉着拖鞋跑出来迎接。

已近十月，秋风秋凉，康素萝穿一身白色的伴娘小礼服裙搭个毛绒拖鞋，遗世独立地站在瑟瑟秋风之中做百感交集状。

我恻隐之心大起，走过去抚着她的肩膀怜爱她："康爱卿爱朕之心切切，顾不得披件衣裳就出来迎接朕，朕心甚慰啊。不过康爱卿，天气预报说今天气温只有十四度，你穿这样没觉着冷吗？"

康爱卿瑟瑟发抖地架着我就往花坛深处走："你可算回来了，咱们先办正事。"

我沉默了一下，制止她："爱卿你冷静，就算急着和朕幽会也等朕先面见了皇太后再说。"

康爱卿瑟瑟发抖地也沉默了一下："幽会你妹，出大事了！"

我蹲在花坛上翻看康素萝的手机，康素萝穿着我的外套居高临下站在我面前。

手机页面是某摄影论坛盖了一千多层高楼的热帖，帖名叫《外国佬这篇帖子难道八的是海洋摄影师贝叶？》。

匆匆扫了一遍内容，主帖由三个部分组成：一篇从美国某社交网站转来的英文长文，一篇译文，一篇转帖者的分析文。英文长文就是个八卦帖，大致内容是原发帖人细列其近年遇到的几个奇葩校友，共提了四名校友。四名校友各擅所长，各有特色，被转帖人特地用红线标出的一段讲的是代号为 N 的某个学摄影的中国女孩。N 的大略事迹如下：引诱在摄影领域声名显赫的某位天才摄影师，用卑劣的手段破坏了这位摄影师的婚姻，利用该摄影师的人脉获得某国际大奖，达成目的后却狠心抛弃了这位摄影师，导致深深迷恋她的摄影师精神失常最终车祸身亡。第二部分的译文只译了有关 N 的一段。第三部分主要就是转帖者分析 N 等于我的可能性，结论是有百分之九十七点八的可能性，这个 N 指的就是我了。

我将手机扔还给康素萝："埃文斯刚走的时候不是有所谓的校友已经八过一轮了？只不过那时候是国外论坛八，这回是国内论坛八。我们摄影界其实没那么高的公众关注度，过几天他们就散了，这算什么大事？"

康素萝眉毛拧成一条线："不仅限于那几个摄影论坛，很多其他论坛和社交网络都有转载。"她唉声叹气。"其实单提你和埃文斯的名字是不会有多少人关注这件事,这年头普罗大众谁关心艺术界啊,但不知道从第几次转帖开始,也不知道是谁多添加了一条信息,说你可能会成为聂氏的儿媳,然后,"她咽了口口水,"那帖子就火了,火得一塌糊涂,已经有好几个认识的人打电话来拐弯抹角问我帖子里说的事是不是真的。"

我愣了两秒,说:"那还真是挺火的。"

她揉眉心:"我想过了,前一阵你不和我说有人给聂亦写匿名信吗?没两天又闹这么一出,还都是拿埃文斯教授的事做文章,哪可能这么凑巧,明摆着就是一个人干的,我去查了原帖,那人自称什么艾娜·霍金斯,Y 校根本就没这么个校友!"

想想芮静的英文水平,不得不实事求是地偏帮她两句,我说:"那几封中文匿名信芮静她努努力勉强还能写出来,但英文……这是不是太难为了她点儿?"

康素萝震惊:"那几封中文信真是芮静写的??"气愤地挥拳头。"这小妮子是欠揍还是……"

我打断她:"反正我们艺术界的各位其实不太 care(关心)彼此的私生活,这种流言对我的工作也没什么影响,最近事情实在多,就让它……顺其自然吧。"

康素萝认真看我:"虽然不会影响你工作,可我听说聂家是很在乎自己家名声的,万一他们信了流言……"她怔了一下,大悟道:"难道……这就是他们的目的?匿名信,网上的流言,其实就是不想让你嫁进聂家,到底是谁这么……"她顿了顿,突然道:"聂因?你上次说过芮静和聂因认识……"

我从花坛上跳下来:"要真是,那小子的英文水平还不赖。"

康素萝狐疑地看了我两秒,惊讶道:"其实你刚刚就怀疑是聂因对不对?毕竟是聂家的人,怎么着闹出去都不好听,所以你才会说顺其自然……"

我边走边说:"这个还真不好下定论,你看,毕竟江湖之上树敌太多……"

康素萝叫住我:"事情都还没理清楚你要上哪儿去?"

我打了个喷嚏:"实在是迫不及待想看看我的婚纱。"

她哀其不幸怒其不争地跺脚："还婚纱！要是这事不好好处理，婚纱你也就只能今天过过瘾！"

我停下来，道："还真是。"赶紧掏出手机给去停车的童桐打了个电话，郑重吩咐她："记得把相机带过来，等我换上婚纱你先给我来一套个人写真，说不准就今天能穿这么一次。"

康素萝在后面抽我："都什么时候了你还开玩笑！"

我挡住她："没开玩笑，真是打算自个儿拍套写真来的，机会难得嘛。"

她想了想，理解道："也对，下次再穿婚纱就是和聂亦一起，得照双人照，那时候单人照拍几张是可以，但要搞套个人写真还真是有点儿不好意思。"

其实多半不可能再有什么下次，因为不可能才想给自己留个纪念，仅此而已。

康素萝伸手在我眼前晃："在想什么？总感觉你今天没什么精神。"

我说："哦，就是在想去哪儿拍写真好，今天自然光很糟糕。"

她点头表示赞同，想起来又告诫我一次："拍照我是没什么意见，再说我也挺喜欢拍照的，但拍完照一定要好好处理刚才我说的事啊。"她补充："管它是不是聂因干的，你自个儿处理不了不还能找皇上嘛，放着它不管说不定真会影响你结婚，到时候可怎么办！"

我满口答应，心里却觉得疲惫又空虚。处理什么呢？难道我要千里迢迢赶往美国将聂因找出来再揍一顿？何况还有可能揍错了。无论如何，我和聂亦就要分手了。这些乱七八糟的事情，还有什么意义呢？

康素萝抱住我，道："你喜欢聂亦，我就希望你能顺利嫁给他。"她叹气。"可你嫁个人怎么就这么难？"

我提起精神，强打笑意拍她的背："睡美人嫁人前难不难？灰姑娘嫁人前难不难？白雪公主嫁人前难不难？只要是嫁男神，不都挺难的嘛。"

康爱卿表示我说的话太有道理她竟无法反驳，以及跟三位前辈动辄要打要杀的婚前经历相比，我这一段还真是轻松得要命。

院子里有几株小时候种下的流苏树，刚进入幼果期，隐于叶间的绿色小果看上去圆润可爱，康素萝踮脚摘了几粒。

试婚纱时我妈问我："怎么没邀聂亦一起过来？"

我攀着她的肩膀："这您就不懂了，最近年轻人的浪漫是把惊喜保留到结婚那一天。"

九月二十五号这一天，我试了婚纱，白色的丝绸，极长的拖尾，下摆有大幅面蕾丝，水晶星星点点，镶嵌成海浪和玫瑰。我觉得这辈子都没见过这么漂亮的裙子，忍不住穿着它让童桐拍了一个上午加一个中午。

下午我和康素萝泡了个温泉，喝了个下午茶，然后傍晚七点半，陈叔开车送我去三百公里外的 K 市。

K 市下面有座玉琮山，偏远、美丽，且贫困。据闻聂亦他们家做慈善的重心一直放在教育上，多年来捐建了多所慈善学校，聂氏的第一所慈善学校就建在玉琮山里。

窗外风景飞逝，我想起一个小时前打给褚秘书的那通电话。那之前我打了三通电话给聂亦，他一直关机。

褚秘书在电话里回忆："从汤加回来之后，Yee 的工作已经告一段落，原定那之后他有十天的假期，十九号中午却突然叫我过去，说要去玉琮山待上一阵。只要人在国内，每年他都会拿出时间去玉琮山的慈善学校做义工。可能是习惯问题，他在玉琮山时通常不会和外界联系。"

我说："这样啊。"

褚秘书同我道歉："每次去之前 Yee 都会留下三套工作应急方案，确保即使他不在出了问题也能及时解决，所以这种时候我也没办法联系上他，不过……"他沉吟："S 市离玉琮山也不太远，开车过去半天时间足够了。"

我还在那儿想十九号应该就是我们分开那天，听筒里传来他的补充："Yee 问过您的工作日程，我想他是知道您的工作习惯所以走前才没有给您电话，他应该会在二十七号前回来。"他顿了一下："希望您能理解他。"

我们静了两秒，他欲言又止："每个人都有烦恼的时候，让自己平静下来的方式各有不同，我想也许去玉琮山是 Yee 让自己平静下来的方式。"

我笑说："聂亦也会有烦恼吗？我以为他百毒不侵，任何事都难不倒他。"

褚秘书似乎松了一口气，也笑："是的，他当然也会有烦恼，所以请您多理解他。"

褚秘书嗅觉灵敏，应该已经发现我和聂亦之间出了问题，并试图帮我们修补。我不确定聂亦走前是否真的同他打探过我的日程，也许有，也许没有。

挂断电话后我坐了足有半个小时，半个小时后我坐上了陈叔的车，再半个小时，车驶上了绕城高速。

路灯一盏一盏亮起，远处是隐在夜雾中的城市。暮色像是一匹暗沉的绫罗，先用同色丝线织上楼宇的轮廓，再用异色丝线织上灯光的轮廓，高高地悬在大地之上，看上去奢靡、华丽又孤独。一瞬间心里像破了个大洞。我觉得自己急需被治愈一下，忍不住问陈叔："车上有凤凰传奇的歌碟吗？能不能让我听个《最炫民族风》？"

玉琮山下的县城只有一家小宾馆，车开到时已经深夜两点。前台小姑娘打着哈欠帮我们办理入住，我跟她打听："小美女，你知道玉琮慈善学校离这儿有多远吗？"

小姑娘咧嘴："不远，出门右拐直走，爬个坡就到了，走路就半个小时。"

那天晚上不知道几点才睡下，却睡得很好。

早上被敲门声叫醒，反应了会儿今夕何夕此地何地，正想应门，却听到锁片拨动的开门声。吓了一跳，赶紧坐起来，抬眼望过去，房门却并没有被打开，倒是从隔壁传来说话声。我起来给自己倒水，想应该是宾馆老旧，隔音效果太差，所以误听了隔壁的敲门声。

茶柜在近门口处，我打开热水壶煮水，一门之隔，有女孩子的说话声传来："宾馆的早饭做得不好，请你到我家吃你又不赏脸，所以就给你送来啦。"

我从茶盘里取出一只玻璃杯，看到杯沿有一点儿污渍，正打算换只杯子，听到男人的声音响起："不用麻烦，我早上不吃早饭。"

手没拿稳，玻璃杯咣当摔在木地板上，女孩子惊讶道："什么声音？"

　　我屏住了呼吸，女孩子却没再继续追问，只压低了声音絮絮道："早上不吃东西怎么行？回头你的胃要是出毛病了我妈该骂我了，我去年问过她老人家，她说你要不吃东西一定是因为做得不合胃口，这是我照她给的方子熬的蔬菜粥，保证好喝。"

　　男人顿了两秒，道："你的工作职责里不包括这个。"

　　女孩子笑："我妈可是一字一句嘱咐我要把你照顾好，喏，我把它放这儿，你一定要喝，我下楼等你。"

　　关门声响起，隔壁静了一会儿，传来规律的洗漱声。水声哗哗，乍然停歇，开门声再次响起，接着是关门声。我走到窗户旁边，那扇窗户正对着宾馆门外的街道。大概有两分钟，视线里出现了聂亦的背影。因身量高、风衣又修身的缘故，那背影显得挺拔清俊。远处是新鲜而苍翠的群山，隐在晨雾中若有似无，眼下是还未睡醒的老街，就像是一幅油画。

　　没多久，毛衣搭仔裤的短发女孩从宾馆里出来追上聂亦，与他并肩而行。

　　这趟原本就是为聂亦而来，其实我可以在窗口叫住他，然后他会转身抬头。看到是我，可能他会皱眉，但还是会折回来。也许我们会在房间里喝杯早茶，茶喝到一半的时候，他大概会开口："我考虑过了，我们最好还是分手。"整个过程要不了半个小时。

　　我低头看表，那么在北京时间八点左右，我就不再是聂亦的未婚妻了。

　　该发生的总要发生，我打开窗户探身出去，正准备开口，聂亦同那女孩的背影却已经转过街角。

　　再次见到聂亦是在一个小时后。

　　玉琮慈善学校是那种铁栏做的围墙，不远处有个篮球场，其时球场上正有一场比赛，我站在围墙外一棵树干巨大的细叶榕后，看聂亦姿势漂亮地投进一个三分球。大约是老师带着学生们打友谊赛，场上除了聂亦，还有一位戴眼镜的男老师，其余全是半大的孩子。

　　原本是来找聂亦完成这场最后的谈话，从学校墙栏外遥遥看到这场比赛，却忍不住停了脚步，等反应过来时，人已经站到了细叶榕背后。

视力太好，距离挺远也能看到聂亦熟练地转身运球过人，快速上篮得分。

哨声响起，比赛结束，场上喝彩声此起彼伏，一个高个儿男孩兴奋地跑过去抬手同聂亦击掌。聂亦的额发湿透，嘴角似乎浮出一个笑容。我有一瞬间恍惚。

回神时球场上已经没几个人，孩子们纷纷涌去水池边洗手。水池就建在进校门向右，离我站的地方没几步。聂亦最后一个到水池旁，低头洗干净手上的尘土，又捧了几捧水浇在脸上，抬手拂拭掉脸上多余的水珠，起身边解开手上的护腕边朝我走来。

确切地说，是朝与细叶榕一墙之隔的休息长椅走来。

他在长椅上坐下，随手将护腕放在旁边。

正想着我是不是应该出现，早上见过的那个短发女孩已经拿着一瓶苏打水小步跑了过来。女孩面目清秀、气质活泼，直直将苏打水戳到聂亦眼前，眉眼弯弯："喏，补充水分。"

聂亦站起来，女孩握着苏打水往后退了一步，小声嘟哝："你是不是又要说不用麻烦，你不喝苏打水？我妈可都告诉我了，你的食谱里可没这个禁忌！"

聂亦伸手接过苏打水。女孩重新弯起眉眼："这就对了。"顿了顿，又道："总觉得这次你过来和以前都不太一样，是不是有什么烦恼？"

聂亦没有回答，女孩干笑："好啦，我知道就算有烦恼你也不会告诉我，不过，知道我们普通人都怎么对待烦恼吗？"她竖起一根手指："有句话叫趋利避害，如果有事让你烦恼了，离它远远的就好了，有人让你烦恼了，也离他远远的就好了。"

聂亦终于开口："为什么？"

女孩叹气："道理很简单呀，有病灶让我们的身体不健康了，治疗的最好办法是切除它，同理，有情绪让我们的精神不健康了，痊愈的最好办法不就是割掉它，舍弃它吗？烦恼是一种坏情绪对吧，所以如果有什么人或者什么事情让你产生了这种情绪，那这个人这件事对你来说就太危险了，不应该离他远远的吗？"

聂亦淡淡道："危险？"良久，突然道："的确挺危险，要想个办法。"下课铃响起，他将喝完的苏打水瓶子扔进垃圾桶，将护腕重新扣在手上朝教学楼走去，女孩在背后招呼："哎，聂亦你等等我。"

很久之后我才从榕树后面走出来。

我无意偷听这场对话，实在是没法儿走开，从聂亦说出"危险"两个字后，有很长一段时间，我整个人差不多僵硬地贴住树干没法儿动。聂亦的选择已经毫无悬念。我原本是期望能有一次正式的会面，让我得知最后的结果，实在没想到会是在这样的情境下得知聂亦关于我们这段关系的宣判。

我拨通陈叔的电话请他准备回程，老司机在电话里试探："聂少不和我们一起回去吗？"

我顿了两秒，尽量轻松道："他还有事情忙。"

08.

等陈叔时第三堂上课铃声响起，教学楼渐渐传来读书声，操场上又有班级来上体育课。

十分钟不见陈叔过来，想想也许这段路车太难走，正打算拨电话告诉他我自己下来，背后突然传来童稚声："阿姨，阿姨，请帮我们捡一下乒乓球。"

脚边的确躺了颗黄色的乒乓球，我捡起来递给铁围栏后面的两个小男生。小男生腼腆地说谢谢，我突然好奇，笑问他们："新来的聂老师教你们课不教？"

握着乒乓球的开朗小男孩睁大眼睛："阿姨也认识聂老师？聂老师教我们生物课，我们可喜欢聂老师了！"

我啧啧："那么严肃的聂老师，你们喜欢他什么？"

小男孩昂头："聂老师教我们打篮球，还教我们每个人都有二十三个染色体！"

另一个略害羞的小男孩反驳他："是二十三对染色体啦！"

我问害羞小男孩："你同学喜欢聂老师教他打篮球，那你呢？你喜欢聂老师什么？"

小孩嗫嚅半天，低头轻声道："我喜欢聂老师让我们能上学，还有每年只教我们一个星期，可是能记住我们所有人的名字。"

陈叔终于将车开上来，按了两声喇叭，我伸手摸摸小男孩的头，跟他做一个嘘声的姿势："别告诉聂老师你们遇到了一个认识他的漂亮大姐姐，我其实和你们聂老师有点儿过节，你们告诉他他会不开心。"

害羞小男孩认真点头，开朗小男孩嘘我："居然会有人自己说自己是漂亮大姐姐哦！"

我笑眯眯看他，一字一顿："因为我的确就是漂亮大姐姐。"

离开玉琮山正是晌午，山里有很好的太阳，沿途全是金色的水杉。阳光穿过长扇似的枝叶，在裸出的黄土上映出深浅不一的影子，像在纸上晕出的花纹。群山被我们抛在身后，回头能看见山巅的积雪在太阳的照耀下闪闪发光。

即使有阳光照耀，山风依然寒冷，我打了个喷嚏，内心倒是平静起来。

想想我的好朋友康素萝曾经真是问了我很多问题，比如怎么迷上了聂亦，还有为什么会那么迷聂亦。那时候我怎么回答她的？对了，我充满感情地回答她："可能是'前世，我在舟中回眸，莲叶一片一片，连成我眼中的哀愁。今生，佛成全我的思念，所以让他走进了我的眼中'。"康素萝当时就给了我脑门一下："说人话。"然后我就说人话了，我说："因为他聪明还长得帅。"

汽车在高速路上飞驰。想想看，最初的最初，我的确就是那么想的，十二岁时初见聂亦，直到二十三岁和他在香居塔重逢，十年的崇拜和喜欢的确源于他的学识和风度，但那不是爱。十年里我就像个追星族，为自己做出一个偶像式的幻影，可那并不是真实的聂亦，而真实的聂亦到底是什么样，我其实一无所知。

我说我爱聂亦，爱萌芽的那一刻是在香居塔，但那样的萌芽不过是多年准备后的虚幻偶然而已。照理说，当幻影逐渐清晰，不确切的虚幻爱意也应该逐渐消失才对。而后又怎么样了呢？

我撑着额头，风景从我眼前急速掠过，无数回忆从我眼前掠过。

回忆里真实的聂亦都是怎样的？

如同幻影一样，他是英俊的、才华横溢的、时而会显露出天才特有的傲慢的、冷淡的、看上去不好接近的……而掩藏在这之后的，还有呢？

明明不相信爱情，却并不看低它的价值，用九位数的潜水器交换我的婚姻，那是一大笔钱，即使要买的东西与众不同，是一段契约婚姻，也是极其昂贵的一次出价，却仍觉得亏待我，告诉我当我遇到爱我的人时，可以没有负担地离开。

那是比幻影更好的、尊重他人的聂亦。

虽然不喜欢简兮，可在她生病后，却连月奔波为她联系一流的医院和医生，那些并不是光靠金钱就能办到的事情。尽管简兮抱怨他只愿关心她的病情不愿施舍给她爱情，但那样的竭力帮助已经值得人感激。

那是比幻影更好的、仁慈善良的聂亦。

在探望奶奶时，为我的迟到善意掩饰，在收到匿名信时，为了不伤害我而善意隐瞒，虽然是出于将我看作家人才做出的举动，已经足够贴心。

那是比幻影更好的、柔和体贴的聂亦。

每年都拿时间去学校做义工，知道他所教过的每一个学生的名字，教导他们关于这个世界的奥秘。

那是比幻影更好的、温暖正直的聂亦。

愿意在半夜同我探讨人生问题，引导我面对未来可能会遭遇的挫折与伤害。

那是比幻影更好的、理性明智的聂亦。

当幻影逐渐丰满清晰，当真实的聂亦取代掉那个幻影，而后又怎么样了呢？

而后，剥除掉所有的肤浅，我爱上了一个非常好、非常好的人，那是非常好的一件事。没有什么可遗憾，也没有什么可后悔。

整理完毕之后，我拨通康素萝的电话问她："挚友，今天你没课吧？起了吗？失恋疗伤有没有什么地方好推荐啊？"

对面"嘭"一声响，一阵窸窣后康素萝的声音咋咋呼呼传过来："刚从床上摔下来，疼死我了！你说什么来着？聂家还真信了那事退婚了？"

我说："这事说来话长，等我散完心……"

她义愤填膺地打断我："×，他们居然是这种人，要我说光这点他们家就配不上你们家，本来你也不爱钱，这婚不结也罢！"

我沉默了两秒，说："开玩笑，其实我挺爱钱的。"为了使她信服，举例说："一想到潜水器没有了心都要痛死了，一会儿像被揪成个人字一样痛，一会儿像被揪成个一字一样痛。"

222

她接口："啊，你要说这个，还真是。前几天我在图书馆研究了一下，要造一艘完全符合深海摄影要求的潜水器，成本至少得是九位数打底吧。听说当年卡梅隆造'深海挑战者'的时候，还专门组织科学家自个儿研发能够用于海底几千米的抗压材料、摄像机、电池、灯具来着。"她感同身受地补充："的确，要不是嫁聂家，造艘自个儿的深海潜水器这种事咱们想都不要想了，这么贵的梦想突然就破灭了，你心痛我也是可以理解的。"

我捂住胸口："……朋友，你别说了，我的心真的开始痛了。"

她停顿片刻："唉，都是太穷了闹的。"我们一起唉声叹气。

方便签证的国家不多，找陈叔要来便签纸抓阄，最后抓到一个热带岛国，赶紧订下机票。休息一夜，次日临行前才敢找我妈摊牌，被放行后直奔机场，由于昨晚睡眠不足，上车后一直补觉，机场查看航班时才发现匆忙间竟忘了带手机。

原本打算登机前将该交代的事情交代给褚秘书，但实在记不全褚秘书手机号码，只好在公用电话处交代给康素萝。

康素萝睡得迷迷糊糊，说话还带鼻音："什么？你居然告诉阿姨是因为你得了婚前恐惧症才要悔婚？"

我无奈："你看，要告诉我妈想悔婚的其实是聂亦，我妈非灭了他不可，我也只能帮他到这一步了。"我压低嗓音严肃："回头你联系一下褚秘书，谨记让聂亦对好口供，要不然会发生什么，真的很不好说。"

能想象出康素萝在电话对面频频点头。

九月二十八号早上，我已经躺在热带岛国的白沙滩上，一边晒太阳一边看书。

这是印度洋中的一座岛屿，靠近赤道，有古老文明和漂亮风景。整片私人海滩仅建了一座酒店，酒店主体隐在背后的丛林中，只露出一排棕色的屋顶，无边泳池和运动场地倒是和海滨紧密相连。

中午去餐厅吃饭时看到不少亚洲面孔，有几张还颇为熟悉，似乎在电视里见过。下午果然看到沙滩上架起摄影机，一堆人忙忙碌碌，大概是电影取景。于是泡壶茶换到阳台上躺着吹风，一直到太阳落山。

餐厅咖喱味正，即使晚饭我也吃了很多，和健谈的大厨聊天，顺着灯带散步，然后伴着印度洋的海浪入睡。

就这样头脑放空了足有两天。

结果第三天早晨竟然在餐厅里碰到谢明天，大老远跟我热情挥手，我走过去和她拼桌，她还挺不可置信："昨晚拍夜戏的时候老远看到泳池边一个人像是你，果然是你啊，真是好巧！"

我点头："每次出门都能碰到你拍电影，你们做演员也真辛苦。"

她如遇知己，差点儿就要握着我的手潜然泪下："要是再碰上个苛刻的导演，真是死的心都有了，这次我就挺想死的。"唇缝里往外蹦字道："看到没？我身后九点钟方向靠窗坐的那个男人，这次的导演，简直是魔鬼。"

我瞟了一眼，靠窗的确坐了个男人，穿运动 T 恤，头发有些蓬乱，正戴着耳机表情空茫地看风景。我说："看着挺年轻的。"

她撇嘴："是挺年轻的，又有才华，拍了好几部得奖片，照理说应该很受欢迎吧。"她无限伤感地指自己的眼睛，夸张道："结果完全是个魔鬼啊，你看，才刚跟他合作两天，我鱼尾纹都出来了。"

我诚恳地安慰她："哪儿有鱼尾纹那么严重，不就是两个黑眼圈。"

她吓得都要哭了，赶紧掏镜子："还、还有黑眼圈？"捏着小镜子照了半天，瞪我："聂非非你这人怎么净爱骗人？"

我深刻反省："对不住你这么一说我还真是挺爱骗人的。"又问她："不过你怎么知道我爱骗人？"

她抿咖啡："我哥无意中说的。我哥不是见过你吗？挺好奇你的，问聂少你这人怎么样，他就说你爱逞强又爱胡说八道。"

我说："你哥挺八卦啊，看来聂先生对我意见也很大啊……"

谢明天被咖啡呛住，咳了好一会儿，道："好吧，我不能挑拨你们的关系让聂少回家跪搓衣板，其实他说你爱逞强又爱胡说八道，还挺可爱的。"

我一直知道聂亦觉得我挺可爱，不过，他对我的所有赞美和温柔，并不是将我看作女人，而是因为将我看作家人。

服务生正好送来早餐，谢明天笑："害羞啦，不像你啊聂非非。"又道："对了，前天晚上在机场碰到聂少来着，他飞美国，那时候我还以为你在美国呢。说起来你们不是七号就要结婚？你在这儿……你们是打算在这儿拍婚纱照？他之后过来这边和你会合？"

我边切培根边问她："谢明天你是天线宝宝吗？问题怎么这么多？"

她卡了一下："天线宝宝喜欢问问题吗？"

我也卡了一下，说："是啊，爱问问题的是啥宝宝来着？星际宝宝？天线宝宝？海绵宝宝？梦幻西游超级泡泡宝宝？"

我们一起陷入了沉思。

回房已经八点半，刷开房门，我愣了得有三秒，"嘭"一声将橡木门关上。平静了五秒，重新刷卡，将房门打开一条缝。不是我眼花，阳台的藤椅上、茶桌上、卧室沙发上、矮榻上，一共坐了五只猴子，姿态惬意，正在大快朵颐酒店准备给我的新鲜水果。我砰一声再将门关上。

身后响起没听过的男声："出什么事了？需要帮助吗？"

我机械地回头，竟然看到谢明天口中的魔鬼导演，一身运动 T 恤运动长裤的魔鬼导演站在隔壁房门口，手里拿着房卡，又问了我一遍："需要帮助吗？"

我喃喃："猴子……"

他明显愣了一下，但很快反应过来，从我手里取过房卡将门刷开。

门大开，猴子被惊动，纷纷停下手中动作，和我们面面相觑。他随手拎了个凳子举起来，做出攻击的姿势驱赶，猴子四下逃窜，待房间里的猴子全逃到阳台上，他一把将落地窗拉严合上。房间里一片狼藉，五只小猴子还在阳台上流连。

这里的确猴子很多，酒店服务生曾千叮咛万嘱咐，人不在房间时一定将落地窗锁上，以免猴子入侵。

我迎上去感谢他："先生你实在帮了我大忙，不知道怎么称呼……"

他正帮忙帮到底地打电话唤客房服务打扫房间，搁下电话答我："许书然。"

许书然，我突然想起这人是谁，在谢明天介绍之前我其实听说过他，近年颇有声望的新锐导演。我寒暄："我知道你，经常在新闻上看到你的消息。"

他突然笑起来："是，上个月新闻才报道过我殴打记者。"

我说："那我们订的应该不是同一家报纸，我照顾的那家报纸倒是常赞你有女人缘。"

他愣了一下，笑出声来："聂非非你还是那么有意思。"

我边扶椅子给他坐边谦虚："哪里，虽然个别媒体对你不太友善，但影评人对你评价可都很高，我也喜欢看你的电影。"说到一半我愣了一下，"欸，你认识我？"

他坐下来，捩着笑抬头："我读研三时你刚进 S 大，当年你把设计学院某系系花揍进医院那件事，还挺有名的。"他略有保留。"所以难以相信你居然会怕猴子。"

我感伤："好汉莫提当年勇。"又唏嘘："因为那种事留名至今，看来舆论对我也不够友善哪……你要喝橙汁吗？感谢猴子们不会开冰箱，冰箱还没有被洗劫过。"

他突然道："其实你的每一幅作品我都看过，去年那场慈善展出我还参加过。"他停顿了一下。"我很喜欢你的作品，聂非非，你拍人像吗？"

我回头看了他半天："不拍。"

他也看了我半天，然后报了一个价。

我说："好，拍。"

不到三天，疗伤度假就宣告结束，大概这就是身为劳动妇女的宿命。

当天傍晚，我和谢明天双双颓废地坐在椰子树下喝啤酒。

许书然请我拍一组水下电影海报，中午看过剧本，分别和导演及后期沟通了下创作意向和设计意向，已经确定次日下水，结果半小时前传来消息，说两个摄影助理一起吃坏东西住院了。

谢明天消息多多："应该是 Erin 指使，那两人都是她工作室的助理。"她皱眉："这女人未免也太没有胸襟。"

说话间 Erin 穿着比基尼从我们跟前摇曳生姿地走过。

我感叹："胸襟暂且不论，胸……是真大啊……"忍不住靠了靠谢明天。"哎，你一个明星，胸还没人家一摄影师的大，你说你好意思继续当明星吗？"

谢明天伸手就要打我。

从谢明天处听来的情报大致如下。说 Erin 是名时尚摄影师，差不多等于许书然的御用摄影师，几部作品的海报都是和她合作。这部片子原本定的摄影师也是她，为了满足许书然的水下剧照愿望，片子刚立项 Erin 就开始自个儿做水下拍摄培训。结果临到头拍出的东西却第一次不如许书然的意。因为此地是水下摄影天堂，倒是有许多专业或业余摄影师驻扎，请了好几个来试过，但都拍不出许书然想要的感觉。眼看已经没多少时间可供许导折腾，我就顺应天意地出现了。

我问谢明天："Erin 是不是和每一个新来的摄影师都过不去？"

谢明天摇头："不，你是第一个。我前天才飞过来，其实也不是特别清楚啦，但是听说之前来的摄影师都是男性。"

她毫无愧疚地说许书然坏话："你知道我们许导，成天跟圈子里圈子外各式各样的美女传绯闻，认识他的女人个个为他争风吃醋，何况 Erin 跟他这么多年……"她谨慎地选择了一个词："交情……所以你理解了吧，虽然这件事上难为你其实就是在难为许导，但说不准人家就是在借这个跟许导撒娇，那种微妙的嫉妒心和微妙的无理取闹。"她一副看破红尘的样子："这种事情这么多年也看得够多了。"

我边喝啤酒边赞叹："你们圈子真是每天都在上演爱情的史诗。"

谢明天拍我肩膀："虽然恋爱中的女人通常不讲道理，但我建议你最好还是去跟 Erin 讲讲道理。我们许导也不讲道理，到时候工作没完成，他完全有可能把所有责任都推到你一个人身上，然后让你付大笔违约金，他就是那样一个烂人。"她斟酌了一下。"或者你找许导谈谈也行。"

我感谢了她的好意，站起身来，谢明天在背后提醒我："你去哪儿？ Erin 在那边，许导在那那边。"

我将手上最后一罐啤酒丢给她："我不找他们，我去找下酒店经理。对了，见到你们导演跟他说一声，明天日程不变，还是照那个时间来。"

09.

太阳从海平线升起来，云彩的色泽完美再现了莫奈的《日出印象》。

我们的游艇漂荡在一个极小的珊瑚岛旁。

在水下环礁的基座上，珊瑚历经数万年沉积，才能有这样一座玲珑小岛露出海面。岛上棕榈参天，椰林如云，这些拥有极高树冠的热带树，叶面全反射着晨曦的金光，就像破碎的金子。丛林中时而传来鸟鸣。

半小时前和同来的潜伴一起下水探过，剧组定好的这片海域宁静平和，水下世界斑斓多彩，没有洋流，透明度也不错。

印度洋在这一经纬度上显得极为温和，我躺在甲板上吹风，看远天的晨曦逐渐烧起来，这预示着近正午时阳光一定无比充足，水中的光线会很好。

吹了半个小时风，剧组的船遥遥开过来，白色船体上大大几个花体字母，challenger，挑战者号。我先他们两个小时出来，临走时让总台给许书然留了口信。碰巧听说昨天晚上他找过我，但那时我不在房间。

两队人马在挑战者号上顺利会师，男女主角在助理、化妆师、服装师的重重包围中跟我微笑打招呼，男女配角倒是整装完毕。许书然站在船尾处和副导演交谈什么，看到我后中止了谈话，走过来道："摄影助理的事我听说了，昨晚……"

我打断他："这事不该烦你，是工作就会遇到突发状况，这种程度的我还能应付。"

他看了我两秒，点了点头："如果……"又住了口，只道："有问题来找我，我在二楼。"

听说二楼上编剧正严阵以待，显然他们另有工作。

海风吹来，船尾处只留下靠着栏杆摆弄相机的 Erin，抬头看了我一眼，表情不太友善。

虽然听说几个演员已经为了拍摄做过充分的培训和准备，但毕竟不是潜水老手，我跟他们聊了几句，又跟要一同下水的几个教练聊了几句，最后跟负责监视水下情况的船长和助理聊了几句，算是简单磨合完团队。

一个短发小女孩拿过来一堆道具给我看，都是待会儿下水后需要用到的，有捧花、十字架，还有一把小提琴。

我正在那儿研究琴弓，Erin 突然叫住我："聂非非。"

我抬头看她。

她打量我："你真有意思，要用我的助理和设备，上船却连声基本的问好都没有。"

合同上规定这次设备由委托方提供，委托方是许书然，昨天去剧组第一时间看了设备，配置挺不错，倒没想到属于 Erin，为了这次拍摄，她的确是花了血本准备。

我跟她点头："抱歉，久仰，谢谢你的设备。"

她笑了笑："久仰？"意味深长地看着我。"说起久仰，我倒是也听过一些关于你的有趣传闻。"她故作神秘："有传闻说你从前得奖全是因为你老师的关系，你老师死后你就再也没有什么作品拿得出手，你听说过吗？"

我看着她。

她伸手指点并不存在的江山："我喜欢这个领域，有才华、有能力就能得到最好的东西，你可以活得自由又任性，只要你能拍出好作品，所有人都会尊重你、爱戴你、敬畏你。当然这个圈子也有贪婪、虚伪、自私，这些我统统不讨厌，知道我唯独讨厌什么吗？"她靠近我，抿着笑。"沽名钓誉，滥竽充数。聂非非，你那些得奖作品，都是你自己拍的吗？"

话说完她闲散地退后靠住船栏，露出一副想看猎物羞愤发怒的兴奋表情。

我看了她半天，觉得人生就是要不断地遭遇神经病，我说："其实……"

她饶有兴味。

我说："其实久仰就是个客套，你还当真了？我之前听都没听说过你，也不认识你，你莫名其妙跑来说这么一大堆，你跟我说得着吗？"

她整个人愣在那儿，也不知道是不是忘词了，脸色一阵青一阵红。我正要转身，她突然道："不认识我？我说不着？"她厉声："跟你有交集才是我平生耻辱，不过你是不是忘了你现在有求于我，这就是你求人的态度？"

我就笔直地站那儿，平静地把刚才的意思又重复了一遍，我说："我都不认识你，我求你什么？这位小姐，你是有病吗？"然后我就转身走了。

船体拐角处碰到谢明天，她捂着嘴："我还以为你会跟她说，'现在不相信我没关系，请关注我这次的作品，在作品中看到我的实力吧，我会向你证明的！'"

我看了她两秒，语重心长地规劝她："少女你少看点儿少女漫画，还有，遇到神经病赶紧躲远远的，别让她纠缠上，这世上不能被感化的人心远比能被感化的人心多，能感化的还全都被少女漫画女主角给赶上了。生活这么艰难，大家又这么忙，好好过自己的人生才是正经啊。"

又提醒她："你不是还要为了婚姻自由而努力攒钱以后好离家出走吗？"

她瞬间愁眉苦脸，但同时也替我担忧："这下彻底得罪了 Erin，摄影设备上哪儿找去？"她揉太阳穴："要是你觉得有导演在，而且一大船人也过来了，Erin 她再怎么也不会扣住相机不借你，那你就太天真了，我们演艺圈奇葩可多了……等等，你不是打算揍她一顿然后把相机抢过来吧……"

我问她："你怎么想的，我是那么暴力的人吗？"

她有点儿犹疑不决。

我示意她看一大早送我过来的游艇："不瞒你说，那上面什么都有，相机、灯具、潜水装备、监测仪，还有摄影助理。当然时间有限，摄影助理可能没有我的私人助理那么贴心，不过打个光还是绰绰有余。"

她惊讶地"哇呜"了一声。

我叹息："主要是你们剧组环境太险恶了，干脆就准备了全套，还以为不会用得着，结果全用上了。"

她尽己所能地合理推测："一夜而已，这么充分的准备，是聂少的黑卡副卡？"

我批评她："庸俗，怎么一说解决问题就尽想到金钱呢？友情的力量也是很伟大的啊。"

她表示愿闻其详。

我说："你看，碰巧我有那么一位忠诚而善良的朋友，他的名字叫淳于唯，而碰巧他也有那么一位忠诚且善良的朋友，是我们下榻酒店的掌柜。"

谢明天又"哇呜"了一声，真挚地向我表达了她的谢意，感谢我在她这没见过世面的富家小姐面前打开了一扇关于真善美的新世界大门。

拍摄到很晚，大家都很累，回程时整条船安静得就像刚从暴风雨里劫后余生。

演员的辛苦尤甚于摄影师，尤其是男女主演，还得在海面下好几米深的道具沉船上跳华尔兹——穿燕尾服和晚礼服裙，没有潜水服也没有潜水镜，仅有潜水教练在一旁拿着呼吸管背着氧气瓶候驾，所有动作都靠屏气完成，为了拍摄效果，甚至不能绑安全绳。

许多人以为明星易做，只靠生一张好脸蛋便能名利双收，殊不知风光背后各人有各人的拼法。生活不简单，对谁都一样。

到酒店后各自回房，我点了个熏香，一觉睡到九点钟。

醒来时屋子里一片漆黑，只觉得空气湿润难忍，惊恐中打开灯，看到床前充满热带风情的小摆件，闻到空气中解乏的莲花香，才想起今夕何夕。已经是十月一号。

去餐厅的路上遇到面善的服务生，说今晚沙滩旁搞了个户外自助餐，厨子今天心血来潮，提供正宗的中国广东菜。我的确想尝试一下在赤道附近喝广东煲汤是个什么感受，兴致勃勃地就去了。

食台的拐角是一丛葵树，取餐中无意听到我的名字，稍微退后两步侧身看了一眼，葵树阴影下有两个三十岁左右的女人低声交谈。

"……导演过了聂非非的照片，Erin 不高兴，一下午把自己关在屋子里生闷气，这种浪漫海滩夜她以前最爱捧场，瞧，今晚居然没看到她的身影。"

"说起来，Erin 怎么会去惹聂非非？"

"怎么不能惹？我看 Erin 对谢明天也不过态度平平，那可是正宗谢家大小姐。"

"谢明天可没有聂非非那样的杀伤力，你没听过坊间传闻？传说月初在红叶会馆，聂氏制药的小少爷胡闹惹到了她，被她关起来揍得鼻青脸肿，啧啧。"

"欸？有这种事？看不出来，她真人气质挺文静的。聂因长那么帅她也揍得下手……听说聂因的父母护雏得很，那之后……"

"是护雏，可怎么护？那是侄子的未婚妻。"

"侄子的未婚妻……侄子……聂家的大少？聂亦？听人提过好多次，从没见过真人，听说真人比聂因长得还好？"

"三个月前谢氏的慈善晚会上我见过一次，坐贵宾席，高价拍下两幅海狮照片，听说聂因只比他小四岁，可气质真是差太多。"

"唉，聂非非这是行什么运……你说这俩人怎么在一起的？之前完全没听说聂亦这种新闻，突然就冒出个未婚妻……"

"大概那时候能入聂氏法眼的儿媳候选人里，各方面综合起来聂非非最合适吧，长得不错，名校毕业，有份家底，搞艺术，还有点儿名气。不过最近听说履历不够清白，聂氏……也有可能会换儿媳。"

"……就这样？"

"不然怎样，他们这种家庭，谈婚论嫁不都是因为这个，难道还是因为爱情？"

像讲了什么好笑的笑话，两人一同笑起来。

这些事，外人真是看得门清。

谁也不相信我和聂亦会因为相爱在一起。其实我自己也不相信，但也许某一刻我是那么期望过的，不然对于离开不会觉得那么疼痛难忍。

我的确觉得痛。虽然没有说出来。

九月二十七号中午，当飞机飞离 S 城的那一刻，那种疼痛突然变得真切又具体。如果要用一个比喻，就像是一个美好的梦本已经融入骨血，长成健康的皮肤，而那一刻却非得将它们利落地从身体上剥离开，可新的皮肉还没有长出来，怎么办，所有的一切都是血淋淋，整个世界都颠颠倒倒说不清。

其实我的心并没有受什么伤，那痛是来自被剥离皮肤的四肢百骸。因为皮肤被剥掉，全身鲜嫩的血肉失去保护层，一碰就疼。

所幸新的皮肤已经开始生长，只是别去碰它。

别去碰它，它就能自然地再长出一层，我就能重新变得健康，然后坦然地将聂亦这个名字锁进一个小盒子，沉放到心的最深处。

我妈说每个人的心都是座玻璃房子，所以无论它被沉放得多深，阳光永远能照射到它，它会一直很温暖，但可能我再也不会将它取出来。

之后我很正常地享用了一顿充满混搭风的晚饭，前菜是广东风味菜干猪骨汤和清迈风味青木瓜沙拉，主菜是新德里风味椰汁咖喱鸡，甜点是纽约风味甜甜圈，还就着这一堆混搭风喝了一瓶半白葡萄酒。

就记得中间谢明天来过一次，敬佩地感叹："聂非非，你这么吃居然没有食物中毒这可真是个奇迹啊！"被我友善地赶走了。

然后许书然来过一次，温和地问我："聂非非，你是不是醉了？需不需要送你回房间？"

我眉开眼笑地感谢他的好意："朋友，谢谢你，如果我醉了，请跟我保持距离，让我的闺中好友谢明天陪在我身边就可以。"

他要来扶我，结果我连桌子都差点儿掀翻了，他只好叫来谢明天。不知道什么时候出来的 Erin 远远看着我们。

谢明天简直要发疯："你喝醉了我一个人怎么扶得动你！"

我稳健地站起来攀住她的肩："这不是还没醉吗，你过来做什么？我一个人去那边的躺椅上待会儿，等醉了你再过来找我吧，就算醉了我也能撑着自个儿回房间。"

她探究地看我："聂非非，你今晚怎么喝这么多？"

我胡扯："不是说今晚酒店老板有喜事临门，所以酒水全免费吗？"

她冷静地回答我："水免费，酒不免费。"

我佯作哀愁："那可怎么办，我喝了这么多。"

她重重叹气："聂非非你是真醉了，我去给你拿点儿解酒汤来。"

她将我安置到附近的沙滩躺椅上，那里离开喧闹的餐会，有棕榈和白沙，附近牵了盏灯，光线有些暗，却很柔和。头上是明亮的星空。

酒意开始漫上来，星光变得刺眼，我拿手臂挡住眼睛。眼前一片黑暗，只听到夜晚的海潮声，唰，唰。

我想我是要睡着了。或者已经睡着了。海潮声简直是从四面八方涌过来的，唰，唰。然后在浪头与浪头衔接的平静瞬间，沙地上传来脚步声。不知道那脚步声是响在现实还是响在梦里，感觉那么轻，却立刻就刺激到我的神经。

睁开眼睛，星光模糊，灯光也模糊，模糊的灯影中逐渐现出站在我身边的人的轮廓，然后是整个人。烟灰色衬衫，黑长裤，微微俯身，神色有些憔悴，目光落在我脸上。

我们安静相对。

这是个什么梦？四肢百骸又开始疼痛，有一瞬间，我就要顾不上这些疼痛跳起来给他一个拥抱，管它是真是幻是现实还是又一个梦。谁说过有些事情现实里干不了了，梦里体验一下也不错？

可立刻我就想起来，就算是个梦，只要出现这个人，我就要小心翼翼，半点儿大意不得。我会把他给吓跑。

我告诫自己，聂非非，想对他说的那些话，就算在梦里，你也不能说。什么也不能说。

无论是梦还是现实，唯一安全的只有一句话。

他开口叫我的名字："非非。"

我将手藏在衬衫袖子里用力握住，我说："真巧，怎么在这里遇到你？聂亦，你最近好吗？"

海浪拍上沙滩，风将人群的喧闹远远吹走，他没有回答。好一会儿，他开口问我："你呢，你好吗？"

我点头："很好啊，你好不好？"

他看着我，许久，道："我也很好。"

我笑了笑："嗯，我想也是。"

有五秒的安静，那之间又一轮海潮扑上海岸，他说："你没有想过我会过得不好。"那是个陈述句。

我就思考了一会儿。我觉得我是醉了，整个人晕乎乎的，明明一动不动地躺在那儿还觉得飘，可就算这样居然还能思考。

我想说，聂亦，我去看过你，所以知道你过得很好。可能简兮的确是个不够好的例子，让我一度以为所有人对你的爱都包含索取。我想给你无私纯粹的爱，就像父母对孩子，我想为你创造一个幸福的家庭，而且有很长一段时间，我都自负地以为只有我才能做到。但到玉琮山之后我才发现，并不是只有我一个人知道该用什么样的方式来爱你。就算我们分开，你依然能为自己找到合适的家人。离开玉琮山时，我其实很放心。

这些当然不能说出口。

我单手枕着头，跟他说："因为我知道……"

他说："知道什么？"

我笑了一下，说："知道总有人比我更适合你，她会让你幸福，成为你新的家人。"

良久，海风送来他的声音："这就是你整理后的结果吗，非非？"

星光有点儿刺眼，我就闭上了眼睛。我说："是啊，你会遇到一个更正确的人，我也会。"

10.

早起头疼，还渴。记忆从昨晚谢明天跑过来找我说话开始断片，愣没想起后来又发生了什么。

我在小吧台跟前站了老半天，觉得既然想不起来，那可能是不太重要，就释然地给自己倒了杯柳橙汁，边喝边推开落地窗，又推开落地窗外边挡光的乌木门。

被拦在门外的阳光立刻扑进来。

这就是热带，虽然只是被棕榈叶割碎的晨光，依然热烈爽朗。

阳台两边各立了根装饰用的乌木柱子，我靠着柱子吹风醒神，眼看装橙汁的玻璃杯就要见底，突然听到有响动从隔壁阳台传过来。这家酒店修在海岬上的这排套房设计得很有趣，阳台与阳台之间并没有全然封闭，只用深色大理石砌出一个半身的小花台进行分隔。下意识朝声源转头，目光正撞上在小花台对面倚着半扇乌木门仰头喘息的 Erin。

那是许书然的套房，伏在她颈间亲吻的男人当然不做他想。料是两人靠着落地窗亲热，不知谁情动处一个失手推开了拉门。

Erin 也看到了我。那双漾着水波的黑眼睛里先是浮出一点儿吃惊，而后意味深长地笑了笑，轻佻地和我比了个口型，一边单手抚弄许书然的耳垂一边偏头向他索吻。

其实我没看懂她那口型是什么意思，料定是一种挑衅，但这种场合理会她的挑衅没意思。

我把最后一口橙汁喝完，端着空玻璃杯就打算回避。结果一回头撞到柱子，杯子也顺势落到地上，咚一声好大动静。

余光里看到许书然蓦地转身，脸上混杂着恍惚和诧异："……你在这儿？"

我一手扶着柱子一手捂住额头，忍痛"嗯"了一声，还忍痛跟他道了个歉，我说："不好意思啊，打扰你们了，不过我先来，你们后到。"话罢指了指地上的玻璃杯。

许书然不愧是声名在外的学院派花花公子，目光从地上的玻璃杯移回我额头时，表情已经完全自然："撞到头了？你等等，我这里有急救箱。"还没来得及婉拒，他人已经回房。

Erin 使劲瞪我，但此时伊人唇色妩媚眼波柔软，本就漂亮的一张脸简直艳丽得没边，瞪着人反而有种别样的娇嗔意味，一点儿也不觉得讨厌，我就多看了两眼。Erin 怒视我："看什么看？"

我笑："脑子有点儿撞坏了，觉得你还挺好看的。"

她走近两步，半身都靠住狭窄的小花台，从上到下打量我一遍："聂非非，你还真是有脸继续待这儿。"她压低声音冷笑："给你拿个急救箱就让你觉得自己特别了？不好意思，书然人好对谁都那样，要因为这个你就不值钱地自己缠上来，后悔的……"

Erin 这么紧张，看来外界传闻不算离谱儿，因为许书然不经意的绅士风度缠上去的姑娘应该只多不少，这事陡然有意思起来。

我想了两秒，一只手揣进裤子口袋，也走近两步到她跟前，挺认真地打断她的话，我说："美女，你听过我很多传闻，对我也算挺了解。"

她恶意地笑了笑："你是说你混乱的私生活？"

我点头。"也算吧，不过，"我伸出一只手搭上她的肩，轻佻地跟她笑，"你难道没有听说过，比起帅哥来，我其实更中意美女吗？"我凑过去跟她暧昧耳语："才发现你这么漂亮，要不，我俩试试？"

Erin 一脸震惊，反应过来后一把推开我，又后退几步紧紧贴住乌木门的门框，倒真像是被吓到了，还吓得不轻。

看谁都是情敌的姑娘就得这么来治，我自个儿挺乐的，抬头才发现许书然已经提着个急救箱站在阳台口。他皱眉打量了我得有五秒，极为艰难地开口：

"聂非非，你是……"似乎觉得那个词不好开口，他顿了一下："我记得你大学时交过男朋友。"

我当然知道他要说你是什么，正要摆手说我不是，就是逗逗你女朋友，已经有人在我身后简洁代答："她不是。"

海风吹过来，寂静的一刹那，棕榈叶在风里沙沙作响，海浪拍打礁石，激荡起大朵纯白的浪花。

Erin 看着我身后道："你是……"

转过头，想象中的人影此刻正安静地站在这热带岛国透明的晨光里，一身亚麻质地的白衬衫黑长裤，头发微乱。是聂亦。

我愣了一下，昨晚的记忆顷刻间扑面而来。我似乎在海边睡着了，睡着之前见到了他，我们彼此问了好，我还跟他说了一直想说的话。我以为那是个梦。

原来不是。

他看了我一阵，像是刚刚睡醒，声音有些低哑："额头撞了？"

我说："啊……嗯。"

他走过来，我不自觉就往后退了一步，他怔了一下，在两步开外停住，良久，他说："撞得不严重，冰敷一下就可以。"

我说："哦……好。"

他说："走路要小心。"

我说："嗯……好。"

一时两人都没再说话。

一直观察我们的 Erin 像是终于认出聂亦，开口道："聂少？"

聂亦转头看她，又看到她身旁的许书然，似乎才想起我们身处之地私密程度并不高，他迟疑了两秒，语声平和道："抱歉，非非她爱胡闹，阳台我们暂时不用，两位请自便。"

许书然表情淡然地客气了一句，Erin 又喃喃了两句什么。

他们的谈话我都没太听清，那时候我正想事情。后来等聂亦叫我的名字，我才发现想事情时自己一直莫名其妙地望着许书然，许书然没事似的将急救箱递给我，我也不好多说什么，尴尬地笑了一声同他道了谢。

提着急救箱跟着聂亦回房，这一次差点儿撞在门框上，被聂亦扶了一把。

乌木门被关上，玻璃门也被关上，光线一时暗下来，落地灯被打开。

聂亦去客厅里取冰袋，房间里安静得让人心慌。我打开电视，当地新闻台正播放不痛不痒的晨间新闻，女主播操着一口听不懂的僧伽罗语，电视画面一会儿是群羊一会儿是群猪，连猜都猜不出新闻的主题是什么。

我换了个频道，这次是部看过的美国电影。简陋的单身公寓里，小女孩坐在窗边吃早餐，男主角坐在她对面，虽然和她说着话，眼睛却望着没有生气的咖啡杯："我成不了你的家人，给不了你想要的，你要理解……"小女孩开始哭："你那么好，又温柔，心地那么善良……"她握住手指放在嘴唇上想掩住哭声："我爱你，亨利。"可男主角还是让领养服务中心的人带走了她，小女孩哭得撕心裂肺，一遍又一遍地哀求："别让他们带走我，我只有你了亨利……"

我正看得出神，听到脚步声，聂亦拿着冰袋出现在客厅门口，大约是电视里的哭声太过凄惨，他的目光隔老远落在屏幕上。

"是不是太吵了？"我问他。

"你喜欢就开着。"他说。

我想了想，还是将音量调小，他走到我身边，抬手打开另一盏落地灯。太近的缘故，光线略微刺眼，他探身将光线调暗，打量了下我的坐姿，示意我坐直，俯身将旁边的靠枕垫在我腰后："试着靠住靠背，头仰起来一点儿。"声音就响在我耳畔。

我走了两秒的神，然后顺着他的话仰头，暗光下他靠近的脸静谧柔和，身上有沐浴后的清爽香味。

冰袋覆上来，整整三十秒，我什么都没想，直到额头的那种冰冷将整个大脑都浸得发木。

我深呼吸了一下，决定开口问他。酝酿了五秒，我说："聂亦，你来这里，是要和我聊聊我们彼此的整理结果，对不对？"这实在不难猜到，即使决定和我分开，他也一定会当面和我提出，清清楚楚地开始，明明白白地结束，这才是他的处事准则。

他的动作停下来，我摸索着接过冰袋，尝试自己给自己冰敷。我说："其实你不用专程飞过来，我就是工作累了出来散散心，过两天我就回去了。"我试着笑了一下。"至于整理结果……那天晚上的事我仔细想过了，只是一时冲动而已，也许环境和气氛实在是太要命的东西，加上你又长得那么好看，那时候我可能是被迷惑了，你不用太在意。"

这是老早就想好的说辞，如果爱会让他感觉烦恼压抑，那我希望直到最后他也不要知道我对他怀抱着什么感情。如今他如何想起简兮，我希望他将来不会那样想起我。

他坐在我身边，说完那些话之后我转头看他，等着他回答，以为他会对我说："既然如此，以后我不在你身边，好好照顾自己。"或者类似的一句话。

但是并没有等到那样的话，不知道多少秒的沉默后他才开口，是个问句："如果是这样，那为什么想和我分开呢？"他认真地看着我，带着真正疑惑时会有的那种困顿表情。"是厌倦了吗？"

听到第一个问题时，我想说因为你觉得我对你认了真，我让你感到了烦恼和危险，我明白了你最后的决定，离开是想出来缓缓，也是想让这场分手能发生得更加自然，仅此而已。但听到第二个问题时，一时迷惑又茫然，就直接跳过第一个问题将第二个问题的疑惑问出了口，我说："厌倦？厌倦什么？"

他考虑了一下才开口，声音听上去很疲惫："因为我给了你太多时间，让你想清楚了你并不爱我，你所希望的婚姻也并非只要有金钱、有丈夫的忠诚就能满足，还需要有彼此相互的爱。"他看着我。"所以我想，也许你已经厌倦了基于金钱的婚约。"

我才想起来最初我们定下这婚约时是因为金钱。

他揉了揉眉心："昨晚你告诉我，说你想要遇到更正确的人。你可能会有的所有想法我都想过，亲耳听到……"他没有将这句话说完整。

我愣了很久，直到觉得额头发木，他问我为什么想和他分开，那的确只是一个疑问，他是在解一个逻辑题，后来他给出的那个答案……那样的答案是可以逻辑自洽的。

我可能会有的所有想法他都想过，亲耳听到我也想离开，或许感觉放心很多吧。

将冰袋挪开，才发现天花板上绘着精致的彩绘花纹，我喃喃："彼此相互的爱……说不定你所说的，的确是我内心所想……"也许在梦里我真的那么想过，有过变得那么贪婪的时刻。不觉地就感叹出声，我说："其实，一个人正好感到厌倦，另一个人又正好想要离开，对于一段关系的结束而言，没有比这更好的了吧。"

房间里安静了好一会儿，他说："如果那段关系中只有一个人想离开，你觉得被留下的那个人该怎么选择？"依然像是单纯问一个问题，希望我能给出合理的解答。

该怎么选择。这是在担心我么？怕我如果还没有做好离开的准备，会在这段突然失衡的关系中茫然无措？

抬头时正撞上他的目光，却看不清他眼底的神色。我想了想，尽量让他感觉到我的释然，我说："选择成全吧，总能再次习惯一个人的，要只是因为习惯了两个人相处，就非要将已经决定离开的人留下来，只会让两个人都痛苦，不是吗？"

好一会儿，他重复道："成全。"声音听不出来反对也听不出来赞同。

那之后很长一段时间他都没有再说话，靠在躺椅中，像是在想什么事，又像是没有。

电视无意间被我调成了静音，男主角在废弃的教室里读一段小说，画面看起来十分荒芜。

重新将音量调开，到一个不吵人的刻度，男主角的声音响起来："暮色四合之际，令人忧伤的厄舍府终于遥遥在望……"

结束了。所有的一切。

我起身去倒水。聂亦简单地坐在红木躺椅上，右手搭住斜起来的枕靠。他想事情时会习惯性低垂眼睛。

竹制落地灯上绘了大朵莲花，灯光穿过莲瓣落在他身上。突然就想起来香居塔那个午后，我撩起那幅隔断茶室的五色帘，看到他在帘子后面煮茶看书。

那时候银制风炉咕嘟咕嘟煮着水，茶室里弥漫着淡淡的茶香味。

我一口一口地喝水，一时间有万千思绪涌进脑海。

谁说人生若只如初见就好？十二岁时和他在樱花树下的那场初遇，十年后和他在聂家玻璃房里的重逢，次日和他在香居塔的再见，以及之后所有与他有关的记忆，哪怕是半月前那样尴尬的黎明，和如今这带着苦涩的终局，我觉得这些都很好。

在香居塔的那个下午，能和他说上话就让我感到雀跃；在沐山的那个夜里，一个小小的肢体接触就让我心底波澜万千；聂亦说过，喜欢是种贪欲，或许他说得对，喜欢的确是种贪欲，让我不知不觉就在这过程中失去了那些可爱的、值得珍惜的小情绪。

但也没什么不好，这贪欲给我苦恼，给我疼痛，也给我更大的甜蜜。

如果我已经不经意地在他身上实现过许多贪求……我放下杯子，那么结束之后告别之前，再贪婪一次应该也可以被理解吧？

我叫他的名字："聂亦。"

他抬头看我，就像是香居塔我们重逢时，他从书中抬起头来。

什么都没有改变。

我深吸了一口气，跟他说："告别之前，我们来约个会吧。"

约会前还得先吃早饭，聂亦先一步去餐厅，我收拾完出现在餐厅门口时，已然是多半个小时后，正碰上许书然行色匆匆而来，手里拿着好几卷打印纸。今早在那种情况下碰到，搅了他好事不说，之后还调戏了他女朋友，想想有点儿对他不起。我给他让路，嘴里寒暄："许导你辛苦，你先请。"

他停下脚步，看了我两秒："正好，一起吃个早饭，昨天选出来的几幅图，后期需要你再参与一下意见。"

我看了下表，回他："那早饭后我抽半个小时……"

正好有个剧组工作人员从身边过，被许书然叫住："你去和聂小姐男友说一声，我借用下她的早餐时间和她谈点儿事情。"

我说："嗯？"

许书然道："假我已经帮你请好了，没问题了吧？"

事已至此，只好将就，我泄气道："没了。"

剧组小姑娘小心翼翼地问许书然："那导演，聂小姐男朋友是哪一位呢？"

许书然看我。

我打起精神说："你走进去看，全餐厅最帅的那个。"

小姑娘看了眼餐厅，诚惶诚恐地问我："长得帅的男士挺多的，具体是哪一位呢？"

我说："最最帅的。"

小姑娘音带哭腔地问许书然："导演……"

许书然扫了眼餐厅："最里边两人桌穿休闲白衬衫翻杂志那一个。"

许书然在室外餐室找了两个位置，又让服务生拼了几张桌子放图片，玻璃墙内就是主餐室，我们坐的地方能将整个主餐室瞄个大概。坐下时看到聂亦望向这边，我跟他招了招手，指了指表，又将食指弯成表示 9 的钩状和他比画了下，做了个 OK 的姿势。他点了点头。

许书然诧异："预留给我九十分钟？挺慷慨，现在是八点四十，那么我们……"

我冷峻道："想太多，来，许导，让我们速战速决，争取九点之前把活儿干完。"

许书然坐下来："就二十分钟？"

我说："挺长时间了。你看，《碟中碟 4》里边恐怖分子炸掉俄罗斯的克里姆林宫，人也没花上二十分钟，那还是克里姆林宫。《变形金刚》里边霸天虎他们拆掉半个香港，同样也没花上二十分钟，那可是半个香港。"

许书然看了我一会儿，笑道："聂非非你真有意思。"他摊开手里的图片，又道："跟你男朋友，你也这么强词夺理开玩笑？"

我隔着玻璃墙看了眼聂亦，他正微微偏着头讲电话。

我说："还行。"

他也看了眼聂亦："他看上去不像是喜欢开玩笑的人。"

244

我说："大家都这么说。"突然就觉得好笑，我回头问他："不过你猜，我要是把刚才跟你说的话和他说一遍，他会怎么回答？"

许书然道："那个二十分钟理论？"

我点头："二十分钟理论。"

他想了想："胡闹？"

我摇头："他铁定说，聂非非，信不信我拆了你也花不了二十分钟。"说完自己先恍惚了一阵。

许书然表情高妙。

我从恍惚中回过神来，笑道："别怀疑，他正经是个跆拳道高手，的确拆了我也花不了二十分钟。"

服务生拿着餐单过来，我点了杯水和一份蛋糕，许书然突然道："你们感情挺好。"

我愣了一下，感觉脸上的笑应该是僵了僵，我说："嗯，还成吧。"低头看他摊开的图纸。"来，干活儿干活儿，咱们先从哪张图开始？"

预定九点结束工作，结果弄完一看表，已经九点半。许书然抱着图纸先走一步，我正要起身，谢明天端着杯咖啡从隔壁桌蹭过来："哎，聂非非你今天怎么这么淡定？我看秦颖过去和聂少搭话，坐那儿挺长一段时间了。"

主餐室里客人寥寥，聂亦对面果然坐了个穿白上衣的鬈发女孩，侧面清新动人，的确是昨天刚拍过的女主演。

谢明天一边往咖啡里加糖一边笑："这姑娘电影出道，有美貌有演技还有心思，你可小心着点儿。"

我实话实说："谢小姐，你笑成这样可不像是在为我担心。"

谢明天收了笑容甚为诚恳："嘻，小姑娘们太天真，聂少要那么容易追我早追上了，还能轮到她们？"她语重心长："我们这种家庭，环境其实挺险恶，特别是男人，你不去就花，花都主动来就你了，我哥吧是万花丛中过，片叶不沾身，其实大多世家子都我哥那样，但聂少一般是直接踩过去就完事了，那叫一个省心。"她叹气："就拿他那个青梅来说，都美成那样了，放到演艺圈能让现在这帮玉女惭愧得集体喝鸩酒自杀，又痴心，从小对他一往情深，这都没能感动他，这帮小姑娘算个什么啊？"她抬眼看我。"说真的要不是你俩成了，我都得怀疑聂少的性取向。"

我想了两秒，试探地问她："要我俩最后还是分了呢？"

谢明天斩钉截铁："那聂少是喜欢男人无疑了。"

我觉得到这份儿上就必须帮聂亦说两句话了，我说："明天啊，咱们做人可不能这么武断，就算我俩分了，也不能说聂亦性取向就有问题，凡事要讲证据的，要真有问题，他总该喜欢个谁，有个迹象，跟谁走得特别近……"

谢明天艰难地开口："聂少他……他跟我哥就走得挺近……"

我说："……"

谢明天说："……"

我们双双陷入了沉默。

好一会儿，谢明天开口道："我说这要是真的，你可怎么办，我大嫂可怎么办哪？我还挺喜欢你也挺喜欢我大嫂的啊。"

我安慰她："你想多了，你哥这么花心，怎么可能是 gay（男同性恋），女朋友一个接一个，现在又结了婚……"

谢明天沉默了一下说："说不定就是为了刺激聂少，希望他跟自己表白来着。"她补充："电影里都这么演的。"

我说："那最后不是没表白吗？这说明聂亦他……"

她又沉默了一下，说："结果没想到刺激过了头，聂少就和你订了婚。"

我看了她半天，竟然无言以对。

五分钟后才从谢明天那儿脱身，餐厅里大部分客人已经用过早餐，毗邻着整座酒店的树林里传来不知名的鸟叫，顺着晨风落进耳朵，像是一篇亲切的歌谣。

聂亦对面的座位已经空出来，我走过去坐下，顺便让服务生又给倒了杯水。面前放了杯热牛奶，拿不准是不是刚才秦颖留下的，我顺手将它拨开。聂亦正拿餐刀给吐司抹果酱，随手将牛奶拨回来："刚调的，加了蜂蜜，没人动过。"

我申辩："说不定我只是不喜欢喝牛奶。"

他停下手上的动作："去掉'说不定'三个字，这句话会更有说服力。"

惯有的相处模式似乎又回来，我看着牛奶杯发了两秒的呆，那是个很纯净的白瓷杯，杯沿上似乎站着阳光的小触角，星星点点有些可爱。

我就笑着说："唉，怎么老挑我语病，知道我不聪明就不能让着我点儿？"

昨晚到今晨，多长时间？他看着我，嘴角终于露出来一点儿笑意，将抹好果酱的吐司递给我："让着你又不能提高你的智商，给你喝牛奶才是正确做法。"

有多久没看过他的笑？那一瞬间心里突然感觉柔软，我端着牛奶杯轻声说："你笑起来多好看啊聂亦，你要多笑。"

他嘴角的笑就那么收起来，良久，他说："你只给了我一天。"

我从杯子里抬头，问他："什么？"

他已经端着咖啡杯看向窗外。

隔壁桌坐了对小情侣，女孩子咬着蛋饼小声抱怨："果然会帮女朋友调牛奶抹果酱的都是别人家男朋友。"

坐对面的男孩子莫名其妙："你不是最讨厌牛奶和果酱吗？"

女孩子瞪他："举一反三懂不懂，你就不能给我涂个黄油面包吗？"

男孩子噎了一下，还真拿了餐刀像模像样帮女朋友抹面包。

我觉得小情侣挺可爱，忍不住边笑边喝牛奶，直到聂亦开口说话才回过神来，他那时候仍看着窗外，突然出声问我："既然已经决定结束，为什么还想要和我约会？"

为什么？因为你会成为我重要的回忆，这次的相见告别也会成为我重要的回忆，如此重要的回忆，如果让它以平静开场，以尴尬承转，再以伤感告终，就实在太可惜了。

可实话是不能说的。

我想了好一阵，回他："因为我们即将变成彼此的回忆。每一段回忆我都希望有一个好的收场。"

他端着咖啡杯，轻声重复我的话："好的收场。"良久，他回头看我。"你希望的好的收场是什么样？"

我就朝着窗外看出去，那是他刚刚一直看的地方。一片狭长却算不得浓密的丛林，除了热带风情浓郁的芭蕉棕榈外，更多是不认识的常绿树和阔叶树，丛林中间杂着几条人工铺陈的红土路，已经有客人三三两两在其间散步。我迷茫了一下，说："像他们那样就挺好，在丛林里散散步，海边走一走，像以前一样聊聊天……我们聊天好像都是在晚上，白天一起走走这样的事情也很少。"

他说："你一直很忙。"

我笑了，说："今天我不忙。"

他站起来，伸手给我："带你去个地方。"

11.

2023 年 9 月 29 号，那天晚上一直下雨。

傍晚的时候聂亦想起来和聂非非的第一次约会，那是 2017 年 10 月 2 号，已经过去六年。六年前的往事为什么突然闯进脑海，也许是下午回来时在回廊上看到了徐离菲。

十天来他没有去看过她，十天前他去长明岛接她时对她说："明天我们转院。"但他没有告诉她，治疗她最好的医院其实是他家里。三年前为了治疗聂非非，他将位于清湖的半山庭园变成了治疗基因病最好的私人医院。

褚秘书将她安排在她曾经住过的房间，她没有半点儿记忆。听说她问过褚秘书："这是哪里？为什么带我来这里？我是谁？"听说她还试探地问过褚秘书："我是不是聂非非？"

"这是聂氏制药的聂家，你生了病，只有 Yee 能够治好你，你是徐离菲，你爷爷生前是先生的好友。"而至于最后那个问题，褚秘书当然没法儿回答。

非非，徐离菲。同样的病，同样的症状，同样周期的病情数据，这世上没有人能够凌驾于自然法则之上，所以他能给予她生命却无法给予她健康。褚秘书夸了海口，她的确生了病，也许没有人比他更了解她身体的病症，但三年前他不曾治好自己的妻子，如今对她同样无能为力。

她问得好。她是谁。

两个月前传出她和阮奕岑的婚讯，在长明岛的茶室，阮奕岑咄咄逼人同他宣战："菲菲她改名换姓生活在这儿一定是想重新来过，不管你和她曾经发生过什么我都不会放手，这次是我先找到她，你不会再像从前那样好运。"

那是他第一次看到阮奕岑，说着仿佛曾经为爱绝望神伤的话，倒是有一双从来没有经历过绝望的眼睛。他放下茶杯问他："你以为她是非非？她不是。"

阮奕岑傲慢地挑眉："爱着你的聂非非才是聂非非，爱着我的聂非非，对你而言就不是聂非非了，是吗？"

他做自然科学研究，曾经他坚信，只要那个生命体基因组全部基因的排列顺序仍同她一样，那么那就是她。可假如生物学上她依然是她，感情上她却不再记得他，不再亲近他，不再需要他，那她还是不是她？这问题并不像阮奕岑可以问出的那样肤浅。

他最想要的是她活着。

他平静地回答他："她爱着谁都好，只要她还活着。"

只要她还活着。

晚上他住在回廊旁的小工作室里。说是小工作室，其实之前是个观景平台，因为待的时间多，后来让管家加了玻璃墙和顶盖。平台前有一片水景，浅浅的池塘里养着睡莲和雨久花，偶尔有观赏鱼在其间嬉闹，旁边种了些栀子和湘妃竹，木栏上爬满了藤萝。

从前聂非非很喜欢这个地方，常拿个 iPad 躺着玩填字游戏，他也时常坐这儿看书。

不知道她玩的什么填字游戏，没两分钟就会叫他的名字，问题还古怪得五花八门："哎，聂亦，昆丁·塔伦蒂诺有部什么经典之作来着？""哎，聂亦，夺得过世界杯和欧洲杯的意大利守门员是谁来着？""聂亦，《风云》中聂风的独门武功叫什么来着？""哎，聂亦，黄花菜的学名是什么呀？"

她也有自觉的时候，会惭愧地跑来问他："哎，聂亦，你是不是觉得我有时候特别吵？"

他回她："不然呢？"

她就诚心诚意地替他哀愁："那娶都娶了，也不能退货不是？"

他漫不经心："也不是不能……"

她就蹭到他的身后，一只手撑住沙发的扶手，头靠在他的肩上，嘴角带笑看他："忍了这么久没退货，还是舍不得是不是？"

他还记得她的长发拂在颈边的触感，还是舍不得是不是？

她离开后他时常一个人待在这儿，偶尔夜里会住在这个地方，住在这儿的时候他就会梦到她，就像这个一直下雨的秋夜。半夜时他听到她在耳边悄悄和他说话："嘿，聂亦，我们来约个会吧。"他知道自己在做梦，却忍不住伸手给她："带你去个地方。"她就将右手很轻地放进他的掌心，声音里带着一点儿甜软的暖意："好啊。"背景是六年前那座海岛餐厅，抹了草莓酱的吐司被她吃掉一半，喝光的牛奶杯沿上印着一圈淡淡的口红印，是很衬她的橘色。

并不是每一个梦都能和回忆契合得分毫不爽。实际上六年前她对他提出约会的邀请并不是在那座餐厅里，当他对她说"带你去个地方"时，她也并没有那么柔软地立刻回答他"好啊"，她的眼神有些疑惑，然后像是想通什么似的笑了："哎，聂亦你要给我惊喜吗？"她将食指放在嘴唇上，"那等我去好好打扮一下。"

那时候他带她去的地方是紧邻着印度洋的一大片野生动物保护区，有草原也有湿地和雨林地貌。他少年时代喜欢极限运动，常来这里越野，曾经数次穿越附近的原始雨林。

那天她打扮得很好看，跟他穿同样的白衬衫黑长裤，脚上套一双紫色的芭蕾舞平底鞋，头上戴一顶大大的草帽。当越野车在热带草原上急速奔驰时，她单手用力按住草帽，银色的耳线被风吹得后扬，有一点儿格外的亮光反射在她雪白的颈项上。

多年后他自己都会疑惑，那时候明明在开车，为什么她坐在他旁边的模样他会记得那么清楚。

为了不影响他开车，那天她话很少，但是眼睛里的光却遮掩不住。第一次在水园见她妈妈时就听说过，她喜欢大自然，小时候最喜欢看海洋纪录片，后来做了水下摄影师，最喜欢的电视节目就变成了丛林探险纪录片。

开过一片稀树草原，旁边就是蓝色的印度洋，午后的海岸格外宁静，显得海潮越发凶猛起来，印度洋和作为陆间海的地中海不同，海潮极难有平静的时候。

沙滩上游人寥寥，他们在那儿下车，她脱下鞋子一直走到与海水相接的湿润沙地上："哎，聂亦，为什么带我来这儿？"

每当她要问他个什么的时候，总是以二声的"哎"起头，有一种特别的轻软意味。

他答她："不是想来海边走走？"

她喃喃："我是想来海边走一走，不过酒店外边的海滩就可以，像这样坐两个小时飞机再开一个小时车……这只不过是个分手约会……"

他想，接下来她就会说："聂亦，你做事真是很认真。"她果然回头，嘴角噙着微微的笑。"聂亦，你做什么事都这么完美。"

他明白这赞美其实并不需要他回应，却还是开口："我喜欢这里，想带你来看看。"

实际上，并不是每一件事他都会认真对待，只是如果这是他能给她的最后一天，他想要让她看到一些不一样的东西。

他从前以为他珍惜她是因为她是他的家人，在玉琼山时才想清楚其实不是。对她好的时候，他一直是将她看作一个女人而非家人，可当他想告诉她他的结论时，她已经决定去寻找更正确的人，而那个人也出现了。

他还记得那次酒后她和他谈起她的初恋，大她三岁的学长，天才式的少年，年少成名，她一直在追逐他的脚步。褚秘书上午时传来资料，那人应该是许书然。

她身边年少成名的天才也许很多，但大她三岁的学长除了他，就只有一个搞文艺的许书然。他和她虽然同一个中学，但他跳级太多，她入学时他已经离开很久，他们应该没见过面，他自然不可能是她所崇拜的学长，何况他研究的是她不感兴趣的自然科学。许书然和她同一所中学，同一所大学，十几岁时靠摄影成名，后来才开始转做导演。二十岁前她和许书然走的几乎是同一条路。

早餐时看到他们一起聊天，她看上去很高兴，眉眼间笑意生动。

追了这么多年，她终于追到这一天。

她对他说，希望他能成全。

成全，这对他来说的确是个全新的词。

思绪被一阵笑闹声打断。

海潮涌上来，浅碧色的海水像是有生命的藤蔓植物，挣扎着覆地曳行，目标是沙滩的最高处。天很蓝，透明的空气中，云似乎都是立体的形状。她站在潮水中提高裤腿一脸遗憾："这时候要有个冰激凌，就是我所经历过的最好的约会了。"

他站在她身侧帮她挡住海风："知不知道什么叫想太多？"

他这么同她说话时她从来无所畏惧，并且绝对有一套自己的理论，果然，她开始和他讲道理："也就是我们这种浪漫不拜金的女孩子这时候拿个冰激凌就能搞定了，你要遇上'拜金流'的姑娘，哪里有这么好哄，起码得让你弄一艘五十米的游艇搁这儿让她躺着吹风才算完。"末了突然顿悟："其实……这也没什么不好啊你说是不是，不好哄就说明不好骗，得赶紧学起来啊。"

她胡说八道的时候常让他觉得可爱，又一轮海潮袭上来，他伸手握住她的手臂："不用额外学太多，你已经很不好骗了。"

她被他牵着躲避海潮，裤腿都湿透了，却毫不在意，眉眼弯弯道："等等，让我陶醉三十秒，你难得赞美我。"

正好一对亚裔老夫妻过来请他们帮忙拍合照，她就立刻忘掉了自己说过的要陶醉三十秒，边接相机边和老先生寒暄："咦，我妈妈也爱这款相机，简单又好用，随便拍拍就会很好看。"

她是个摄影师，但他其实很少见到她拿相机的样子。原来她拍东西时上下臂的姿势会大开大合，很漂亮，也很稳。

老太太提议帮他们也拍一张，她一边将相机还给老先生一边不确定地看他："聂亦，要拍吗？"

看他点头她就高高兴兴地跑过去站到他身边，身体保持着距离，手规规矩矩地放在身前。

老太太提醒他们："可以更亲密一点儿。"

她笑笑："就这样没问题。"

明明是双人合影，他们之间空出的位子倒还能再插一个她进去，但半月前那个夜晚，她的手掌明明大胆地贴覆过他的手臂，抚弄和停留都带着缠绵的意味，她那么近地看过他，碰过他的头发，她还想要给他一个吻。

老太太笑着看他们："该不会是吵架了吧？要更亲密一点儿才行啊。"

就看她偏头观察他们俩之间的空位："啊，是有点儿远。"像是征求他同意似的，"那我再靠近一点儿啊。"

他问她："我是雕塑吗？"

她反应速度一流，立刻辩白："哪儿有，和雕塑合影我才不是这样，我会摆剪刀手。"说着还真露出八颗牙齿微笑着摆出一个剪刀手来。

她装作若无其事，却绝不再主动靠近他的身体。他说也许他们过界，她就真能做到让他们之间再没有任何过界的可能。谁能像她这么懂事？

不远处有一块巨大的岩礁，海潮扑打上去时声音尤其震耳，潮水被击退时她本能地转头去看，拍照的老先生连连招呼："小姐，看镜头。"

结果他们俩谁也没看镜头，那一瞬他握住她的手腕用力往后带，她猝不及防跟跄地扑进他怀中，他的手揽住她的腰，她抬头时他的吻落在她的额角。

她整个人愣在他怀里，却没有将他推开。

他的嘴唇离开她额角，好一会儿，她睁开眼睛。

他们拥抱过数次，这却是他第一次如此清晰而又明确地感知到她的身体，纤细、柔软、轻盈，给人一种一松手就会随风而逝的错觉。他下意识地收紧手臂，她没有表现出不适，迟疑了一下，顺着他贴过去，像是她也渴望缩短彼此的距离，哪怕只有一毫米。海风将她的长发吹起来，宽大的白衬衫就像是白蝶的翼。

她扑进他怀中时的确像一只懵懂的白蝴蝶，带来花田的清香气息。

但她可能是有点儿惊呆了，仰头看着他时眼角有些湿润，脸上却没有任何表情，不过离奇地竟是一个意外巧妙的索吻角度。

又一轮海潮扑上岸来。

他就低头吻了她。

蓝天白云，苍茫碧海，他低头吻她时嘴角有一点儿笑意，画面被保存在一台老旧的数码相机里。

放开她时她的脸颊一点儿一点儿变红，就像加速的镜头下逐渐成熟的一朵山茶花，颜色层次分明地过渡。她的睫毛微微颤动，脸上却克制着流露情绪："这是告别吻还是……"

他重新抱了她一下："不是。"

"那是什么？"

"没有其他定义，就是行为本身的意思。"

她想了一下，给了他一个含义不明的微笑，然后就去老先生那儿看刚才他们的合影去了。

重新上车后她一直保持着紧靠车窗的姿势，偶尔说话，不过是赞叹所见景色。从前她紧张时会重复同一个动作，害怕的时候话会很多，但如今她已经学会伪装，很多时候他需要花些时间才能看透她的真实情绪，但有时就算花了时间也看不透。

她其实很聪明，当她着意想要钻研一门技艺时，她可以钻研得很透，掌握得很好，比如如今令她感到兴趣的伪装。他有些后悔当初告诉她他了解她的那些小动作，否则弄懂她就会轻松得多。但终归她的伪装还没到炉火纯青的地步，当目光落到她身上时会发现她皱眉头，偶尔视线交汇时她眼睛里会有种失神的困惑。

或许她自己都没有意识到。

保护区的动物对于人类和他们驾驭的庞然大物已经司空见惯，蓝色的天幕下水牛慵懒地栖在泥潭里，孔雀在松软的土路上旁若无人地走来走去，高大的乔木上栖着长尾猴，远处奔跑着矫健的羚羊。

但他知道这不是真正会令她兴奋的景色。她是个海洋摄影师，但也喜欢拍摄陆地上的动物，可不是每一年她都有足够的时间跟随一个足够安全的丛林探险队去森林深处拍摄。

靠近雨林时连迎面的热风都变得黏腻湿润。

进林子前他将备在后座的相机递给她："或许有没见过的东西你想拍，要拍的时候告诉我停车。"

这时候她就很好懂了，已经完全忘记了这场告别约会原有的微妙氛围，高兴得整张脸都闪闪发光，说着担忧的话，声音里却听不出半点儿担心恐惧："里面有什么？"兀自在那儿做假设："熊？犀牛？毒蛇？巨蜥？鳄鱼？哇，说不定还有雇佣兵和毒贩子！"又左右看。"可进去之前不用做点儿什么准备吗？水和食品呢？我们似乎还差一个土著向导和一个经验老到的丛林越野车手。"

他给她指他们已有的装备："水和药在那儿，我们只进去一小段路，不用扎营过夜，所以不需要有多余食品。盒子里是徒步鞋，要下车就换上它。"他看她一眼。"不过最好不要下车，也不要开车窗。这附近大象和犀牛比较常见，没有雇佣兵也没有毒贩子，一百公里处有个生态站。"

她看上去对这约会安排很满意，眼睛里充满惊叹，但还是抿起嘴唇刁难他："土著向导呢？"

他熟练地启动被特殊改造后的越野车："不需要向导，至于经验老到的丛林车手……"他问她，"聂小姐你看得上我吗？"

她是真的惊讶起来："聂先生你应该是个书生，喝茶、下棋、读书、做研究，无论什么交通工具，你都应该坐在最安全最尊贵的后座！"

车开上一条木栈道，栈道由倒下的树株胡乱排成，既滑且窄，下边是条有点儿深度的小沟，就像是个专为丛林越野赛设置的高级障碍，他一边小心操纵一边问她："有那么乏味吗，我？"

她简直要屏住呼吸，生怕惊扰到他，说话轻得连空气都不敢震动："那样已经足够好，你、你小心开车呀！"

从栈道上开过去时她吁了一口气，心有余悸地拍胸口："技术真好，但要是掉下去的话就别想再开上来了吧。"

他安抚她："会让你危险的话我不会带你来，这条路我开过好几次。"

她越发惊讶。

她惊讶时眉毛会微微挑起来，情绪都表露在眼睛里，像个小孩子。要是无论什么时候她都这么坦诚就实在太好不过，他空出手来揉了揉她的头发，嘴角浮出笑："没有男人不喜欢车、冒险，还有速度。"

旅程并不长，不过两个多小时，但他们运气不错，一路上遇到许多动物。她视力超群，还在一块裸出的褐色石头上发现一只小巧的长尾蜥蜴，颜色很特别，可能是未被命名的新种类。

一路上快门声响个不停，看得出来她兴致很高。

近五点开始回程，回程时她窝在椅子里给这一天做总结："没有冰激凌这也是我有过的最好的约会。"

热带树肥厚的枝叶敲打在车窗上，他问她："你从前的约会是什么样的？"

她依然吊儿郎当地窝在副驾驶座里，抱着相机偏头："怎么，聂先生你这是后知后觉地嫉妒了？"她的嘴角弯起来，是个玩笑。她还能开这样的玩笑。

他不得不善意提醒她："我们现在在荒无人烟的原始雨林里，我控制着唯一的交通工具、饮用水，还有食物。"

她压根儿没把他的话当回事："很了不起吗？老喜欢威胁我，要么你把我扔下去试试看呀。"

他果断地停车，她整个愣在那儿："咦，来真的啊？"他俯身帮她开车门时她已经本能先于理智地抱住他的胳膊。"皇上，臣臣臣臣臣错了。"

很好的肢体动作。

他偏头看她："我没有给外臣当司机的爱好。"

她瞬间读懂圣意，简直对答如流："皇上，臣妾错了。"

他们对视了三秒。

"错了，然后呢？"他说。

她想了一会儿："好吧，说约会经历丰富之类的话都是唬人的。我都和康素萝约来着，我们就喝喝红酒、做做 SPA、聊聊当代世界政治的多元发展对世界和平会有哪些影响之类的话题。"

"哦，那据你们高见，当代世界政治的多元发展对世界和平会有哪些影响？"

应该是没想到他会反问，她傻了好半天："你也对这个问题感兴趣？"

他点头："感兴趣。"

她支支吾吾，又半天，挺干脆就自暴自弃了："好吧，我们其实不聊这个话题，当代世界政治有哪些多元发展我都搞不清楚……我们就喝喝红酒、做做SPA，再聊一聊韩剧和单机游戏……"

他重新启动车子："像是你们会聊的话题。"

她不服气："别小看单机游戏啊，单机游戏也很有聊头的，像《愤怒的小鸟》，那就挺难的，不愧是叫《愤怒的小鸟》，每次都能把人玩儿得挺愤怒的……"突然坐直。"想起来了，我也有过有意义的约会嘛，差点儿忘了，我还带过阮奕岑听歌剧。"

那是个未曾听过的名字，他一边开车一边问她："谁？"

她落落大方："前男友，大学时候交往过几个月，骨子里热爱艺术，所以有空就带他去亲近缪斯，不过……严格来说那也不算约会吧，现在想想……"话还没说完，车突然加足马力，下一秒已经直直冲进一条半人高的河流。一时间窗外水花四溅，她整个人贴在椅背上，呼吸都屏起来。

车攀上河床，她终于喘过气："聂亦咱们能打个商量吗？下次来这么一出之前你能不能先给我个提示？"

他笑了笑，问她："吓到了？"

她尽量精准地描述自己的感觉："何止吓到，简直像是头撞到车顶上，'嗡'的一声。"

他安抚她："我在这儿有什么好害怕的。"

她竟然就实话实说了："就是你在这里才害怕。"又问他："聂亦你是不是一握住方向盘就会特别不理性啊？"

前方有一段类似河谷的坡路，坡度非常陡，极富挑战性，他一边观察计算一边低声回她："越野是理性地享受非理性的乐趣，所以握住方向盘反而是我最有理性的时候。"

她也注意到他即将挑战的项目，紧紧地靠住车窗："我刚刚是不是说错话了？你真的不是在报复我吗？"接近坡道时她几乎就崩溃了。"聂、聂亦，说真的，既然你这么理性，我们能不能理性地另换一条路试试？"

他没回答，一只手握住方向盘一只手示意她靠过去，她崩溃地靠过去，足够近的时候他突然揽住她的后颈吻了下她的眉心。

她表情茫然，反应得却快："聂亦你……"

他已经放开她，全神贯注在新项目的挑战中："放轻松，这条路最近，不会有问题。"

不知谁总结过，人文科学家更关注历史，自然科学家更关注未来。

聂亦第一次意识到聂非非有她自己的感情经历，是在谢仑结婚的那个夜晚，地下停车场里她半醉半醒同他提起："我初一的时候遇到一个男生……"那时候他并没有觉得这事和他有什么关系。

二十三岁的女孩子，开朗、聪明、才华卓著，有过初恋和男友都实在太过平常。

其实，当他需要用喜欢这种感情来定义这个人之于他的角色时，那些问题他依然没将它们看得多重要。她过去喜欢过谁，现在又喜欢谁，也许他并不喜欢她提起他们，但那并不代表他在意或是想了解他们。知己知彼百战不殆，那指的是对手。但在聂亦的字典里，有很多常用词汇对他来说就跟不存在似的没意义，名词例如对手，动词例如嫉恨，情敌这个词就更加新鲜。

并不是说他没有在意的东西，关于他和聂非非的未来他就挺在意。但她说希望他能成全她，成全，这又是一个新鲜的词，如果他成全她，那就是如她所愿放她去追逐她喜欢的人，可如果那个人不够好呢？

在 V 岛时他的确说过，如果她想要更多，她也值得。他不太确定她有没有理解正确，他所说的"更多"，意思是她想要的东西比他能给她的更好。

她那时候问他："如果我想要更多的时候，为什么不能由你来给我呢？"就像是为了印证当日他的回答，他想要给她更多的时候，她却并不一定想接受。对于爱情这件事，施者和受者都那么合适并不容易，他从前就很清楚，所以如今他们这样的结果也很合理。

可如果她执意要离开他，至少她要为自己的爱情找到一个安全的受者。

如果那个人并不安全，他需要做的事情就多了。

或许那个人不够安全才好。

到此为止，他们之间的确有了一个结果，但就像是做实验，很多时候结果不一定等于结局。

车惊险而平稳地开过陡坡，又开过一段灌木丛，那期间她并没有像之前蹚过河流时那样紧张，皱着眉头像是在思考问题。

前方出现一段平坦野路时，她终于开口："不知道是不是我会错意……"她转头看他，甚至侧转半个身体，然后深吸了一口气。"要是会错意就太扫兴了，但我实在想问，"她看了他得有五秒，欲言又止，又坐回去，"算了，我还没做好心理准备，至少等今天结束。"她揉着太阳穴。"太阳还没有下山，我着什么急。"

热带的太阳滑落地平线时，景色会像是魔族在火红的峡谷里锻造有魔力的戒指。

他的手指在方向盘上轻轻叩了一下，问她："聂菲菲，你什么时候开始变得这么不干脆？"

她惊讶地看他，呼出一口气："好吧，既然你这么说……"她破釜沉舟似的再次侧过身来摆出交谈的阵势，却被视野中突然出现的景象打断。

并不是什么危险的猛兽，前方的一片野丛林里，他们看到了一辆被藤枝缠绕深陷泥沼的越野车，越野车旁还站了两个焦急求救的中国女孩。

大致情况是两姐妹陪父母来度假，在酒店待得无聊，决定出门越野，却低估了丛林的危险系数，结果没多久就把车开进了泥沼。车轮陷入泥潭很深，拖出来需要时间，最安全的方式是载她们出林子，车留下来等待专业救援队施救。所幸两人和他们住同一家酒店。

车上多了两个人，显然不再适合谈正事。

她是累了，后半程睡意十足，却还强撑着时不时和他说话。让她睡一会儿，她一边点头答应一边往太阳穴抹提神的驱蚊水。问她硬撑什么，她就撑着手偏头："我睡着了你一个人开车得多累啊，我得清醒着陪你说说话。"

酒店紧临保护区边缘，是典型的南亚风格，乔木立成一道屏障，将印度洋的浪涛隔开。两姐妹先下车，已经有一对中年夫妇等在大厅入口。妹妹先跑过去，姐姐留下来和他们道谢，服务生帮忙泊车时中年夫妇也来道谢，说是两姐妹的父母。

他们停好车折转回来时一家四口仍站在原地，似乎在争论什么。中年男人面露愤色，抬手给了大女儿一耳光，力道很重，女孩没站稳，跌倒在地哭着分辩："不是我要带她去的，爸，是她自己要去的，我拦不住，您让我无论什么时候都照顾好她我才……"

小女儿怯怯地抱住男人的手臂："爸爸，是姐姐她说要去我才陪她去的，姐姐到现在还是不能接受我，我想讨姐姐喜欢才陪她冒险……"

男人看着倒在地上的大女儿："撒谎成性，做错事不肯承认，没有姐妹之爱，没有容人之心，黎可悦。"话到这里看到了他们。从停车场到酒店大厅没有其他的路，他们有礼貌地回避在岔路口，等候这家人处理完家事。男人脸色有几分难堪，没再说什么，领着妻子转身向客房区去了，小女儿跟在后面。大女儿扶着头哭了一阵，自己起来走了。

那家人出事是在聂亦领着聂非非用过晚餐之后。

餐厅到客房区有一段露天长廊，两边种着大片热带花卉。因是个晴夜，仅靠星光和微弱的廊灯就能辨清花色，很适合散步，所以回房那一段他们走得很慢。

中途褚秘书打来电话，她主动走到前面给他通话空间。褚秘书的汇报还不到一半，一个女孩跌跌撞撞从长廊拐角跑出来，脸色苍白，裙子上染了血迹，看到他们时眼神惊惶："怎、怎么办，我、我不是故意的，怎么办……"是下午那两姐妹中的姐姐。

她扶住那女孩："怎么了？"

女孩哆嗦着开口："我、我、我杀了人，我杀了她……"

他立刻挂断电话："几号房？"她问出同样的问题，仅比他慢一秒钟。

女孩子颠三倒四："402，不，403，02还是03，我记不得……"

他们朝客房区赶过去，过道里没人，402号房门大开，有血腥味飘出来。房间里一片混乱，两姐妹中的妹妹躺在地上，还有意识，血从腹部大量渗出，旁边是一把染血的水果刀。

聂非非晕血，他一边为伤者急救一边吩咐嘴唇发白的她："去外边待着。"

她却已经拿起床头电话打给前台，话音有些颤抖，倒是有条理："402号房有客人腹部被刺伤，失血很多，请帮忙呼叫救护车，对，应该是这间房的住客，请通知伤者的父母，我们这里恰巧有专业人士帮助施救。"打完电话又帮他去取用得上的新毛巾，虽然脸色都白起来，将毛巾递给他时手却是稳的。的确，在什么场合她都不会添乱，而且能立刻找到用武之地。

下午时见过的那对中年夫妇很快赶来，救护人员随后。听说是大女儿刺伤小女儿，女人当场晕了过去，男人颤抖地握住小女儿的手，脸上混杂着痛苦和震怒："那个孽障，那个孽障，我饶不了她……"

救护车带着中年夫妇和被刺伤的小女儿很快离开，酒店工作人员分头去寻找大女儿。他们对酒店环境不熟，无从帮忙。经理请他们先回房休息，警察来后再请他们下来录份口供。

施救时身上染了血迹，他冲了个澡，刚走出浴室就接到总台打来的电话，说找到了那女孩，他的女伴聂小姐现在正和那女孩在一起，两人在橡胶园钟楼的顶层。

胖经理已经候在大厅，小跑着才能跟上他的步伐，一路上气喘吁吁和他解释。大概是怕他生气，解释得极尽完备："聂小姐房间的阳台正好对着西边的橡胶园，我们想她可能是去阳台时发现了那女孩坐在钟楼上，总台接到她的电话后立刻通知了工作人员。那女孩意图自杀，坐的位置相当危险，聂小姐很担心她的安危，很快也赶过去了。现场只有聂小姐一人中文好，大概是为了缓和那女孩的情绪，趁工作人员不留意时爬了上去，不过会中文的谈判专家已经在赶过来了……"

他没有责备人的习惯，事情已经发生了，如何补救和解决才应该放在第一位，他打断胖经理的话："气垫铺设好了吗？"

胖经理擦汗："已经铺设好，我们的救援人员都很专业。"

他看了他一眼，语声平平："专业到需要让一个住客去做意图自杀者的情绪处理。"

胖经理抹着脑门的冷汗讪讪："只是中文实在不好。"

虽然有了心理准备，现场看到她坐在六十米高的钟楼顶层还是让他心漏跳了一拍。

钟楼是殖民时期留下的建筑，黑砖建成，顶层做成一个没有围栏的尖顶阁楼，照理说如此危险，应该早被锁住才对，不知那女孩通过什么方式将锁打开爬上去。

大概是出于景观诉求，钟楼主体安置了一些小灯，灯光微弱，刚够照亮附近。女孩坐在阁楼边缘，两条腿荡在半空中，像是随时会掉下来。她也好不到哪里去，万幸坐的位置挨着撑起顶盖的一根石柱。

他径直走进钟楼，胖经理追上来："聂先生，您再上去万一出什么事我们酒店……"两个工作人员也赶过来拦人，他绕过他们顺手将一楼的铁门关上，工作人员和胖经理一齐被挡在门外。这就是拦不住了，胖经理一边擦汗一边急火攻心地吩咐施救人员："再检查一遍气垫，四面都铺上，都铺上！"

他在倒数第二层停下脚步，已经能听到她们的对话，是她的声音："……我有个男性朋友，开一家小咖啡馆，就在我们学校附近，后来他和我导师恋爱了。我导师也是位男性，那时候和他妻子分居中，但还没离婚，挺糟糕是不是？"她停了两秒，对方没有回应，她自顾自地说下去："更糟糕的是他俩的母亲都不能接受同性恋。这段恋情快要穿帮时，我那位男性朋友选择了逃避，在我不知情的情况下让我做了挡箭牌，说和导师恋爱的是我，就像你妹妹做错了事总是拿你做挡箭牌一样。"

霍夫兰的说服艺术：情感诉求相比逻辑诉求而言，更能影响受众态度上的转变，分享类似经历是打开对方心扉的重要切入点。

她停下来，那女孩果然开口："……后来呢？"从声音分辨，情绪已经不像此前在长廊上碰到他们时那么激动。

"我导师没有否认。"她接下去，"师生恋这个词听起来还有点儿浪漫是不是？不过 A 国大学禁止教职员和学生之间发生任何浪漫两性关系，我的导师很快被学校解聘，我也差点儿被退学。导师觉得愧疚，和校方说只是他一厢情愿追求我，将我保了下来。但他在学校有很多拥趸，他们觉得他说的并不是真的，是我出于利益目的引诱了他，毁了他在大学里的前程。你大概可以理解那段时间我遭受了什么样的精神暴力和压力。"

"……你为什么不否认？"那女孩问她，不等她开口，又自己做出回答，"因为没人相信你是不是？"好一会儿，女孩道："就像每次我跟我爸解释，他都不会相信我，在他心里已经认定我冷酷自私。"女孩轻声道："谁说父母总会理解子女的呢，并不一定是那样的。"

"没有尝试过好好和你父亲沟通一次吗？"她问她。

女孩的声音有点儿颤抖，但还是稳的："没用的……这次我刺伤了可人，即使她没事我爸也一定会打死我，他不会相信是可人到我房间来挑衅，说现在就算我再讨厌她也不敢伤她半根毫毛，因为爸爸会替她教训我。"女孩喃喃："她说得对，爸爸会替她教训我。"

他尽量不发出声音，攀到和她们同层。

她说话时总是侧头看着那女孩，自然在第一时间发现他，眼里掠过惊讶，倒是立刻领会他的意图，继续不动声色地转移女孩的注意力："如果矛盾真的已经不可调和，没有想过离开他们吗？"

"……离开？"

她点头："对我来说就是那样，毕业之后离开了那个环境，一切都好了很多。"又循循善诱："既然你连自杀的勇气都有，为什么不选择离开呢？"

也许她能劝服那女孩，也许不能，不能让她冒那个险。

女孩像在思考她的话："可……"

一切都发生在电光石火之间，他猛地扑过去挟住那女孩，从茫然中回神的女孩本能地挣扎尖叫。他得保证女孩的挣扎不会波及坐在最右侧的她，不得不花费更多力气来控制女孩的肢体动作。方寸之地且没有护栏遮挡，对于过于绝望没有章法的挣扎和必须控制空间范围的压制来说，都显得危险又困难重重，那女孩带着他差点儿摔下去，幸好被左端的石柱挡了一挡。

最终女孩被他固定在地上，施救人员打开铁锁冲上来，带着获救者先下去。

那时候才感觉到钟楼之上风的力度，似乎整座橡胶园都在风中摇荡。看来这几天是太累了。

伸手给她时她似乎才察觉到害怕，颤抖着将双腿挪上来，却几乎没法儿站稳，被他半抱着下了钟楼。她半个人都倚在他怀里，手臂冰凉，额头上还有冷汗。

楼道里灯光微弱，他问她："知不知道离意图跳楼的自杀者太近是大忌，有没有想过她情绪激动起来你也会有危险？"

她没有像往常那样辩驳，看来是吓坏了。

他保持着声音的冷静，继续问她："你也不是没有安全意识，怎么这次这么冲动？没有考虑过你遇到危险时家人会有的感受？"

她僵了一下，直到他们走出钟楼她都没有出声。

经理和几个工作人员迎上来关怀他们是否受伤或受惊，说医生已经等在客房区的休息室。他和经理说话时她离开他去了数步开外的一个小木亭，那旁边有一棵极高大的橡胶树。

只是几句简单安排，谈话很快就结束了。

他走到她身边，她背对着他仰头望橡胶树的树冠，天上虽然有很多星星，却只能看到树冠的阴影。

他开口："非非，我并不是责备你。"

她没有回头，终于回答他："你应该责备我，给你惹了这么大麻烦，你应该狠狠教训我一顿才是，你越是……我……"她没有将这句话说完，单手盖住额头，肩膀在轻微地颤抖。

他看着她的背影，好一会儿，道："除了刚才在楼道里提醒你的那一条，其他程序你都没有做错，我不认为造成了什么不能解决的大麻烦。"

"因为被石柱挡住了。"她飞快地说。

他立刻明白她的意思："即使没有石柱……"

她打断他的话："讲道理我从来讲不过你，总是三两句话你就能把我拐进你的逻辑。聂亦你很好，就算是我做错你也总是护着我，可我……"她停下来，肩膀颤抖得更厉害，再开口时声音依然是平静的，就像是早已想好的一番话，她说得很快也很利落："你还是把我看作家人，才会那样护着我，可我已经不再是你的家人，你对我其实没有什么责任了聂亦，以后我做什么都好，都是我自己的事，你别再管我了。"她匆匆转身。"就这样吧。"

木亭里牵了一盏灯，灯光朦胧。擦肩时他握住了她的手臂，他的确是疑惑了："你说的就这样，是怎么样？"

她低着头，依然很平静："说真的，我老觉得自己运气好，所以经常冲动，把自己搞得很危险。"她深吸了一口气。"我们应该没有关系，你离我远远的，这样我就不会害你……"但声音里还是染上哭腔，她也察觉到，立刻顿住不再开口。

良久，他说："聂非非，说话要说完整。"

她仍然低着头，一只手挡住眼睛："这样我就不会害你……我……"声音颤抖得不成样，她终于崩溃地哭出来："聂亦你根本不知道我在害怕什么！"

他将她的右手拿开，她的手指冰凉，有些湿润，再将她的头抬起来，朦胧灯光下她的眼角绯红，脸上有泪痕，眼里也蓄满了泪水。他并不是没有见过她哭，可情绪这么激动还是第一次。"你在害怕什么？"他问她。

她已经不再试图控制情绪，整个破罐子破摔了，挣开他一边抹眼泪一边道："六十米高的钟楼又怎么样？我又不会恐高，就算那女孩情绪激动，我坐得那么远，还抱着石柱，怎么样也不会比你那样更危险，你差点儿掉下去你知不知道？没有那根石柱挡着你就真的掉下去了你知不知道？你要是真的掉下去了怎么办，我……"

他走近她一步，她立刻退后，他只好站在原地："下面的救援设备很充分。"

她立刻反驳："气垫也不是百分之百安全。"

这一段争论实在是前后矛盾，他看着她："你也知道气垫不是百分之百安全，你坐在阁楼边缘的动作也不是百分之百安全，那为什么还要那样做让我担心？"

她愣在那儿许久，一只手抬起来，轻轻握住他的衣袖，那夜之后这还是她第一次主动靠近他，眼泪大滴大滴落下来，她叫他的名字："聂亦。"嗓音柔软下来，看来是冷静多了。

"好了，"他握住她的手安抚她，"你不会害我怎么样，以后再遇到危险不要冲动，想要救人没什么不对，但要保护好自己……"话还没说完，她突然踮脚抱住他，将头紧紧埋在他胸前。眼泪很快浸透他的衬衫，是温热的触感。他听她喃喃开口："让我靠三秒，就当我不清醒，我不知道该怎么办。"她说："我不知道我该怎么办。"

那个拥抱不止三秒，今夜她的举动颠三倒四，毫无逻辑，他不能分辨到底是什么让她那么痛苦，也不知道她因什么而困惑，只知道她的眼泪不断涌出来。他抱着她站在整个橡胶园最高大的一棵橡胶树下，她伏在他胸前哭泣，只是肩膀微微地颤抖，没有发出一点儿声音，风从他们身边吹过，带来不远处印度洋的潮声。

他想，一个人怎么会有那么多的眼泪。

褚秘书订了两个相连的套房。他在她房里直待到她做好入睡准备，替她关掉卧室灯后，他在客厅里站了几秒，从柜子里取出毯子随意铺在躺椅上。她从卧室里出来，穿着拖鞋站在门口有些惊讶地看着铺好毯子的躺椅。

他正在喝水，淡淡道："你睡着了我再回隔壁。"

她认真和他说："聂亦，我不是需要人照顾的类型。"

他也认真回她："你早点儿睡着，我才好早点儿回去。"

没想到最后却是他先睡着，而且睡得很沉。半夜时被渴醒，睁眼才发现异样：床灯开着，他躺在床上，头下枕着冰枕，右手吊着点滴。倒是没有太惊讶，睡前就觉得头发沉，像是感冒，只是现在看来感冒的程度有点儿出乎他意料：从躺椅上被移到床上，还被扎了针，居然完全没印象。

毕竟是睡眠灯，暗得仅能看清床上一隅，不过已经足够。他发现她躺在他身边。整个人都压在被子上，应该是照顾他时不小心睡着，白色的丝质睡裙被床灯镀了层暖色调，长发拂在脑后，没有将头规矩地放在枕头上，反而靠住他的肩，背弓起来，膝盖也屈起来贴住他，是缺乏安全感的姿势。大概这也能够解释为什么她会用双手握住他的左手放在胸前。

窗帘没有关上，夜色仍是漆黑，落地窗被打开一条缝，有自然风悠悠吹进来，带着一点儿冷意。床边的电子钟显示凌晨三点。

她会那么蜷起来也许还因为冷。

药水已经没剩多少，他小心将左手从她手里抽出来，拔掉针头后将另一侧的被单揭开，然后将她打横抱起来。她身量高，却瘦，抱起来并不如想象中费劲。她没有醒，他将她放在床的另一侧，为她盖被子时她本能地侧身寻找舒服的位置。长发挡住她的脸，他俯身将它们拨开别在她耳后。褪掉那些他看惯的她的表情，开心的、嬉闹的、逞强的、故作严肃的、冷静的、认真的、偶尔忧伤的、哭泣的，那是一张漂亮且安静的睡脸。

她房间的柜子里也备了男式睡衣，去浴室将身上发的汗擦干，重新换上睡衣后，他出来给自己倒了杯水。

三点十五分，电子钟突然丁零零小声响起来，就听到身后窸窸窣窣，她的声音模糊道："点滴……"两秒后像是吓了一大跳。"聂亦你怎么自己起来了？"

他站在吧台旁扬了扬水杯："下来喝杯水。"

她愣了一下，赶紧下床关落地窗，又去翻壁柜，边翻还边碎碎念："你这样说不定会再着凉，先去床上待着。啊，不行，被单和被子可能被汗浸湿了，先去沙发上待会儿，我给你找条毯子保暖。"说着还真找出条毯子来搭在他肩上。

他的确不知道她还会照顾人，而且能照顾得井井有条。换完被单和被子，她将他重新安置到之前他躺的位置，又将水杯和水壶都放到床头，还去拧了湿毛巾来爬到他身边要帮他擦身。他按住她的手："已经擦过了，我看会儿书，你先睡吧。"

忙了一阵，她已经彻底清醒过来，很认真地摇头："不行，我得陪……我得照顾你。"

他微微皱眉："不要逞强，我没有其他不舒服，只是刚睡醒不太困，你现在很累也很想睡觉，不用陪着我。"

好一会儿，她问他："为什么你可以逞强我不可以？"

竟然能用逞强这个词来形容他，确实让他很严肃地愣了一下，他问她："我什么时候……"

她抱着膝盖打断他的话："褚秘书十二点打来电话，说你这一阵很累，作息很不规律。"她喃喃："二十八号凌晨飞美国，十三个小时长途飞行，三十号美国飞K城，十六个小时长途飞行，又从K城到我在的半岛，两个半小时车程，路况还不好。"她顿了几秒钟，微微偏头。"其实这个约会只是我随便一提，根本不重要，你拒绝我也没关系。还有埃文斯教授那件事，你根本没必要专程去美国一趟。听说周沛出来公开了他和教授的感情是吗？连教授的葬礼他都不敢参加，这次他……你怎么做到的？"没有等他开口，她笑了笑："算了，其实那也不是什么重要的事。"她看着他："聂亦，你做的这一切都让我很感激，我只是觉得，我并不是那么脆弱需要人时刻将我保护在温室里，所谓伤害我的东西我并没有觉得……"

"你并没有觉得它们有什么重要。"他接过她的话，"你能那样看是好事，我也不觉得它们有什么重要，之所以有必要去美国一趟……"他轻描淡写："是因为之后有报纸给出不实报道，对我们的婚礼有些影响。"

他从玉琼山回来那天，S城某报做了一整版她和埃文斯当年事件的报道，极尽想象，倒很有点儿精彩，虽然主要人物全用了化名，身份倒是给得明确，的确让聂家某些长辈有了看法，他去美国主要是这个原因。

其实所有这些事她都没必要知道。褚秘书并不是饶舌的人，不知道为什么会在她面前多嘴。

她怔了好一会儿，惊讶道："你是说，为了我们的婚礼你才去美国解决这事？那你的意思是说……"她跪坐在他旁边，一只手捂住胸口。"你是说你整理之后，还是觉得我们可以结婚，你没有想过要和我分开是吗？"

他并不想让她觉得他是要束缚她，考虑了两秒，他道："我知道你对你的初恋感情很深。"

她屏住呼吸："你、你知道？"

他尽量理智地和她提问："但非非，你有没有想过，也许他并不如你想象中那么好，可能他有过很多段感情，还有一个考虑结婚的女友。继续喜欢他对你没有任何好处，还可能伤害你。遇到这样的情况，你该怎么办？"

她似乎松了一口气："啊……我喜欢的人，他不会那样的。"

他仔细地看了她好一会儿，淡淡道："实际上他就是那样。"

据褚秘书查到的资料，许书然是个彻头彻尾的花花公子，感情生活不仅丰富，还非常混乱。

她有点儿困惑，想想说："聂亦我觉得我们可能有一点儿误会……"

他打断她的话："这种时候，嫁给我比较好。"

她又一次愣住了，甚至用一只手不自觉地捂住嘴角："你刚说什么来着……"

这世上没有什么事情可以一蹴而就，做任何事都需要讲究方法，有精确的步骤，就像在实验室里做实验，要想得到最好的结果，不仅需要严谨缜密的态度，还要耗得起时间。如果爱是一场实验，他想要得到最好的结果，而实验对象是她，为了确保万无一失，最好是用她能适应的方式和步骤，一步一步慢慢来。

他冷静地观察她的表情，缓缓道："有些人不够好、不合适，那么就把他忘掉。"他继续："即使你改变主意想要有爱情的婚姻，也没有必要立刻否定掉我，也许你的愿望我们可以一起来尝试，非非，你并不讨厌我。"

她突然抬头，像是受了什么不得了的惊吓，良久，她轻声道："说我自作多情也好，如果我没理解错的话，你的意思是说……你会尝试着喜欢我？你是这个意思对吗？可为什么……"她自问自答："是习惯了吗？"

这样的反应实在不太能判断她是乐意还是抗拒，斟酌了一下，他问她：

"你呢？愿意尝试吗？既然我们过去很合适，未来你想要的婚姻生活，我想我们也能适应得不错。"

她看了他很久，然后她问他："聂亦，你知不知道你说的这些话是什么意思？"说这些话的时候她靠近他，左手搭上他的膝盖，右手攀上他的肩，是和那夜一模一样的姿势，这次他没有躲开她，由着她的嘴唇靠近他唇畔。她却在那时候停住，彼此能感觉到彼此的呼吸，她的声音轻得像细丝："你有很多界限，我却没有，说不定我会经常这样对你，也许情绪冲动之下我还会……"话尾的吐息令肌肤微痒，但那吐息终究没有化作一个吻，她将剩下的话含在嘴角笑了笑，依然撑着他的肩想要离开。

却被他握住了肩膀。

她没法儿离开，有些诧异地望着他。他抬眼看她，很好，这个距离，稍微偏头就能实现那个吻。

嘴唇相触时她显然有些意料之外的呆滞。她是太低估他还是太低估她自己？但并没有抗拒，也没有像白天那样由着他全权掌握主动，只愣了几秒她就开始回应，回应的态度非常坦诚。

但那姿势似乎让她不太舒服，他侧身尽量配合她，让她轻松地跪在他的身边，双手都圈上他的脖子。他们贴得很近，她的嘴唇很柔软，间隙里压抑喘息的声音也很动听。她在他面前毫无保留地展现出最温柔妩媚的模样，轻声叫他的名字，聂亦。

那是个很长的吻。

窗外不知什么时候开始下雨。

后来一切就如同它发生的那样，他们在那一年的十月七号结了婚，婚后两个月有了第一个孩子。

已经过去六年。

印度洋畔那夜的雨就像今夜。不，就像今晨。

黎明前最后的黑暗，整个园子格外静谧，他将工作室里的落地灯打开，给自己泡了杯茶，又将音箱打开，是她最喜欢的老歌："*愿只愿他生，昨日的身影能相随，永生永世不分离……*"

外面池塘里的雨久花大多已经结果，唯独留了几株还开着恹恹的花，他一口一口喝茶，想起有个晚上他们一起在红叶会馆的别墅里看电影，那天晚上她说了很多话。

"已经习惯了两个人的生活，一个人突然离开，那得有多寂寞啊。"

"比如我死在你的前面，是相信我已经完全离开这世界了让你好受一点儿，还是相信我的幽灵每天晚上仍会回来陪你看电视让你好受一点儿？"

"聂亦，要是我先离开你，你也会觉得寂寞吧？"

"你说呢，聂非非。"

（第二幕戏 END）

番外

谁记得他们曾经相遇

那天侄女正翻看唐瑜的老相册，忽然指着一页哇啦叫："姑姑，这两个小孩儿是我们家的？我怎么从来没见过？"正在打果汁的唐瑜倾身过去看。那是两张旧照片，照片中是两个孩子，小男孩头发剪得短短的，一张精致小脸不苟言笑，浅色衬衫外套了深色休闲小西装，咖啡色长裤配了板鞋，十足一个时髦小绅士。小女孩穿着宽大的背带裤，梳一个丸子头，眼睛大大的，可爱得让人想去揉一揉。照片背景是模糊的森林和一长排鸟居，两个小孩儿并没有直面镜头。

唐瑜正要开口，侄女已经道："日本拍的吗？"

又将照片取出来瞧拍摄日期："哇，1998 年，近二十年前的照片？"

的确快二十年了。

那不过是唐瑜在日本的酒店里遇到的两个小孩儿，会把他们拍下来且还一直记得，因为唐瑜是个童书作家，这两个小孩曾无意间做过她的素材。

唐瑜记得那小男孩叫聂亦，或者聂奕，或者聂意。中文多字一音太多，那名字大概就是那个发音。小女孩叫 feifei。小男孩倒是问过小女孩："有那么多字念 fei，你是哪个 fei ？"小女孩就眨巴着眼睛："feifei 的 fei 啊。"说完高兴地两只手放在身后侧做出飞机起飞的样子绕着小男孩转。"飞得那么高！"

机缘巧合，要离开酒店的前两天唐瑜认识了小女孩的母亲，两人聊起来，才知道名字是"非非"不是"飞飞"。小女孩也姓聂，叫聂非非，刚刚四岁。

回忆一拉开序幕，似乎就有些停不住。

唐瑜想起来，碰到那两个小孩儿是在一个樱花开遍的早春。那个季节天蓝海碧、花红柳绿，布谷鸟和鹭鸶从北到南跨越种族一路缠绵，放眼望去到处一片新鲜丰盈的春日气息。唐瑜所住的酒店正好建在一座森林公园内，酒店后面的森林里有座神社，神社前布了十七重神明鸟居，每天早上她都会去鸟居前站会儿。

那天早晨，她在山石阶上刚站了没多久，就看到两个小孩在雾色里一前一后而来。小男孩在第一座鸟居前停住了脚步，他身后不远处的小女孩也就停住了脚步。正当唐瑜以为这是酒店哪位住客带着两个小孩儿出来做短途探险，在前的是哥哥在后的是妹妹，大人落在了更后面时，小男孩却转身向着小女孩开口了："出酒店你就跟着我了，一路跟到了这里，你们家大人呢？"看上去七八岁的孩子，一只手插在裤袋里微微低着头开口那么问话，神情几乎要有点儿大人的样子了。鸟居离酒店并不算近，路也不太好找，唐瑜这才注意到小男孩另一只手中卷着一份地图。嗬，居然没有大人跟着，这两个小孩也不是兄妹。

迷雾笼罩的清晨，十七座鸟居，这样的两个孩子。

唐瑜觉得很新鲜。

站在神居前，让唐瑜感觉很新鲜的两个孩子中稍大的男孩聂亦，那时候正好七岁。七岁的聂亦非常不喜欢小孩儿，虽然按年龄算他自己也是个小孩儿。所以即便走出酒店时就发现了那小女孩跟着他，他也没有主动搭理。

他是要去附近的鸟居，地图上标注那里离酒店近两公里远，且多山路小道。男孩子天生喜欢冒险，他选了其中最难走的一条。但那小女孩看上去不过三四岁，既然是那么难走的路，她应该跟不了他多远。

其实按照他的预想，穿过酒店前那片足球场地大的草坪，小女孩就会害怕，就会哭闹着要回去。那简直是一定的。还在幼年期的小孩儿一向是那样，无知无畏，却又格外脆弱讨厌，特别是女孩子，一哭闹起来就会没完。就像他母亲领回家抚养的那位她朋友的小女儿。

他皱着眉穿过草坪，小女孩也跟着他穿过草坪，稍微令他有点儿惊讶的是，她并没有停下来哭闹，及至他进入森林，那小孩儿尾随他的脚步也没有丝毫迟疑。这倒是让他对她有点儿刮目相看起来，但内心却依然认定她什么时候就会停下来吵闹，他一直在算着时间。

山间晨雾缭绕，偶尔传来鸟叫，两旁的山石和树木被雾色浸出湿意，那湿意衬得树的青葱和山的黛黑都更加饱满丰腴，也让这个春日的清晨看上去更加新鲜起来。

他们已经一前一后走了二十分钟，全程他都放慢了脚步，而且临时选了一条比原计划简单好走一百倍的石板路。那就是小女孩能跟得上他的原因。

在刚进入森林的那条多岔路口，他无意间回头看了一眼那小孩儿。那时候小女孩不知怎么回事摔倒了，他回头时她正狼狈地从地上爬起来，发现他看她，有点儿不好意思地扯了扯从牛仔背带裤里露出来的毛衣衣角，又有点儿不好意思地咧嘴对他笑了笑，膝盖上还留着刚摔倒时沾上的泥巴。

聂亦看了一会儿掉过头，鬼使神差地就选了和初衷完全相反的一条路。

中途他听到她又摔倒了两次。每一次他都拿出手机来打算给酒店前台打电话，让他们来个人把她带回去了，但小女孩完全没给他添麻烦，爬起来拍拍手又拍拍膝盖，还不依不饶跟着他。

又是二十分钟，总算到达目的时，聂亦望了一眼矗在山阶上的高大鸟居，终于忍不住回头问她："出酒店你就跟着我了，一路跟到了这里，你们家大人呢？"

那时他才算正经看清楚小女孩长什么样。梳一个丸子头，扎了条天蓝色发带，齐刘海挡住额头和眉毛，只露出大大的眼睛，脸颊上有点婴儿肥，莹白里透出健康的红润，大概是走了太久的路觉得累，粉色的嘴唇微微张开喘着气。

实在是很漂亮的一个小孩儿。

小女孩没说话。

他皱了皱眉，想是不是她没听清楚他的问题，就走近几步又问了一遍："为什么跟着我？你们家大人呢？"

小女孩依然没回答，倒是犹疑着也走近他几步，然后下定决心似的突然加快步子，噌噌噌噌，到他跟前两三步时蓦然停下，扭扭捏捏从背后伸出右手：

"漂亮哥哥，送你花呀。"胖嘟嘟的小手里握了支白色的马蹄莲，花束有她一半那么高。小女孩抬头望着他，眼睛水润，像是又有点儿不好意思。

聂亦当时是有点儿愣了："……送我花？"

小女孩抿着嘴唇，踮起脚把花举高用力塞进他手里，催促他："拿着呀哥哥。"

马蹄莲并不是在这山间小道旁能随意采摘到的花卉，这意味着这小家伙多半是从酒店里就拿到花，然后跟了他差不多四十分钟，还不惜在路上摔了三跤。马蹄莲倒是意外地没怎么被摔坏，只是花茎和花叶上沾了些泥。

他看了会儿手上的花，又低头看了会儿她，然后他问她："……你跟着我，就是为了送我这个？"

小女孩一脸仰着头和他说话有点儿累的表情，伸出手招了招："哥哥，你蹲下来说话。"

他就蹲下来配合她的高度。结果刚蹲下小女孩就捧住了他的脸，还没反应过来，就有东西撞上了他的嘴唇，吧唧一口还舔了舔。小女孩樱花色的嘴唇离开他，两只手也放开他时，他还在发愣，小家伙却已经有点儿羞涩地垂眼要求他："哥哥带我玩。"

还没等他回答，却突然惊讶起来："哎呀，哥哥怎么脸脏啦？"说着就要抬手，"非非给擦擦。"

聂亦无言地握住她的手腕，让她的视线够上她自己又是汗又是泥的小掌心："说说看，为什么哥哥脸脏了？"

小女孩定定瞧着自己的掌心，小声道："哎呀。"

他道："知道不该……"

小女孩无辜道："原来非非摔跤了呀。"假模假样地说了声："痛。"有点儿期待地看着他。"哥哥给亲亲。"

"……"

普通人里这样的四岁小孩儿，思维还没有开化，不讲道理也没有章法，当然更不能奢求他们的行动有逻辑。而这小女孩行动的无逻辑比他认识的所有四岁小孩儿都还要更胜一筹，简直给他打开了新世界的大门，让他知道了一个小孩子脑子里到底能住多少匹行空的天马。

聂亦站起来，一只手揣在裤袋里一只手拿着她刚送的马蹄莲，沉默了两秒说："我送你去找你爸妈。"

小女孩表情一下子紧张起来："哥哥生气啦？"

他不是生气，只是有点儿处理不了这么大年纪的小孩儿，还是个在逻辑上这么不拘一格的小孩儿。正要随便安抚一下她，她却已经委屈地眨着眼，自己跟自己点头："嗯，哥哥生气了。"

原来这个年纪的小孩儿还固执，他纠正她："我没有生气。"

小女孩却坚定地摇头："哥哥就是生气了，因为亲了哥哥，哥哥生气了！"

"……"早就应该放弃和她的脑回路较劲，他无奈，一边掏出纸巾擦脸一边道，"就算要生气，我也该更生气你把我的脸弄成这样。"

小女孩像是在听又像是没有听，两秒后鼓着脸颊道："不怪非非啊，送花都是要亲亲的，痛痛也是要亲亲的呢。"

这就是根本没有在听了……

显然她还沉浸在"因为被偷亲所以哥哥生气了"这个假想里，并且认为自己为此而新想出来的理由很站得住脚，不惜费力组装出一个长句来说服他："哥哥不知道吗，送花都要亲亲，摔痛痛了也要亲亲，礼貌来的！"

聂亦已经擦完了脸，听到这新奇言论不禁又愣了一下："礼貌？谁和你这样讲，告诉你这是礼貌的？"

她像是被问住了，撑着脑袋思考了半天，最后不情不愿地说："是非非自己想的。"可能自己也觉得既然是她自己想的，就不是那么具有说服力了，犹豫地问他："哥、哥哥不喜欢非非了？"瘪着嘴就要来拉他，手伸到一半却突然"咦"了一声转身就跑了。

聂亦那时候看她瘪着嘴挺可怜，原本已经打算忍着不适牵一牵她的小脏手了，结果站在那儿半天没回过神来。

等追着她绕过那座遍布青苔的石灯笼时，却看到她靠在山边洗手，一边洗还一边奶声奶气地唱"洗刷刷洗刷刷，洗刷刷洗刷刷"。那是一条从山上蜿蜒下来的小水流，她弯着腰洗得很认真，唱得也很认真。聂亦悄悄走到她后面，抄着手看了她好一会儿，试探着模仿她的思路开口问她："突然跑过来，是看到这个觉得比较好玩儿？"

回头看到他她像是吃了一惊，却高高兴兴地站起来，冷不防拉住他的手，表情有点儿羞涩地和他讲："不是的，哥哥不喜欢非非，因为非非刚才是脏小孩儿。"

"所以？"

她眨了眨眼睛："都洗干净啦，现在哥哥要喜欢非非的呀。"

他已经完全放弃再预测她的下一句发言了，继续问她："所以？"倒是有点儿好奇她的没有逻辑接下来又会给出他什么惊喜。

她很严肃地看着他，倒显得自己像是挺有逻辑似的："所以要带非非玩，不丢下非非。"

出人意料地，这两句话之间还的确有点儿条理，并且完全没有偏离他们谈话的大方向主题。聂亦考虑了一下："我带你去找别的小朋友陪你玩。"

自从把自己洗干净之后小女孩简直自信心爆棚，立刻抱住聂亦的腿，根本不担心贸然在人家腿上动手会不会被人家打一顿，还用鼻音撒娇："要哥哥，不要别的小朋友。"

聂亦长这么大从来没有被人这么抱着腿撒过娇，他最熟悉的她这个年纪的小女孩就是母亲领回家里的简兮，但就算简兮想要亲近他，也只敢拉拉他的袖子。

小女孩仰着头看他，眼睛水润，脸颊鼓起来，重复道："要哥哥，不要别的小朋友。"

按理说他应该是觉得厌烦的，可面前这小孩儿这么和他撒娇，他一点儿也没觉得讨厌。他不知道她为什么会对他有这么大的兴趣，但小女孩这么亲近地靠着他，让他觉得有点儿有趣。他问她："你也不认识我，为什么非要我陪你玩儿不可？"

她就咯咯地笑起来，放开他的腿将脸埋进他的手臂。埋了一会儿，又微微抬头睁开一只眼偷偷看他，却不说话，她的额发有些被汗湿，眼睛像是闪着光。又轻轻说了一声："哥哥陪我玩儿。"

他看着她，明明从不会和这些他觉得时刻会变小恶魔的小孩儿打交道，那一瞬间却不知从哪里生出善意，居然就点头答应了她的死乞白赖："好吧，陪你玩儿。"他说。但还是和她讲了条件："那看完这边的鸟居我就带你回去，玩儿一会儿就去找你爸爸妈妈。"

小女孩兴高采烈地同意："那要玩儿……"脸颊还是靠着他的手臂，眼睛却在笑，一只手抬起来和他比动作，"要玩儿很多很多一会儿！"

他四岁的时候绝不会这样用词，心想普通的四岁小孩儿原来还有这种笨蛋一样的天真。要是聂因在他面前这样说话他简直就不想搭理他，但这时候居然会觉得这小女孩这样说话有种别样的可爱。他就淡然地点了点头，重复了一遍那句傻话："嗯，很多很多一会儿。"

四岁的小女孩还不忘和他确认："是哥哥陪着玩儿。"

他拉着她的手向鸟居走去："是，是我陪你。"

唐瑜从山阶上下来时两个小孩儿已经爬上十七重鸟居后最高的台阶。

阳光穿过迷雾充满了整个森林，清澈中带着一点儿被雾色渡过的迷离，那些参天大树上的每一片树叶都像是泛着银光，山道旁的每一寸地衣也都清新明亮。

唐瑜想也没想，从肩上取下相机就对着身后的鸟居拍了一张，拍第二张时，焦距则对准了站在台阶上的两个小孩儿。

按下快门的刹那，男孩正双手插在休闲裤裤兜里仰头看什么，大概是古老鸟居上的刻字，小女孩则侧着脸举起右手和男孩说什么。画面定格的一瞬间之后，唐瑜看到小女孩双手攀着男孩的手臂撒娇似的摇晃，男孩虽然仍旧面无表情地研究着头顶的横梁，右手却伸出来握住了小女孩。小女孩笑着摇头，小身子还扭来扭去，过了大概十秒，男孩像是叹了口气，终于低下头来看着小女孩，小女孩眨着眼睛，男孩蹲下来将她的两只手都握住，放在嘴边呵了呵气，又拢着它们揉了揉。小女孩也学着男孩的模样，朝被男孩拢住的自己的一双小手呵了口气，又呵了口，再呵了一口。男孩的嘴角浮出一点儿笑意，说了句什么。相距遥远，唐瑜听不清他到底说了什么，但镜头中的画面却很温馨宁静，她就又按了一张。

那时候整座山就像是个童话，两个小孩儿像是刚走进一个童话，又像是刚从一个童话里走出来。

窗台上的风铃叮叮咚咚响起来。

侄女仍旧欣赏着那两张老照片，突然摇头晃脑地叹息："小时候长这么好看，现在不定怎么残了呢。哎，姑姑这照片能给我一张吗？"

唐瑜将打好的果汁递给她，不赞同地评论："人类发明相机是为了记录和回忆，不是为了对比。"又挑眉问她："你要这照片做什么？"

侄女笑道："胎教用呀。"

唐瑜给了她脑袋一下："你才十九岁，结婚都嫌太早，胎什么教。"

侄女一边嘟哝："以后总有一天用得上嘛。"一边将相册还给她。

收回相册时唐瑜再次看了一眼照片中的两个小孩儿。已近二十年，现在这两个孩子应该都长成了二十多岁的年轻人。她初次见到他们时，他们两人也是初见彼此，那之后她再也没有见到那两个孩子。也许那样充满童真意趣的初遇后，他们便结下了青梅竹马的友谊？也许那之后就分道扬镳再也没有见过彼此，可能这一生都不会再见到，也不会再将对方记起？人类从来健忘，小孩子更是这样。

这个世界太大也太小，每一种擦肩而过的背后，都潜藏着无数可能。爱的可能、恨的可能、结合的可能、分离的可能，或是没有可能的可能。

这两个小孩儿现在怎么样了呢？属于他们的可能到底又是什么呢？唐瑜想。

当然想不出什么结果。

每一个人的人生里，到底有多少场或许隐藏着可能的与陌生人的偶遇，最后却被时机毁掉，又被时光掩埋掉踪迹？二十年前的这对小孩儿是不是也是这样？

她笑了笑。

无论如何，他们在彼此人生里的那一天交集，总还是在她这里留下了一点儿印记，无论他们是不是已经忘记，无论忘记掉那样的一天是不是一种遗憾和缺失，她总还替他们记得。

她的相片也还替他们记得，他们曾经在小时候相遇过这件事。